王婉
王杨
李英俊

作家出版社

序

2019年的作品精选集终于和大家见面了。按说有了上一年文集的编选经验，这次编选工作应该更加从容、顺利，其实不然，所谓“先例”，是借鉴，更是压力——希望它能更好，能让更多读者喜欢。网站的投稿系统还不满两年，也就意味着我们的作者队伍、编辑队伍、用稿标准，我们和作者之间的熟悉程度，以及发现、培养骨干作者的能力，都还在最初的生长期。这个时期，难免幼稚、脆弱，常有缺憾，但我们更看重它的生长性、可塑性，它深植于广大文学爱好者中间而获得的强劲生命力。基于这样的信心，从今年开始，文集将以“灯盏文丛”的方式出版，既是对去年《大地上的灯盏》的延续，更期待它能成为一个相对稳定的、有辨识度的出版品牌，留下中国作家网和广大作者共同成长的足迹。

因为“新冠肺炎”疫情的影响，文集的出版比预计晚了一段时间。又怎能说只是“一段时间”呢？对所有的人而言，时间度量中这短短的两三个月，何其漫长、艰难、悲伤，我们拿出所有力气去和病毒、和生活较量，我们为逝者、为勇者、为努力活着的每一个普通人流了比冬雪春雨更多的眼泪。这场病毒带给世界什么样的变化，我们尚难估量。但是在疫情中，能明显感觉到阅读与写作的人比往常多了，人们希望从文学中获得宁静、慰藉或者智慧，愿意用文字来纾解痛苦、悲伤，表达思考与希望。我们期冀文学的力量，却也更体会到表达的无力与局限。这种情形之下，哪怕是面对一些相对熟悉的作家作品，也生出许多复杂难言的情绪，一时竟不知如何落笔。

关门闭户，这是从未有过的寂静。因为静，有些声音更加清晰。细雨滴落檐下，畦水漫过田埂，燕子啄梳新羽，老屋吱呀松动，母亲的絮叨、父亲的沉默，婆媳的口角、孤独者的自语，大快朵颐的酣畅、精神异变的省思……凡此种种，当时只道是寻常，现在读来，却仿佛重临嘈杂而火热的人间，更觉寻常之珍贵。

网站原创作品多是普通之人所写寻常之事，家乡和家庭一直占据着书写的核心位置。因为这种贴近，更容易让人心生感触。读《柳柳》，许是同为女性的缘故，以及孩子幼时请保姆的种种曲折，竟禁不住泪流。无论在现实生活还是文学作品中，雇主与保姆的关系都越来越令人烦恼，生活中的“亲密关系”与内心的“怀疑提防”构成一触即发的冲突关系，生活在同一屋檐下，却是在两个世界里。而“我”和保姆柳柳，则用自己的真诚、体恤、努力去消融可能的隔膜，彼此尊重、信任。最为动人的，是“我”在十二年后，依旧惦念、感恩、疼惜这个美好的女孩。虽是日常琐事、过往旧事，但因是作者夜深人静之际思想故人的絮语，就多了一份属于深夜的孤独、深沉和幽远。这是回忆，更是唤起——愿人与人之间相互珍视。

更多的文章，如《乡村冬夜》《村庄的声音》《我要上学了》《白马河的“社戏”》《簌簌衣巾落竹花》《父母篇》等，一砖一瓦，一草一木，一人一物，耐心摹写故土故人，怀着不舍之情留下个人生活的底片，亦构筑起山南海北的乡村风物志。记下的，正是逝去的。回望的过程，是记录，也是对生活的重新描绘。于是，在隔着时光的重新打量中，不起眼之物也涂了让人留恋的釉色，如一位作者笔下那只普通的大碗，经年使用的盘碗深藏着一种温暖，“白天喂养血肉，夜晚生出精神”，“这碗里盛放的何止于食物，分明是她和父亲经年的对话。如今不同的是，我在重复着父亲当年的话，母亲则继续着她的絮叨”（《母亲的大碗》）。小说《梧桐谣》里的婆媳，对峙般坐在村头，单等着大板回来，首先诉说自己的委屈，然而见到久别归家的大板，“大板娘和灵芝对望了一眼，最终，谁都没说出砸锅的事情，一同朝村子走去”……这些作品，从艺术上而言，少有惊艳之处，却胜在真挚与细腻，朴素文字里浸透着生活的百般滋味，简朴的、辛酸的，坚韧的、温暖的，愧疚的、感恩的……引动我们心底珍藏的抑或即将遗忘的种种，读来如同回放自己的过往，一桩桩一幕幕，时常离开作者所叙之事，生出对自己生活的感喟。

随着作者数量的增加，我们也欣喜地看到作品的风格日渐多样。梦兮、殷金来、黄爱华、禾源、雪夜彭城、徐春林、予衣、孙茂、朱湘山、牧之、东夷昊、菡茗……我在编辑们的称赞和讨论中，越来越熟悉这些名字。梦兮的创作很活跃，他的诗多草木意象，内敛、哀伤，以一副柔软的心肠写生活的艰难、令人疼痛的亲情。同样带着挽歌的调子，同样是乡村物象，赵华奎的诗却是粗粝硬朗的，带着黑铁的、烈焰的质地。同是写乡村，毕俊厚和他们的差异更加明显。在梦兮的诗里，能明显感觉到古典诗词的影响，虽然他大多时候是“反田园”的，有很强的现实关怀，不避颓败与苦难，但他的审美取向、情感方式，以及诗人与自然的关系，却是与古典诗歌相呼应的。毕俊厚却有很强的现代意识，他的结构、意象、节奏，都是要主动打破惯性，探索陌生的表达，时空的纵深感、情感的复杂性，都得以延展，颇具气象。在相似的事物和经验中，不同写作者表现出内在的差异，丰富、拓展了我们对生活的认识和感受。作为编辑，乐于见到更多异质的、大胆的表达，有人坚守，有人僭越，以至共生、纠缠、搏斗，多样性的生态才更富生机活力。

无论诗歌、散文还是小说，这些作品整体而言是指向过去的，其中当然包含着与当下生活的对话，所有往事里都包含着今日之“我”，但这个“我”难免会带着“事后诸葛亮”的姿态来重新梳理、评判、纠正、解释那个时刻的体验，让读者更觉圆满、通透、满足，但也少了一些当下的、共时的体验。当然，此时之“我”更难捕捉，甚至是不可靠的，包含矛盾、犹疑、迷惑、未知，即便如此，都是我们在此时此刻的体验。打破稳定的叙事结构，呈现生活的变动不居；打破“面”的铺展，像大头针一样钉住栩栩如生的“这一刻”；改变一味的线性讲述，更加自由地在过去、现在和未来之间闪回；不必太实、太满，不妨再精简一些，或者留白……这是我作为读者也是作为编辑的一点希望，虽有个人趣味和偏好，但不失为我们可以一起去探讨、尝试的方向。我们希求一些新的质素，但不必为此焦虑，有了土壤，总会有风吹来有鸟衔来更多的种子。事实上，我们在2020年的作者中已经发现了一些不同的声音，比如写诗的黎落，比如写小说的王小勃、刘雪韬。我们盼望越来越多的写作者愿意将中国作家网作为自己创作的试验田，大胆播种，恣意生长，最终找到适合自己的方向。

特别要说明的是，2019年年底，我们对原创频道做了非常大的调整：优化了投稿系统，用户体验更加友好；为注册用户中的鲁迅文学院学员开辟专区，保持这个群体的凝聚力；邀请各地文学内刊和活跃的作家群驻站，把活跃文学创作与服务基层文学工作结合起来；建立“每周之星”评选机制，每周五在网站、微信、微博等多个平台共同推荐、点评一位作家——种种举措，使这个频道拥有了越来越多的作者。在此基础上，我们开设“原创作品线上改稿会”，邀请知名作家、编辑来点评我们和网友共同选出的原创作品，全程直播，受到文学界的关注和赞誉。向来关心基层文学创作的铁凝主席鼓励我们说：“中国作家网直播原创作品改稿会集结名刊名家，与基层文学爱好者良性互动，拓展了‘解渴’的网络文学空间，在增强公共文学服务、切实帮助基层写作者的探索中见实效，有新意。希望不断积累经验，办成品牌，以利于推动新时代的社会文化建设，丰富全社会的文学生活。”

对我们来说，这些都是美好的收获，温暖的鼓舞。在不寻常的2020年，我们只有加倍努力，才能不负大家的厚爱与期待，不负从病毒中夺回的这珍贵人间。

中国作家网总编辑　刘秀娟

2020年春于北京

目录

散文卷

诗歌卷

小说卷

散文卷

祖屋只在我梦里

刘　荣

一

祖屋是用木材建的，房顶盖着青灰色的瓦片。母亲生火煮饭时，袅袅的炊烟在屋檐边缓缓游弋，编织着青白色的图案，温热而诱人。父亲起床后，喜欢坐在大门口的光滑石磡上，眯着眼吧嗒吧嗒地咂吸着叶子烟，淡蓝的烟雾裹着烟草的清香，在一闪一闪的火光中渐渐飘散开来。

到了桃红柳绿的春天，父亲过足了烟瘾，总会仰头望着屋檐下的燕巢，一脸满足而幸福地唱起民间小调："三月唱起祝英台，双双燕子梁上来。双双燕子梁上过，一双去了一双来……"

从我记事起，每年春天都会有一双活泼机灵的燕子飞来我们家的屋檐下筑巢。父亲指着屋檐下的燕巢对我们姊妹几个说："娃娃们，你们一定要记住爸爸的话，千万不要去伤害燕子！燕子是通人性的动物，它们知道我们家是积德行善的人家，每年才会来我们家住下。"

那些年二叔还没有成家，他不在家时父亲就叫我去关朝门。吃过晚饭后，天色渐渐暗了下来，漆黑的夜空就像硕大的锅底严严实实地扣在村子的上空。堂屋没有点灯，黑咕隆咚的，我有些害怕，打着手电筒从灶房跳出来，瞟了一眼漆黑的夜空，哐哐当当把朝门关上，连蹦带跳往灶房扑去。

父亲看到我那慌慌乱乱的样子，总会摇着头笑着说："你这个娃娃呀，在自己家里你怕个哪样嘛？！"

我觉得好奇，大张着眼睛问父亲："爸爸，为什么朝门关得那么晚？"

父亲摸着后脑勺想了想，咳嗽几声清了清嗓子意味深长地说："朝门关早了，燕子就回不了窝，只能在电线杆上过夜。我们要等燕子回来，祖屋是我们的家，也是燕子的家呀！"

二

包谷成熟的季节，手头也没什么活儿，三姑太就会领着乖巧可爱的表妹来家里做客。

三姑太六十多岁，穿着干干净净的青布衣服，进了院坝就哈哈笑着大声说："你看看你看看，我们祖孙俩又来你们家'吃大户'啰！"

母亲听到三姑太的说笑声，慌忙停下手中的家务活儿，解开围裙擦了擦手，眉开眼笑地迎了出去："姑太来了，快进来坐。"

母亲一边亲热地喊着，一边去大门背后搬来板凳，抹了几把给姑太坐。姑太坐下后，母亲又急着去热水泡茶。左邻右里的伯妈婶婶们听说姑太来了，三三两两赶来我们家，很快就挤了一屋子的人。那时我才几岁，家里来了客人特别高兴，守在人家身边咧着嘴巴嘿嘿地傻笑。

三姑太喝了几口茶水润了润喉咙，抓着我的小手笑眯眯地说："你去把外婆接过来，几个月不见面了，我想和她说说话。"

我点了点头，甩动着小胳膊，拔腿就往外婆家跑去。外婆闲不下来，七十多岁了还去种庄稼，农闲时就帮邻居做些缝缝补补的针线活儿。外婆听说三姑太来了，慌忙放下手中的针线，锁了门拉着我就往我们家赶去。外婆刚迈进门槛，三姑太就迎上来一把拉着她，两个老人相互让座，亲热地拉起了家常，皱纹密布的脸庞上露出了灿烂的笑容，屋里时不时飘荡着爽朗的笑声。

姐姐捡来半盆洋芋，削皮后洗干净，切成两块放在油锅里炒几下，撒点盐添些水，盖上锅盖焖烧。油锅吱吱地响着，屋里弥漫着洋芋的诱人香味。我们小孩嘴馋，咂着嘴巴守在煤灶边，流着口水等着焖洋芋。洋芋焖熟后，母亲揭开锅盖散散热气，端到堂屋的中间招呼大家吃。一个个黄灿灿的洋芋，香味扑鼻，令人垂涎欲滴。母亲找来碗筷，夹了一碗端给三姑太，三姑太让给外婆，外婆不接，两个老人就这样来来回回推让着，逗得大伙哈哈大笑起来。我们小孩就用筷子夹着洋芋吃，咬了几口，洋芋掉在了地上，又不好意思去捡，急得直跺脚。外婆笑了笑，捡起了地上的洋芋，吹了几口送进嘴巴里，一边吃一边说："粮食宝贝，抛撒了可惜，你们就是怕脏。"

三姑太笑了起来，把她碗里的洋芋夹给我们吃，我们吃得肚子胀鼓鼓的，不停地打着响亮的饱嗝。

那个季节，菜园里种着黄瓜和西红柿，地里头的毛豆和四季豆可以下锅了，母亲进进出出张罗了一桌香喷喷的好菜。家里人太多，一张桌子坐不下。父亲就往我们这些小孩的碗里夹了几筷子菜，叫我们坐在大门边吃。三姑太还把我叫到她的面前，每样菜都给我夹了一筷子，堆得碗里满满的。晚饭后，收拾好碗筷，母亲就陪三姑太拉扯家常，我们就在祖屋前面的院坝里玩各种各样的游戏，一直玩到夜深人静才回家睡觉。我睡在灶房旁边的阁楼上，那是一张木架子床，铺着柔软的稻草，散发着阳光的味道，暖暖和和的。枕套包着瘪谷，靠着松松软软，还会发出窸窸窣窣的声响。三姑太和母亲睡在一起，父亲就来阁楼上和我挤在架子床上。

那样的夜晚，父亲就会给我说起祖屋的故事："祖屋是爷爷奶奶结婚后修建的，木材是几十里外的曾外祖父家送的。那个年代村里没通公路，木材全靠人工搬抬回来……"父亲还没有说完，我就进入了甜美的梦乡。

三

我们家有六口人的田地，每年可以收一万多斤包谷。在那硕果累累的金秋时节，包谷棒子堆在堂屋里，就像一座小山那样高。晚饭后，母亲坐在包谷堆旁剥包谷，我把包谷壳抬到牛圈里喂牛。母亲的手腕上，挂着一根筷子削的木锥，木锥对着包谷棒子那枯黄的包衣用力扎了一下，顺着口子剥开一层层柔软洁白的包衣，剥了壳的包谷棒子金灿灿的，油光透亮。母亲那流淌着汗水的脸上，洋溢着丰收的喜悦，看不到丝毫的倦意。

舅舅家的那几个表嫂，晚饭后也来帮母亲剥包谷。她们一边剥包谷，一边拉扯着家常，还谈论起了收成。大表嫂喜欢说笑，她望着我笑了笑，咂着嘴巴说："小老表，听老辈人说谁剥到了红包谷，好运气就会落到他的头上，读书考上大学不说，还会娶上标致的媳妇。"

像小山一样高的包谷堆里，可能会藏着一个红包谷，鲜红的包谷粒就像玛瑙那样闪着耀眼的光芒。我们这些小孩，听了老表嫂这么一说，端端正正地坐着，有模有样地学着她们剥包谷，还摇头晃脑地哼着欢快的歌谣。心里想着红包谷，干起活儿来一点也不累，陪着大人一块干活儿，直到他们催促几遍我才上床睡觉。倒在床上，还在想着那个可以给自己带来好运的红包谷。

剥了壳的包谷棒子，用棕叶或稻草辫起来，一串串挂在祖屋的木梁上风干。辫包谷是技术活儿，用的是巧劲儿，力道不够，就会散了开来掉在地上。父亲每晚都在辫包谷，他用长竹竿绑着镰刀，在祖屋后面的棕树上割来棕叶，放在火上烘软，顺着劲儿一片片撕开。他先取了一小片棕叶在手里来来回回搓揉几下，用力拉了拉，才放心地摆在一边。父亲接着理包谷棒子，每个包谷棒子留了两片结实的包衣，他一片片、一个个地理顺，直到手里抓不下才用棕叶绑起来。父亲打了一个套，咬了咬牙，用力拉着棕叶扎紧，一提提包谷棒子绑得结结实实的。父亲那沟壑纵横的脸庞上，流淌着一滴滴汗珠，他擦了一把汗水，接着辫起了包谷，累了就咂几口烟喝几口米酒。那些日子，父亲一直忙到鸡叫两遍，才上床睡觉。

四

种下油菜后，老家那边不是刮风就是下雨，天气一天比一天冷了。那些年的冬天很冷，可屋里烧着柴火，我们一点也感觉不到冬天的寒冷，还盼着早些下雪，好去院坝里打雪仗堆雪人。

那些年，村里刚通了电，家里没有电视机，到了晚上我们就坐着烤火，烤着烤着瞌睡虫就不知不觉爬上了眼角。我们拍了几下身上的柴灰，泡了个脚就去睡觉。冬夜悠长，睡了一觉醒来，还听到有人在说话。我们那个院子住着几户人家有几十口人，左邻右里之间隔着一层木板，那边打个喷嚏，这边就听得到。隔壁的几个小孩，说话的声音越来越大，他们商量着去赶乡场买一副扑克牌回来玩。听他们提到扑克牌，我再也没有一点睡意，揉了揉酸涩的双眼，扯开喉咙大声喊了起来，要和他们一块去赶乡场。他们叫我别大声说话，怕大人听到挨骂，明天午饭后在村头的古桥上会合，一人出两毛钱买扑克牌。那一晚，花花绿绿的扑克牌一直在我的眼前晃动，我翻来覆去怎么也睡不着。

扑克牌买回来后，我们这几个人轮流保管，每人保管一个星期。到我保管的那个礼拜，我把扑克牌压在枕头下，时不时就去看上一眼。父亲不在家的时候，我把枕头下的扑克牌拿出来，仔仔细细数了几遍，叫上姐姐她们一起玩。姐姐们嫌我人小，觉得没有意思，理都不理我。她们就去叫表哥来家里玩扑克，表哥是个老实人，种庄稼的一把好手，可他也不太会玩扑克，每次都输给姐姐们。我记得他们四个人坐在一起玩扑克，玩的是“争上游”，输家就从桌底下钻过去。表哥总是拿不到好牌，手里的牌一张也出不去，急得他不停地抓头发。表哥放下手里的扑克牌，拍了拍手，蹲下身子低着头钻桌子。他是高个子，桌子又矮，腰杆缩不下去，时不时就碰着头，痛得他哇哇大叫。姐姐们就拍着手在一边大笑，母亲也跟着笑了起来，表哥有些不好意思，红着脸低下了头。他输了牌，一点也不服气，说是不钻桌底，要喝水，输了一次就喝一杯水。可才玩了几把扑克牌，表哥就喝了几大杯水，他打着饱嗝摇了摇头，说去一下茅房，可姐姐们等了半天，也不见他回来。这时候，姐姐们就叫母亲一起玩扑克，母亲也不会说什么，总会陪姐姐们玩几把。父亲在家时，我们姊妹几个变得老实多了，坐在火边看书，不敢大声吵闹。父亲会从床头的书桌里取出《薛丁山征西》，放在膝盖上一边翻看一边轻声唱了起来。父亲唱书时，我伸长脖子去看那些纸张发黄的古书，可惜都是繁体字，一个也不认得。

年关一天天近了，年味一天天浓了，姐姐们就把家里的板凳洗刷得干干净净的，她们还把被子床单挑到村前的小河里洗干净。碰上赶场天，姐姐们去乡场上称来几斤报纸，把板壁上的扬尘打扫干净，搅了一锅糨糊，一张张报纸平平整整地贴在板壁上面，屋里一下亮堂了起来。年前几天，屋里贴上几张花花绿绿的年画，洋溢着喜庆的节日气氛。我踮着脚轻轻柔柔地抚摸着板壁上的那几张年画，热切地盼着新年快一些到来……

坑边的幽草

禾　源

那是一条古道，被人抛弃在荒野里，成了山里一根贴地而行的藤条，曾经的长度没有改变，只是一年年不断地瘦身。一些路段人们还在走着，他们的脚步如同笨拙粗糙的手指在敲击一个古老键盘，一路响着七零八碎的历史记忆。古道边的村庄就像这根藤条上或大或小的关节点，又像被击响旋律中的休止符，不管有声无声，都成为藤条与旋律中的一部分。

广坑村就处于屏南与周宁两县通际的古道中，且与周宁县的地界隔溪而望，于来往者而言，这可是出县者回首眷顾的地方，进县人第一眼欣喜落目之处。来来往往，小小的村庄栖下了无数深情的目光。这些目光都化作点点滴滴的露珠洒落在广坑村的草木上、黑瓦中，还有许多随村边溪水流到很远很远的地方，也有的落到地里滋润着这块土地。

我把古道当藤条，把前人眷顾的目光看作露珠，也就把生生不息的广坑村看作是溪涧边的幽草。这一说法有合情合理的地方，但也有所欠缺。幽草贱生，不求地肥，不祈望多少施舍，几丝阳光、一条清流就能让它长得郁郁葱葱。时光于它只有四时变化，而无朝代兴替。而村庄呢？就是一缕烟火的冒起也会闯入当下时空，比起幽草就多了几道历史的脉络。因为是历史经脉，自然就跳动着历史的脉搏。村子人说广坑村有了近千年的历史。

历史该只是个时间概念，只有长短之论，正如一块石头可以名不见经传，但却有亿万年的历史。然则，因为谁记谁说的不同，历史的影响力便有了大小差异，有了庙堂江湖之别。龟壳、肩胛骨，竹简、木牍，帛书、鼎文；石器、陶瓷，铜器、铁器；宫殿、城墙，茅屋、土墙……历史有了诸多的身份。

我站在广坑村村道中，追寻着它的历史时想，这个村的历史大概只有家谱中的记述，肯定也就是那几段始祖在哪，官居何位，后迁到哪，在哪开枝散叶，村庄开基祖系第几代孙于什么年到此开基，且这些文字有的还被蛀虫咬了大大小小的破洞，我感觉这些文字如同骨骸，与他的对话只会是一种敬畏。我更喜欢问问山风，听听溪语，看看老屋墙基上的那些基石，或许它们能告诉我一个村庄与其生存繁衍的土地该有什么样的生死之恋。

山风呼呼传语，溪水哗哗应和，我仔细听着，不管是来自空中的，还是贴地的，仿佛都是受大山之阻而发出的感叹声。我听音取意，隐约中有这么三句话：

“唉！再也走不动了，这里无人侵扰，就在此安家吧。”

“嗯，这里草木丰茂一定能种庄稼养人。”

“是的，建起家园就会更好。”

山风、溪水都因为山路险阻而声声感叹，何况远道迁徙而来的人们，他们大概就在某一个中午于溪边找一块平地，伐木搭舍，搬石结灶，经营起居家的生活。山风、溪水或许告诉我的只是迁徙中一种随遇而安的境况。我再看那些老宅土墙的基石，一丛丛青苔绿茵茵地含笑，是笑话风声溪语，还是笑话我呢？我拨开青苔，青石光滑，露着笑脸，这张脸告诉我它是从溪谷中被抬举而来，体面地撑起土墙，让这家人安家落户是为了管理这方田、山的方便，先盖房子而后则择日鸣炮而来。

我都听到了，也都记下。不管是何种缘起，总之，乡村之起的基石是从溪谷中或周边抬来，土墙也就是从这块地里挖起，乡村的历史牢牢实实记载在它们这里。至于广坑村如何而来或许真不重要了。来都来了，村子也兴了，且还有许多子孙又迁居他方，重要的是还有多少的目光能眷顾这个村。

有人说这个村是菜苗园，本县宋氏大部分是从这里迁出。我心里着了慌，若是这样，菜苗都移种了，这菜苗园不是空了。我更喜欢说它是一个树穴，树分蘖多了，剪了些栽插到别的地方，这棵大树永远在，穴也永不空，根深蒂固那该多好。

我沿着古道行走，这条路离村远的是条藤，而在村附近似乎就是那棵大树的一条根。这条根挺粗壮，一块块铺路石大而结实，没有摇摇晃晃，没有塌陷，过坎的地方架上一块用过的棺木板，可以稳稳妥妥地行走。一枚落在石阶上送葬的纸钱妥帖得如刻在石上。可见这里还有老人落叶归根。一定是他们的子孙体恤着老人对这方水土的生死之恋，圆了他们回家的梦。路边的菜园，还长着绿绿的青菜，翻园锄塝的锄痕还没隐去，园中堆草烧粪的烟冒出燃烧的劲头。我心也妥帖得如铺路的大石，生死共护的根一定绵长。

若以古代的交通而论，这一截路也可以沾上官字，号为古官道。其余，一概作为山路。山里人对山路有着特别的情愫，把草蔓视作朋友，灌木当作宗亲，棵棵老树如同村中的老人，所有的遇见都能勾起无数的童年回忆。我说这满地的落叶都是山里人的记忆，树叶下那层黑而疏松的土是一代代记忆的施肥，一番番记忆重耨的结果。采蘑菇、拾枯枝、捕山鼠、挖蕨根……我们把记忆撒在山里。

我们伐木取道，扯枝牵藤，边爬边寻找着久违的山野之趣。爬过山坡便临绝顶。顶上岩石为峰，到了此境，我把童年的记忆送回来路的山坡，赔上最小心的脚步探走在峰岩之中，找到一处可以放心立定之地，举起最新的目光去发现、去搜罗四周风景。原来这座山把缓坡一面撑到广坑村，把壁立悬崖稳稳地推立到世界地质公园——国家5A级风景名胜区鸳鸯溪的下游，与周边的陈峭村观景楼遥遥相望。我东南西北看个够，才回过神来听着向导泽灿的指点，所有山石皆赋形态：猛虎扑猪、仙人遗剑、象鼻饮涧、抱猴望月、老道牛鼻……虽说这是他给这天工地作贴上的标签，可的确栩栩如生。我不敢醉在这风景中，因为无限风光在险峰，无论如何都谨记着险字。然而，我可以净化在风景中，要以瞬间成仙的感觉，留下刻骨铭心的美景，我手脚并用爬上岩顶盘腿而坐，双手合十，以一刻的天地大情怀让万山丘壑俱收胸怀，任千般风险，随风而去。宁静方一刻，世间万籁寂。大音稀声，大美不语，这样的境地，谁不向往。广坑村原来背负的是这样一篓风景，怪不得小小山村会成为屏南宋氏的老穴。向导又说："不仅是背负一篓，当面还扯上几把，村西口的天庐山中还飞挂着声震谷鸣的天庐漈，漈成双叠，漈下一个浑圆的大石舀深不见底。只是熟悉处无风景，天天生活在这里的人司空见惯了。"

在回村的路上，我想起有个作家说过的话，大意是：自然离开人类依然活得好好的，人类若失去了自然就是死路一条。

广坑村拥有这样一个自然之境，那一定也就能活得好好的。好！好！站在支起那面悬崖的缓坡上，俯瞰村庄，它像一枚大楔紧紧钉在坡底。满坡的绿树粗壮有力；一面面的黑瓦彰显着铁定的心意；一鉴池塘日里昭阳、夜里映月，鱼欢水漾泛起乐观；池塘边的六角亭把人与自然和合其中；一座古桥则把那股支撑力引到村中小溪的彼岸。这样一个如楔的村子，这方山水一定也舍不下它。

我踱步在那座桥上，敬拜桥中神龛的护桥神，看桥柱上的诗联，感觉力气从脚跟回身，精神从联句中长出。村中有这桥力引四方，村中有题写这样诗联的人，文化在这里传承，智慧在这里流连。顺天应地，这桥是引力引智之桥，还是通力通智之桥？是，都是，不管它曾经叫什么，我就称它为“力聚桥”。人力、智力、地力、天力，群力汇聚。我得了力气，长了精神，有了几分满足，又回到村里。一位大叔拎着一袋东西迎面走来，笑呵呵向我寒暄，说要找泽灿，让他带一包青草药给孩子。有人说城关到处是草药店，何须寄？

他呵呵笑了笑说：“水土不一样，草药认人。”是的！是的！水土服人，人也就认水土，这大概就是故土与人的生死之恋吧！

我们离村了，古道又归于寂静，归于记忆，可记忆则是许多人的回乡之路。水土服人，人认水土，宗祠里的香头就是他们相认插下的标签。

高原的月亮

毕季青

一

前往青藏高原的人们，或受惑于高原的洪荒与阳光，或敬仰于神山与圣湖，或探究于宗教与神秘。除这些“心仪”外，对我而言，还有一个诱惑——高原的月亮。

我是随山东记者采访团进藏的。在西藏的日子里，人们的全部关注都投在了白天，因为，西藏海拔高，阳光足，日照时间长，旅人们有充裕的时间尽情享受高原的阳光，欣赏雪域的美景。到了夜晚，疲惫的人们带着尚未散尽的高原阳光带来的惬意，早早进入了梦乡。而每到此时，我不顾白天奔波的劳顿，来到旷野，一个人，静静地，把目光投向高原深邃的夜空，锁定在了悬在高原上的那轮明月。

二

亘古至今，天地经纬，月亮只有一个。如果有所不同，是月亮在人们心中所承载的物象、所形成的感念有别。我们在江南、塞北，在高山、大海，所看到的是同一个月亮，只是由于所处地理、人文环境的差异，月光普照之处，便有了不同的心灵感应。这种感应，来自载体，发自心源，是自然与心灵的互动与契约。

我曾行走于江南，吟诵过白乐天、张九龄的“月亮”诗，陶醉于二十四桥、富春江温馨的月夜。那月亮是温柔的、婉约的；我曾在北方的卢沟桥上沉思，天上高悬着那轮“卢沟晓月”，眼前飘动着历史的烽烟。那月亮是冷峻的、悲壮的；我曾经凝望过挂在古长城上的那轮秋月，那月亮是凝重的、苍凉的。

而今，我站在四千米的高原，得以与月亮近距离“亲近”，领略高原月亮的真“性情”。此刻，月光洒处，高原静谧。山川风物静止了，但我的思想却开始飘逸、牧放。在这宁静的高原之夜，面对着皓皓明月，我的思绪就像千树万树绽开的雪花。月亮吐出的光华，在这高原的夜空游弋、弥漫开来。

三

在高原上望月，由于是高海拔，没有污染，这里的月亮，月面“天庭”饱满，月色清澈透明。月光则像藏民的性格，爽爽朗朗，通透豪迈。许是裹挟着高原的气势，高原上的月亮，更给人一种幽深、厚重之感。

洪荒时期，高原的月亮是孤独的、冷肃的，它默默地用清冷的目光注视着一切。视线所及，一片沉寂。自从青藏高原诞生后，高原的月亮便不再形只影单，月光也热烈起来。从此，它与高原相守相依。白天，万物接受太阳的滋养，到了夜晚，一切便融入了这月光里。月华普照之处，圣湖神山、宫殿庙宇、人文风物，尽情接受月亮的润泽。伴随着高原的不断“成长”，其“内存”也日趋丰盈、充实。月上东山时，月亮开始与高原倾情互动，交流“物语”。天长日久，便萌生了哲趣与思想。

如果把高原的太阳比作父亲，高原的月亮便是母亲。夜幕降临，太阳悄然离开，把白天的喧嚣、躁动、不安交付给月亮。这时，月亮便显示其母爱的温存、博爱。温柔的月光像一把梳子，慈爱地梳理着白日被风吹裂的山的皱褶、湖的波纹，把白昼时太阳带给高原的喧哗、骚动轻轻抚平，山、水、高原恬静地接受着她的舔舐、抚慰。这时，月亮铺照的高原，展示出另一番别有情致的风韵。

一样的月光，落在不同的景物上，便会使人产生多彩的联想。流泉的月光，化为一溪雪。如果雪山上的雪得了月光，会是什么意象呢？我想，若是雪得了月光，已不仅是一种意境，而是一种化境、一种禅致。

四

在高原上看月，和平原上不同。平原上，月高人瘦，却有高度；高原上，月低人丰，但有宽度。高度，给人以神秘；宽度，则更兼包容。

观月如同观人。月亮的高度，是物态，是客体、物境的呈示；人的高度，是姿态，是品行、操守的体现。月亮的宽度，为载物，能涵盖万体；人的宽度，即心胸，可心罗明月。

高原上的月亮，不似高原上的风。这里的风有硬度，有野气。它的磨砺，能让石头变形，使山体变瘦；这里的月亮却是软的，不仅有亮度，还有温度。

在广袤的高原上，月亮也目睹了月光下的悲剧。那些在阳光下藏不住的罪恶，企图在夜晚遁迹，却仍然躲不过月亮的“洞察”。在可可西里，月亮看到了偷猎者的残忍与罪恶，藏羚羊横陈的血肉模糊的躯体。这时，月光会变得惨淡、苍白。但愿，在神圣的高原的月光下，有的只能是人类对高原怀有的善意的神秘感，抑或恐惧，而不再是任何不可告人的秘密。

五

高原望明月，情思难却。观月至此，忽发一念：人观月，月是风景；同时，月也观人，人就成了风景。月亮在把光泽洒向人间时，既是爱抚，也是欣赏。同时，更是用它的意蕴，向世人做着善意的提示：每个人的心中，都应有一轮明月，这轮明月就是——爱。用爱的光华，释放关爱，传递温情，互慰心灵。

如是，在月亮的意象中，人，便成了最美的“风景”。

大地的衣裳（外一篇）

周火雄

沿浔阳江北上，一脚跨过长江，啪嗒一响，落脚的竟然是黄梅地界。早春时节，黄梅烟笼雾绕，百里沃野、千顷湖面因之百媚千娇。

身姿婀娜，裙裾拂摆，这柔媚的一江活水的滋润，让我的家乡黄梅花团锦簇，四季分明。

清明一过，世界变得亮堂起来。南来的春汛裹挟温暖的气息，叩问静默的土地，一声，两声，三声，五六声。土地不再沉默。它在躁动，在孕育，在等待生命的萌生和爆发。应和了春的召唤，花儿草儿悄然爬起，来不及洗净尘土，已然怕生似的站立在风中，娇弱地一笑。风越来越温和。五色花草呼唤着，传递着，感应着，次第开放。这简洁的过程无声无息，在无声无息中实现生命的繁荣。风雨中，蒲公英举起了小花伞，黄金条也急不可耐，一夜富态起来。最寻常的忍冬挂起了成串成串的花朵，黄的似金，白的似银。披金戴银，忍冬因之又称为金银花。在乡村，在原野，红花草是季节的主旋律。田畴上，或红或白的花朵轰轰烈烈，浩荡千里。当红花草有些儿倦怠，当粉嫩的帽儿还顶在头上来不及摘下，尖锐的犁铧已然在肥沃的原野掀起波浪。是的，波浪，是泥土，新鲜泥土泛起的波浪。这湿漉的、荡漾着浓重泥土气息的波浪，将红花草埋下来，埋下来，一茬娇羞的生命被无情地窒息，但是，不要叹息，不久，这美丽的草儿将升腾起新的魂灵，孕育出最壮美华贵的花朵。水稻，啊，这养育天下人烟的第一植物，竟然以这样的姿态接过了生物链中壮美的一环，完成了生命的升华。

在咿咿呀呀的歌吟中完成造化的写意，乡村原野因之丰富，因之绵延，因之多彩。

春还在逗留，夏已然打起送春的旗帜。雨水丰沛，我的乡亲已在勾画一年里最华美的农事。金黄的稻种被浸泡得有些富态。它被包裹在温暖的稻草里，这一刻，稻种仿佛回到母亲的怀抱。温暖、黯黑，稻种在梦中怀想。梦中，母亲在带着它舞蹈、飞翔。快乐的回想，温暖的记忆，催生了生命的图腾。我看到了白生生的根须，一簇簇，一簇簇。从果实回到生命的初始，生命的轮回，让世间万物变得美妙。微蒙的细雨中，稻种在农人的指缝落下，落在湿润的泥床。当白胖的根须扎下，当金黄的稻壳被秧苗顶起，这繁育生命的植物完成了新的飞跃。

泥土养育了人类，吃的、穿的，莫不如此。在肥沃的原野，农人将肥料拌入泥土，平整，拍打结实，然后浇足浇透水。踩动营养钵器具，一个个营养钵被码在一起。这就是棉花的温床。嫩绿的棉苗生长在土钵，大了，差不多有一茎五叶，就被农人移入大田。

在炎热的盛夏，我见到过最生动浩大的花事。无边的原野，稻子抽出青葱的穗子，它们仿佛漫无际涯的旗帜，铺天盖地。慢慢地，穗子上细密的花朵次第开放。它们开得悄然，开得闹热，开得惊天动地。热浪袭人，我的乡亲却站在热浪里，绽开了笑意。手抚稻穗，他们汗流浃背，面容一派怡然，仿佛守护自己的孩子，百般疼爱。映衬这稻花漂浮的花海，家乡百里棉田也呼天抢地、轰轰烈烈地开出了最浩繁、最壮观的花朵。花开时节，到处是花，白的，粉的，红的，它们漫天漫地延绵，没有疆界，没有止境，藏身在棉花的海洋，有时候竟然让你误以为那是天涯尽头的星星。除了稻花、棉花，这个季节，热闹非凡的还有百里荷花。西出黄梅县城二十公里，在静谧的大源湖乘游船南下，沿途全是花海，密层层的荷花构筑成的花海。站在冲锋舟上，四围一派静寂，只有无可胜数的荷花在围拢来，围拢来，它们簇拥着你，包围着你，散发出浓郁的芳香。偶尔，锦鲤跳跃而起，在安然的湖面激起串串涟漪，惊醒了船上清秀女子的一抹笑意……行走在百里源湖，你便走进了浩瀚如烟海的故事。不越雷池一步的典故太遥远，把着源感湖的脉息，你甚至感受不到岁月的脉动，岳飞大战雷池的传说就伴随奔涌而来的湖水变得伤感。不喜欢刀刃剑戟的寒光，还是在百里湖面，听一曲黄梅调。湖水微微摇荡。在明净的水面抛出鱼线，浮子一阵震颤。提起鱼竿，肥硕的草鱼激起惊天的叫喊。湖水煮湖鱼，生活的快意和欢乐在酒杯中放大，那一曲黄梅调婉转而悠扬。

喜欢家乡的秋天。高远湛蓝的天空，澄澈透明的阳光，写意画一般的原野，让这一切带着梦幻的色彩。说到梦幻，我终于理解了，于红梅的二胡曲《秋韵》为什么如此伤感。稻子金黄，棉花银白。有了这两样，农人的财富有了生动的质感。左仓装金，右仓装银。还有什么比这个比喻更贴切的？行走在秋天的原野，我感受田野的气息，也更深切地理解了农妇的挑花布为什么有了如此丰富的色彩和画面，她绽放在巴拿马万国博览会，哗啦啦折服了多少西洋人；她引来一片惊叹，比肩黄梅戏，成了世界物质文化遗产。劳动创造了艺术。文学如此，绘画如此，挑花艺术亦如此。

黄梅的冬日属于宁静。在宁静中收藏，在宁静中构想，在宁静中蓄积力量等待新的图腾。宁静不是死寂，不是无所作为，而是一次全新的萌发的等待。金的稻、银的棉收采进仓，农家女子乒乒乓乓张罗起自己的小日子。红薯被洗去泥土，在轰隆隆的机器的震响中，吐出的是白生生的浆液。巧手的农妇滤去薯渣，在久久的沉淀中，洁白的薯粉裸露在天光下。薯粉搅糊摊开在滚烫的锅上，浇上油，浇上葱姜蒜，一块块切开，就是上好的家常菜肴。若将薯粉与纯净鱼肉搅拌，擀面，上笼蒸熟，再细工切成面状，就是黄梅的名产鱼面。喜欢鱼面干炒的味道，面的柔软和筋道将鱼肉的大荤大腥遮掩得天衣无缝，但是，鱼肉的鲜美与细腻却在细嚼慢咽中透出来，透出来，让舌尖在麻辣中呼叫“好极了”。喜欢鱼面猪肉清炖的味道，熊熊的炉火让猪肉在乳白的汤中翻滚，猪肉的浓烈因为鱼面的柔和，就有了全新的味觉，肥而不腻，香且远。

黄梅的冬日属于雪。雪使思想沉静，雪让情绪飞扬，雪促血液沸腾。所以，黄梅人又做得土著艺术家。一个村子，一方戏台，数十条板凳，就是土戏院。这是黄梅村庄与社区的写照。雪花飞扬，胡琴响起，就有人舞脚蹈手唱起：“我家住在大桥头，名字叫作王小六……”这唱的什么戏？当然是黄梅戏。

渐渐远去的记忆

一个两个，三个五个，七个八个……

这一篼红薯，足有十来个。刷洗，刷洗，渐渐地，红薯的本色一点点浮上来，淡红的，紫红的，染得篮子也有了几分鲜亮。

刚刚，他扛着梯子，吭哧吭哧爬到储藏红薯的洞里。那洞真有些特别，先是竖着往下，再是拐弯，真是洞府有天地。已经是春天了，他的红薯还躺在洞里，酣睡。“你要不要带点回去？”他这样问我。没有容我考虑要还是不要，他已经哐啷哐啷往袋里装了好些。

久远的薯香唤醒记忆。

那只陈年的大水缸被抬出来，放进院子，之后，洗净。阳光下，我看到幽绿幽绿的陶釉。这只缸少说也经历了百十年的岁月，但是，它的陶釉依然厚实，依然色泽鲜亮，仿佛不久前的出品。

他要给儿子磨薯粉。

你要用缸磨粉？那不是好费力气？为什么不用粉碎机，电闸一开，几分钟就解决了。他摇了摇头，再摇了摇头，说：“我相信自己的手工，机械再快，没有手工来得好，这样制作的薯粉保有原初的风味。不信，等会儿你就知道了，那味道简直就是两样。”

于是，我们不再说话，看他动作。

红薯被钉在竹扦上，他一手拿了竹扦，在缸里沿着缸壁用力旋转，红薯在缸内的粗纹上摩擦，白色的薯浆伴随碎片滴落下来。这样几个来回，一个红薯就磨完了。

六十出头，他的双手还是那样有力。青筋暴突的手在缸内旋转，没有丝毫懈怠。他的嘴巴瘪着，似乎有什么话要说，终于没有发出声息，手依然在缸壁上用力，一大筐红薯即刻磨完了。

滤布被他找出来。一根绳子从梁上放下来，绳子的下端吊起十字的摇架。摇架的四角带着铁环，大布的四个角正好依次套在里面，打个结，妥当。他摇了摇十字架，说："刚刚合适呢，你看是不是，是不是？"我于是应和说："是啊是啊，刚刚好，一毫不错。"其实我全然是外行。这样一说，心里有些愧疚，生怕他这样依了我，惹出什么事情来。

薯渣被添上水，一根棍下去，三两下搅动，泛起白色的泡沫。白色的浆液在缸里晃荡，泛出淡淡的香甜的气息。那是红薯的气息。趁着薯粉沉淀的间隙，他蹲在院子里，瘪起的嘴叼起烟杆，嘶嘶抽起烟来。他的烟瘾很大，浓重的老黄烟在嘶嘶声中全然被他吞咽。他知道我又要劝告他戒烟，他笑起来，一口残缺的黄牙露出来："细伢年前车票不好买，没有回来，打算正月底回家，他喜欢家里的红薯，天南地北，路途遥远，红薯带不动，那就带点薯粉吧，这东西好保管，吃起来也方便，生活不易，一口吃的不比在家。"大约是想念孩子，他有些伤感，一口烟差不多都吐了。

我忽然也伤感起来。生活的向往和辗转反侧，成就了更多的颠沛流离，多少来不及洗去泥土气息的农家孩子，在梦里吟唱不息的乡愁……

摇架轻轻摇动起来。散乱的薯渣滚动成一团，白色的浆液透过滤布流出来，流成粗粗的一根水柱。这些白色的浆水经过沉淀，变成清水，而薯粉经过激烈碰撞沉淀下来，成为细腻的白色粉末。这就是薯粉。

午饭显得热闹而奢侈。硬柴发出毕毕剥剥的声响，这种声息让我觉得振奋。离开乡村多年，我已经远离了这种声息和味道。它的每一次飘散，都让我兴奋和新奇，尘封的记忆被打开，陈年旧事浮上心田，如此亲切。新鲜薯粉加上水，搅拌，恰到好处的乳白色。轰轰烈烈的炉膛照映得他的脸黑黢黢一片，脖子更显红润。灶膛红了，铁锅红了，乳白色的薯粉浆倒下去，发出哧哧的细响，之后归于平静。灶火更加旺起，火舌包裹锅底，一片红色。细密的泡沫带着响声在锅底鼓起来，鼓起来，白色的浆液变成了浅灰的贴饼。渐渐，这张贴饼发起胀来，厚起来，香起来，而浅灰更加深重，早就变成铁黑……

锅铲插下去，稍稍翻动，一张完好的薯粉饼被铲到砧板上，好厚实，好富态，一寸多的厚度，带着油色轻轻晃动的脂肪一样的粉饼，如此撩动人的食欲……

真正不可多得的乡村美食。它带有肉食的外观和素食的品格，一阵乒乒乓乓的刀板响过，大块的饼子变成黑色的块状。它们被整齐地排列在砧板上，配上青椒、葱蒜，再佐以肥肉，一起下到锅里，浓重的烟火中，荤素激烈翻滚，瘦瘠的素食与肥腴的荤菜互相吸引，肉块里的油脂被吱吱逼出，光亮的油汁渗透到粉饼，荤素搭配得天衣无缝……

吃薯粉哦，筷下去，小块薯饼夹起，来不及细嚼，咕噜噜滑到了喉咙，如此畅快淋漓，如此大快朵颐。再看身边的老伙计，早已是杯底朝天，满面通红。

乡土的味道？乡土的味道。

满满的一杯，晃荡了一下，溅起几滴，哎呦呦。不再犹豫，轰隆隆倾倒在喉咙里，摇摇晃晃站起来，唱一曲黄梅戏，却满嘴跑调："我跋山涉水找你来……"

那些年，母亲做过的美食

张　岚

世间万物，唯有美食与爱不可辜负。

年过半百，关于食物的记忆是绵长的，在远去的岁月和匆匆流逝的时光里，母亲做过的“美食”连同母亲的深情，一直藏在内心的深处，每当想起，那些温暖和美好，隔着厚厚的光阴，便会枝繁叶茂地呈现在眼前：吃过天下无数美味，最难忘的，仍是母亲做的各种“美食”。

炒咸菜

二十世纪八十年代初，我和二哥、三哥都在外地求学，能做无米之炊的母亲除了家常菜让我们难忘外，那些陪伴了整个中学时代的“炒咸菜”尤其让我们难以忘怀，每次提起或是看到这道菜，总会让我们感慨万千。

我和两个哥哥的中学时代，都是在距家十五公里的中学完成。与所有住校的学子一样，我们每周六回家，周日带上足够一周的煎饼再回到学校。那时，学校虽有食堂，但只是在生病或带的饭不够的情况下才到食堂“犒劳”一下，因此，每周末除了烙好必备的煎饼外，准备好五六天的下饭菜对母亲也是极大的考验。

冬天还好说，夏天的菜用不了几天就会变味，所以，在我们常年外带的“菜系”里，“炒咸菜”是最受欢迎，也是母亲做得最多的。

辣疙瘩是芥菜的一种，又称芜菁、芥辣、芥菜疙瘩，是一种根用芥菜。沂蒙的家家户户每年都会种植许多，每到秋天，母亲便把它的叶做成“渣豆腐”或晒干后冬天熬着、煮着吃，却会把根部洗净后放在大缸里，用一层层的盐间隔，放上足够的水，假以时日，便会腌制成四季可用的咸菜，凉拌、干炒或者直接啃食，都是下饭的极好佐料，其中，炒成的沂蒙咸菜，在二十世纪七十年代末、八十年代初，都是不可替代的美味。

每到周末，母亲便会切出一大碗咸菜丝，用水反复清洗几遍后，再用开水烫掉部分咸味，之后，把少许的五花肉切成片，把肉放在热锅上用些时间炒出油来，再放上些许花生油，用葱花爆爆锅，掰上一个红辣椒放在热油里过一下，之后，便把所有的咸菜丝放在锅里热炒，快出锅时再放进去些青辣椒——二哥喜欢吃辣，所以炒出的咸菜里都是一片令人生畏的红，我和三哥的则青多红少。然后，母亲会用大号的罐头瓶装上两瓶，沉甸甸地背到学校后，一般先把母亲做的炒豆腐或豆腐炒虾酱等存放时间短的吃掉，然后就是顿顿煎饼配炒咸菜。下课后，一杯清水，卷上一个咸菜煎饼，竟也吃得津津有味。最精华的，当数里面的肉丝，瘦肉部分最受欢迎，夹在煎饼里，每一口都香。冬天的炒咸菜因为五花肉的原因一般会有一层凝固的油，在油水不多的年代，并不感觉到难以下咽，甚至每周的最后两天，这带些肉味的咸菜，都成了带菜不多的同学们分享的美味。

除了五花肉炒咸菜，母亲还会用鸡蛋做配料。

把用水反复清洗的咸菜切碎，打进去三五个鸡蛋拌匀后放进热油里，再放些切碎的葱花，炒至香味四溢后出锅，竟也是一种带在学校百吃不厌的好菜。

近些年，母亲的炒咸菜有了很美的名字“炒三丝”，因为中学吃了很多，炒咸菜也好，炒三丝也好，都成了我生活中的一部分，无论是外出学习或者旅行，必定会带上些沂蒙煎饼和炒咸菜。去年沂蒙作家团去香港采风时，同去的伙伴中，几乎人人都捎带了不少，每顿饭都会拿出来分享，让周围的旅客惊奇不已，一周下来，尝了当地的美食，但家乡的味道却伴随了千山万水。

“每次你哥带你上学的时候，我都站在东梁上，直到看不见了才回来。”几十年了，母亲的话总在耳边回响，想起这些话的同时，总也忘不掉旧日岁月里母亲所给予的那些倾其所有的爱。

香油饼

“软面饺子硬面汤，多放油的油饼最是香。”母亲总是用行动证明着她这句话的正确性，因此，无论母亲做的饺子，还是做的手擀面，都是一流的，而母亲的香油饼却是无人能及。

儿时吃得最多的是葱油饼。

做葱油饼之前，母亲总是把葱花切至细碎均匀，粗大的盐粒子碾至粉末状。然后，和好面后，再用长长的擀面杖把手里的面团擀薄，这需要一定的技巧，用力太猛、不均都不行。但身材高挑的母亲站在宽大的面案前，轻盈有韵、行云流水般几分钟时间，便把厚厚的面团擀至极薄，再在上面涂上厚厚的油，反复涂至均匀，再撒上细细的盐。之后修长的手指天女散花般撒上一层厚厚的葱花，再紧紧地卷成卷后，把面卷一层层叠加在一起，用手压实后，再用擀面杖均匀地擀实。之后，放在大铁热锅里，反面正面慢慢地烘。等香气溢满天地的时候，母亲麻利地用刀切成几块，热气腾腾地端在桌上，配一盘青椒炒豆腐，喝一碗稀饭，便会让一家人心满意足。

母亲的葱油饼怎么吃都不厌，香油饼更是母亲的独门秘籍，无人可以仿制。

香油饼用两层薄饼合在一起，中间放入不同的馅，在铁锅上用慢火烘制而成，那份香味，如同今天的老城火烧，但却又不完全相同。母亲说："这样的香油饼功夫有二：一是和面，二是做馅。"母亲和面，会在面里放适当的花生油，这样"烙"出的饼会香酥可口；"荤馅"香油饼是在五花肉里放些大葱或者点点韭菜或者香菜，放适量的盐，按一个顺序均匀地搅拌后包在香油饼里，烙出的香油饼胜过人间所有的美味；素馅的也是美味无比。那个年代，肉原本就是稀罕之物，自然不能奢侈到天天都吃，手巧的母亲便用各色青菜做成香油饼：土豆切成略粗的丝状、菠菜、芹菜、海带、大白菜、萝卜……山村里能见到的菜，每一种都各有不同，而秘密却在放进菜里的自制油里。这种油是母亲特制的：把纯花生油放在热锅里，等油热了之后放进适量的花椒、葱，热开锅之后盛放起来，便成了母亲做所有素馅香油饼的"秘密武器"。每一种馅的香油饼，都令人难忘，即使后来生活条件好了，母亲时常做上一些，大人孩子都会你争我抢，片块不留。许多婶子大娘跟母亲反复学习，却总也做不出母亲的味道。我也经母亲亲手多次调教，终还是与母亲做出的相去甚远。

母亲去世已四周年，世间再无母亲味道的香油饼。前些日子，带领分管的同志去潍坊参观学习。为了赶时间，我们选择了一家火烧店，里面肉、素火烧齐全，午餐时五个人吃了三十元钱的火烧，人人吃得开心叫好。其中的素馅火烧，让我一下想起了母亲的香油饼，与店老板沟通了半天，做法竟然与母亲的有许多相似之处，不由得从心里生出了无限亲近之感。只可惜临沂与之相去甚远，也只好把联系方式存在手机，以备下次路过或来潍坊时再重温旧时味道。

炸茄盒

想起母亲，便会想起母亲做的“炸茄盒”；想起童年，便会想起“炸茄盒”的味道。

和土豆一样，沂蒙山盛产茄子，从春天到深秋，饭桌上总能见到茄子的影子。茄子的吃法也有很多种，既可炒、烧、蒸、煮，也可油炸、凉拌、做汤，做法荤素皆宜，各有千秋。

二十世纪七十年代，母亲做得最多的是炒茄子。鲜嫩的茄子用手连皮掰开，也不用刀，只用手撕碎些，再用水洗几次，把少许的五花肉在热锅里炒出足够的油后，放入葱或蒜爆爆锅，再把茄子放进去炒一会儿，同时放一两个青椒提提味，之后便加入适量的水，把水炒干后出锅，香味满满，配着刚烙好的煎饼，十分下饭。

也有大众的做法，就是掰上些许豆角、先用猪大油炸好锅，再炒至半熟后，把掰好的茄子放入锅中，放足够的水炖出来，一人一碗，又当饭又当菜，简单而实惠。炸茄盒反倒要复杂许多：七分瘦三分肥的猪肉剁碎后，加入葱末和姜末，有时也放一点鲜韭菜，加入适量的盐和花椒水调好馅，之后大个的茄子洗净后不去皮，切成两片相连的茄片，再把馅夹在两茄片中间；用面粉调出浓稠适当的面糊，把锅里的油烧至七成热后，把夹好肉馅的茄片在面糊里蘸一下——喜欢吃酥皮多的就裹得厚一点，不喜欢的就多控一会儿。（酥皮薄厚并不是面糊的稀稠决定的，而是在裹面的时候自己掌握）然后放到锅里，小火慢炸至表皮金黄后盛出，控掉多余的油后就可以享用美味了。每当炸茄盒的时候，满院子都是香味，香酥的外皮里面裹着脆中带糯的茄片，茄片里夹着香香的肉馅。一口咬下去，香脆可口，美味无双。

那时，肉少，油也金贵，除了中秋、春节等重大节日或盖房、婚庆等重大事件外，一年也难得吃上几次，所以，每次吃炸茄盒在家里都是一件隆重的事。后来，风味茄丝、蒸茄子、肉末蒸茄子、鱼香茄子等等，茄子的做法丰富、多样了。及至读了《红楼梦》中的“茄鲞”，才知道了茄子有如此富贵的吃法。也见过把茄子丁放在比萨里的时尚吃法和许多文艺吃法，但在我看来，都不及母亲炸出的茄盒味美、色香。

今年清明回家时，全家在二哥家吃饭，二哥专门准备了“炸茄盒”，年过六十的大哥一句“一口咬下去，吃出了咱妈的味道”，让全家人一下子沉默了许久。

鱼香茄子

在故乡，秋天最多的蔬菜当数茄子。

蒙山附近的茄子又以长条的紫茄子为好。由于受充足的阳光照射，加上特有的土壤，这些大紫特紫的茄子可以煮、蒸、炒、腌、凉拌、做馅儿，口感和营养价值上乘；作为农家当家菜的它占据饭桌的时间也长，从夏天到秋天再到初冬，都有它的影子。到了中秋前后，茄子配羊肉自然很妙，与鱼配在一起更是鲜味满满。

家住蒙山深处，童年吃过最多的“海鲜”除了海带、虾酱、虾皮、白鳞鱼外，就数小咸鱼。这种咸鱼长二三十厘米，烤熟或者用油炸后都是极好的下饭菜，但母亲却会做成独有的“鱼香茄子”：把咸鱼头去掉，鱼身用水反复浸泡去盐；把茄子用手撕成大块用蒜片炸过后，炒至半熟，然后再放进咸鱼，之后放些水进去，至水烧干后菜便好了。有时母亲也会用白鳞鱼做成“鱼香茄子”，无论是哪一种鱼，茄子里都会浸上鱼香的味道，鱼肉却是柔韧筋道，吃起来总会让人食欲大增。虽然后来才知道，饭店里的“鱼香茄子”里无鱼多肉，但在我家，母亲生前用咸鱼烧的“鱼香茄子”竟成了独有的品牌，更成了我的专利。即使在城里生活了近二十年的母亲，也不会忘记在花盆里、泡沫箱里种上各式茄子，每当收获它们的果实后，总会想方设法露上一手，每每让我垂涎三尺，感叹人生夫复何求。

母亲的“鱼香茄子”自然是最“平民”的一种吃法。《红楼梦》第四十一回中刘姥姥吃过的“倒要用十来只鸡来配它”的“茄鲞”吃法，自然是极“贵族”的一种。这种讲究至极的贵族，与其说是一种文化，倒不如说是一种身份的象征——就是话也不好好说，吃也不好好吃，茄子自然也就没有茄子的味道了，甚至让农民出身、长年与茄子相伴的刘姥姥不识“真面目”自然也是情理中的事了。

其实，我不吃茄子已经很多年。

1998 年 8 月 8 日，当爱人在尘世中为我做好最后一顿午饭、在工作岗位上因公殉职后，整整二十年里，我再也没有种过、买过，更没有再炒过茄子以及与之相关的饭菜，甚至母亲也再没做过我百吃不厌的“鱼香茄子”，它成了我心中不可跨越的一道鸿沟，成为我走不出的一道坎——因为爱人为我做的最后两道菜是肉末茄子、茄子凉拌辣椒。

那时，爱妻狂人的爱人知道我爱吃茄子，便变着花样地“茄子来、茄子去”。闺阁情话中，我们竟然还聊过那么多关于茄子的文化趣事，比如东坡茄子。其实，东坡茄子也是江浙一带的名菜，清代诗人袁枚用麻油、米醋拌食，在夏天食用。相传吴越王钱镠的儿子腿部有残疾，是个瘸子，人们怕犯忌，就把茄子改称“落苏”—— 一个充满诗意的名字。直到现在，江、浙、沪一带仍有不少人把茄子叫成“落苏”。甚至，照着袁枚《随园食单》里的“吴小谷教官家烧茄子是剥皮的，然后用猪油煎炸，而卢八太爷家则不剥皮，酱油爆炒”等描写，反复演练后端上了我们的饭桌。但之后的整整二十年里，我竟然能清楚地记得那天午餐茄子的味道，似乎，那顿午餐一直留存在我的胃中一般。

“中庭地白树栖鸦，冷露无声湿桂花。”

“忆对中秋丹桂丛，花也杯中，月也杯中。”

……

今晚，伴着浓郁的桂花和轻吟慢唱的秋声，中秋的月亮悄悄地挂在了窗上，硕大、圆满、温柔，还有一丝淡淡的忧伤，如旧日岁月里一些细碎的时光，被夹在微黄的书页里，途经年深久远的打磨之后，已成为苍山水寒的断章，但旧日那些温暖还在，母亲的爱仍在，爱人留在世间的味道还在。于是，在这个万家团圆的中秋之夜，我轻轻起身走进厨房，扎上绣着荷叶边的围裙，拿出一块鲜嫩的巴鱼，试着做一道二十年前爱人做过的旧菜，做一道四十年前母亲做过的旧菜……

“摊”煎饼

煎饼对食材要求不高，大多就地取材，无论是玉米、高粱、小米、地瓜，都可烙成煎饼，存放时间达一月之久，又便于携带，是沂蒙人重要的主食。

关于煎饼的故事、文化也很多。相传，诸葛亮发明了煎饼；孟姜女哭长城所带的食物也是煎饼。清代蒲松龄在其《煎饼赋》中写道：“煎头则合米豆为之，齐人以代面食。”“圆如银月，大如铜缸，薄如剡溪之纸，色如黄鹤之翎，此煎饼之定制也。”解放战争时期陈毅带兵刚进驻沂蒙老区时，遇见的第一个困难就是吃煎饼，为了让来自五湖四海的战士学会吃煎饼，他还创作了顺口溜：“吃煎饼，卷大葱。张开嘴，往里拥。牙一咬，手一松，吃张不过几分钟。”近年来，沂蒙的煎饼走上了文化节目《舌尖上的中国》，走出了国门，更是成了一种品牌，成了沂蒙的代名词。

母亲不但是天下做饭最好吃的人，更是最心灵手巧的人，简单的煎饼食材，母亲都会做出人间美味来。

每天总是天不亮，母亲就起来烙煎饼，至七点左右便会烙出一二百张煎饼。上学的、早起下田干活儿的，也都该吃饭了。母亲便会停下正烙的煎饼，到院子前的小菜院里割一把鲜嫩的韭菜洗净，把豆腐切碎，放上点花生油和盐，打上两只鸡蛋调均，再回到鏊子前，把饱满的馅均匀地放在已烙好的成品煎饼的上段，然后对折，直至折成三角形，之后放在鏊子上，正、反面各烙几分钟，纯正的韭菜香味便弥漫开来。一家人围坐在桌前，桌上仅放一碟母亲用小葱、青椒、醋拌好的小咸菜，每人一碗玉米糊糊——玉米糊也是极其简单，把玉米面调成稀糊状，放在烧开水的锅里，再烧开锅便可食用；有时玉米糊里放点盐、豆子或几片菜叶，便成了“咸糊豆”。而吃“摊煎饼”的时候，清水煮玉米糊是最好的，放开肚子吃上一顿皮脆、馅香、开胃的“摊煎饼”。上学的孩子、上班的人们，走在路上，都有回味不完的清香，一天更有使不完的劲儿。尤其是冬天，天寒地冻，吃上一个热气腾腾的“摊煎饼”，那份暖是从心底里传递出来的。

年岁渐长，吃过很多种“摊煎饼”：泰山顶的、超市里的、小胡同深处的，甚至是二十多元一个外送的，从没见过做成三角形的，相同的是，每一个“摊煎饼”用油、用料、用心都很多，但吃起来，总没有童年时的香味，更吃不出母亲做出的一丝丝味道。

夏凉茶

母亲的夏凉茶大都就地取材。

绿豆茶是母亲做得最多的一种。早上，母亲都会煮上满满一大锅绿豆茶。水是自家的山泉水，豆是自家田里产的绿豆，抓上几把，大火煮烂后，上学的，下地的，上班的，人人背上一壶，便是消暑降火的上等好茶；尤其是在密不透气的玉米地里挥汗如雨劳作了半天，到地头喝上一大碗，又解渴又解乏。这时的绿豆茶里，母亲总会放上一点点盐，绿豆也多，喝了既当饭，又补充了大量流汗后的体力；那时，山乡买小鸡的、货郎或者讨饭的也多，饥渴难耐时，母亲便会送上食物，端出绿豆茶来让对方喝足；夏季雨多，刚刚还晴空万里，瞬间便会电闪雷鸣倾盆暴雨而至，母亲便会煮上一碗热腾腾的红糖姜茶，喝上之后暖心暖胃，再蒙头睡一觉，再重的感冒也会立刻见好。

也有雅致的。农历六月，岁月见半，又是双月，麦收也恰好忙完，略略喘口气的空闲时节，却是勤劳母亲们拆洗棉衣棉被、纳鞋底做针线的好时节。七手八脚、麻利地把棉被拆了，把棉絮放在太阳底下晾晒，洗好的被面用不了多大一会儿便会晒干，婶子大娘们一起动手，说说笑笑间隙一床棉被即“缝”好。做鞋底、鞋面的原料，需要把许多零碎的布料一层层粘在一起，再拿到烈日下晾晒，这两种活儿，有了火热的阳光，效果才会最佳。于是，在每年“六月榴花红胜火”的时候，我家的大柿子树下就是村里婶子、大娘主要的劳动场所，母亲会剪了各色的月季插在瓶里，摆在树下宽大的石桌上，桌子上还有煮好的绿豆茶、刚刚做好的小糖饼、自家院子里摘下的嫩黄瓜。我觉得最雅致的，是母亲从院中石榴树上摘下的石榴枝，连叶带花放在锅里煮开，便成了婶子大娘全天的好茶品。

母亲还有“圣医妙手”之称，小病小恙，没学过医的母亲都能手到病除。每到盛夏，母亲还会备一种村头路边常见的鬼圪针（也叫婆婆针）草煮成的凉茶，这种茶能治感冒发热、咽喉肿痛，尤其对女性缺水后的上火有奇效，这样的夏日茶也最是受婶子大娘们的欢迎。

茶是心之水。前些年，母亲把寻来的苦菜、蒲公英洗净，晾干，炒成去脂、降醇的夏晶茶，一袋袋捎给远方的亲人，同时捎去了母亲的那份牵挂。

清贫的岁月里，母亲的美食是一种智慧，更是一种真爱。用最简单的食材，做出儿女胃里最不可替代的美味，其中的调料，除了爱，还是爱。

那天读一篇文章，作者有一天突然接到同村、同事的指责电话：“凭什么说，你的母亲是咱村做饭最好吃的母亲？”对方一下明白了，因为彼此都已是吃不上母亲做的饭的人了——在儿女的心中，自己的母亲才是天下做饭最好吃的那个人，追忆与母亲相伴的时光，更如此认为。

“何止于米，相期以茶。”于我和母亲最终成了奢望，如今，我只能在回味远去的旧日时光时，怀想母亲的种种“美食”和深藏其中的唯一的爱。

会折纸的人

张卫华

一

大院里空荡荡的。蝉鸣一点点坠进来，又会被这空荡反弹出去，发出金属撞击的声音。这声音再落到耳膜时，就使人产生眼冒金星般的眩晕。眩晕先从斗室开始，然后冲破斗室，辐射到整个空荡荡的大院。小时候常常产生一种眩晕感，这种眩晕感完全是由于空旷。

家里太空旷了，父母都在忙生计。箱子、橱子、柜子上的金属锁已全被我摸光摸亮。那个老木箱子上的环已经坏掉，就是被我无聊时拽坏的。玩遍屋子里能玩的，就只剩下墙上的钟表嘀嘀嗒嗒。连时间都在忙。我忽然对忙碌有一种破坏欲，把钟表拆下来，按住它，不让它流动，让时间静止下来。

我的破坏欲把我解放出来了。先是被反锁在屋里，然后被锁在屋外，脖子上多了一串钥匙。那钥匙完全是摆设，我几乎没有一次主动用它开过门。屋外的前面是门房，确切说是厨房。厨房对我是敞开的。把小板凳按照高矮胖瘦依次排开，像一列开来又即将开去的列车。躺在列车上，身体轰鸣，头顶冒烟，整个人在飞。还是眩晕，整个家属院也太空旷了，没有大人也没有孩子，只有几排低低的黑屋檐，和一层又一层跃起的青苔。偶尔有麻雀充满好奇站在列车上，倏忽又飞走了。弹跳力出奇地好。我的列车开不出这空旷。飞累了就去厨房找吃的，转了几圈除了几个西红柿、几根黄瓜，就是大葱。因为吃了还在青着的西红柿中毒了，又因为黄瓜每天做面条就放，一闻到黄瓜味就恶心。唯有大葱，只要不层层剥茧，它就不辛辣，就不让你流眼泪。大葱不是用来吃的，是用来当拐杖的。我那时是这么想的，那是魔法拐杖，它可以帮助人实现梦想。

母亲下班回来，见我躺在小板凳上，怀里抱着一棵大葱睡着了，嘴边流着长长的哈喇子。她不说话，紧紧抱起我。我也假装没有醒，愿意母亲就这么紧紧抱着我，多抱一会儿。

二

后来父母上班前把我送到门卫木头六那里。说是门卫，空荡荡的家属院也没啥可看的。他在大门口放把椅子，终日坐在那里：夏天穿白色跨栏背心，摇着大蒲扇；天凉时就在外边罩上一件灰色的长袄，不摇大蒲扇；冬天坐在有着长长烟囱的炉子边烤手，一边烤一边用炉钩子翻开炉盖反复看。他整日笑呵呵的，像圆圆的佛陀。是的，如果不是他穿得太朴素，我就以为那里坐着一尊佛。小孩子总是以为佛陀是和普通人不一样的，至少穿戴是不一样的。

木头六不是佛。我更加肯定这一点是因为他总是出洋相。他教我折纸飞机时，我问：“飞机还能飞回来不？”他大笑说能能能，然后举起折好的飞机，那飞机不待飞时就从手的后面折戟沉沙了。他教折纸船，我想折一艘不会沉的大船。他说好好好，一下雨放在浅水湾里，船一下就瘫软下去。他说他折的蝇子罐里有蜜蜂，然后非常神秘地让我听：“嘤嘤嘤，听到了没？”“净骗人，根本没有！”他用四根手指捏着纸的四角说：“信不信我说到‘东南西北’东的第五下时，你妈妈就来接你了。”“我才不信呢，你又不是神仙也不是佛。”不过有一次，真的就如他所说，恰恰母亲就来接我了。我疑惑地冲他笑笑，莫不是他偶尔也能当上一两回神仙或佛？

木头六是我见过手指最灵活的人。不管我说出什么，天鹅小鸡小鸭，小狗小猫小兔小老鼠，还是稻草人大轮船小帆船大飞机小飞机，他都能从床板上取出裁好的小方纸来，三下两下万物就能停靠在我的手心。那一沓沓洁白的小方纸是我见过最神奇的雪片，仿佛对着手掌吹一口气，念两句木头六，雪就化掉了，万物就自现了。

也不是所有东西都能变出来。比如海，怎么念木头六木头六也没能变出来。风也不能。渐渐地就觉得无趣了。我恹恹的，觉得夏日又闷又长。

“你看你看，墙上有天狗！”循声望去，墙上果然有一只大狗龇牙走来。我一下来了精神，又循着影子望去，木头六在做手影。从此各种手影变化不断，配上故意的尖牙利嗓，每天上演不同的小戏码。我至今还会那个“上打锣三通，下打鼓三通，锣鼓一起打，中间开大缝”的小手戏。

我问他：“为啥叫木头六？”他笑着说：“俺爹妈想叫啥俺就叫啥呗。”“是不是你会折纸就是因为你叫木头六？”“鬼丫头，告诉你一遍就记住纸从木头里来的了。不知道，俺爹妈没说过，俺爹妈早没了。”“那你想他们不？”“想，不过很多时候想不起来了。都三十年没喊过爹妈了。”我忽然不想说话了，我不想说话的时候，木头六好像很不安。

三

路过木头六的门卫室时，好像听见里面有动静。扒着窗户往里看，木头六正愤怒地把手中的搪瓷缸子朝墙上砸去。先前上映天狗吞月的地方“咚”的一声，把白缸子弹回来，缸子在地上又跳了两下落定了。木头六伏在桌子上，肩膀抽动着久久没有抬起头来。

我惊呆了。从来没见过木头六不笑，也从未见过他发火。或者他也不是发火吧，好像比发火更让人悲伤。他好像在哭，无声地哭。我一时茫然，不知所措。

母亲走过来往里望了望，抱起我说：“走吧，别看了。”

我一直不停地问发生什么了，母亲只是说，小孩子别问了，以后也不许和木头六提此事。他哭一哭就好了。

我一直不清楚那天在木头六身上到底发生了什么，但一定是有事。我不懂成年人的世界，却懂得那悲伤，那无处发泄的悒郁。

四岁时给心爱的猫洗澡，猫死了，我不敢说。挖坑葬猫时，悲伤压得我很沉很沉。我却不知怎么说，和谁说。木头六的悲伤或者也是这种不知怎么说和谁说的悲伤吧。

四

她叫麻五。

据说她家是做剪刀的，世代做的那种。传到她这一辈，因为都是女儿家就失传了。她排行老五，脸上有麻子，名字由此而来。她家卖剪刀，剪刀铺就在小城最繁华的那条街，东侧右拐第二个门就是。

她家邻居是卖字母软糖的。那种一排赤橙黄绿青蓝紫七种颜色七种字母七种味道一律沾满白砂糖粒的软糖，那是一种甜的诱惑，和对于所有甜的回忆的支撑。有很长一段时间我拒绝甜。味蕾上的甜、听觉上的甜、视觉上的甜、眼耳鼻舌身意所能触碰的甜都让我充满警惕。喝茶久了就觉得苦中之味才是人间至味。齿序徒增，又轮回来了。据说甜食能让人产生愉悦感。因重拾而重新审视甜。甜只是味道中的一种，甜就是甜，同酸和其他诸味一样无所谓好坏。若失宜当，皆是人之欲望之叠加。和甜又有什么关系呢？是呵，我不该心怀偏见。尤其不该妄自菲薄。甜，从童年开始对我就是一种诱惑，且会成为一种终极诱惑。像电影《甜蜜的事业》里唱的那样："甜蜜的工作甜蜜的工作无限好啰喂！"

攒够了一毛钱就去买一排字母糖，捂在口袋里舍不得吃。从A吃到G需要好几天。先是舔掉白砂糖粒，然后将字母全部化在口腔、心坎里。小心翼翼而又充满虔诚，生怕一道风一吹就散去。那些化去的甜在心里跳啊跳，构成一种憧憬。大概是对于喜欢就紧紧握着的姿态很不好看，难看的吃相被麻五见到了。

她扑哧一声，忍不住笑出声来。平时根本不笑的她一笑起来很出乎意料。我恼羞成怒，白了她一眼没说话。其实麻五长得蛮好看的。头发梳得一丝不苟，用桂花油把一个圆圆的黑亮的发髻拖到脑后，上面罩了一层黑网，黑网上有隐约的亮星星。我用小孩子的审美评判她的头发，觉得不罩那张网会更好看。话刚出溜到嘴边，又被舌尖按下去了。“怎么？小毛孩还不让笑了？”“不让！”麻五便哈哈地更加肆无忌惮地大笑起来，然后扭着屁股大摇大摆地走了。

麻五走后，留下一团若有若无的香粉味在空气里飘来荡去，像一团雾，看不到又轰不走。她对小孩子从来不屑，大概是真的。家属院里晓红的妈妈就讨厌我们小孩子到她家里玩，每次都是假惺惺地笑，然后给我们轰出去。可我觉得晓红妈妈非常爱晓红，只是不喜欢我们而已。但是麻五是从骨子里对所有小孩不屑，从未见过她抱一抱哪个小孩，或者俯下身和小孩子说话。不过，她好像也没有小孩子可以抱抱，我确实没见过麻五家的孩子。麻五的眼皮一直是低垂的，偏偏眼眉高挑着，这构成一种张力，力气均衡时还好，不均衡就变形。或者，她大概觉得自己是跌落人间的天使吧，凡是肉眼和凡胎都不配让她睁大双眼，透彻而温情地注视。每一个觉得不配的人生里都会茂盛地生长出许多尖刺来，这刺先是疯狂地刺向别人，然后又无声地刺向自己。

有时候我能从小巷的窗户下看到屋里的麻五。她多半在揽镜，左瞧右照。魔镜呀魔镜！然后放下镜子，轻轻一声叹息。或者她的悲伤是脸上的几颗麻粒。那麻粒像溅落在春天里的几个小泥坑，水洼洼的，带着土星子味。她的装满春天的心因之而坑坑洼洼起来。这让人忧伤，忧伤得有些寂寞。我仔细观察过麻五的麻子，是完全可以忽略的，几个细细小小的坑。甚至有时我还会觉得那些小坑很可爱，要是贮满了笑意的话。但是我没告诉过麻五，她会不屑的。我好像也从来没有和她交流的欲望。

更多时候觉得麻五是个隐形人，她的存在缥缈，像个影子。像谁的影子呢？说不清。说不清也看不清。不在眼前的时候，觉得她的脸有一种冰冷的杀伤力，带着棱角泛着铁质的冰凉，和她家卖的剪刀好像有一种说不清楚的相同属性。她在眼前时又觉得她真的蛮好看的，脸很白，很圆，不是我喜欢的那种好看，但也绝不锐利。

五

“磨剪子咧戗菜刀！磨剪子咧戗菜刀！磨剪子咧戗菜刀……”小巷里回荡起这声音的时候，我总会问：“妈，啥叫抢菜刀？为啥要抢菜刀？”母亲总会大笑看着我说：“不是抢，就是刀钝了要磨一磨。”

我总要跑出去，看着那人骑着破破烂烂的自行车，后座驮着长长的布袋褡裢，背影摇摇晃晃消失在小巷的深处。

“妈，木头六和麻五在抢菜刀！”

母亲飞跑着冲向警卫室，那里正开着一锅粥。沸点是高高低低的争吵声。“这日子没法过了！”麻五涕泪交流。木头六闷头闷脑地说：“不过能咋的？”那把麻五要自裁被木头六夺过但没夺过去的刀，被母亲夺过来。母亲说：“有话好好说，别动刀动啥的。”小小的警卫室因为拥挤了争吵声、哭声、叹气声，显得更加逼仄和昏暗了起来。

“唉，实在是缺了一个孩子！”母亲在回来的路上自言自语。

我不是很懂，默默地跟在母亲的后边。母亲又说："不是在抢菜刀呵，是刀钝了要磨一磨。"好像是在自言自语，又好像是接着先前的话茬说。我忽然觉得木头六很可怜，麻五也很可怜。

原来，麻五和木头六不是在抢菜刀，他们只是在看不见的磨刀石上磨啊磨。我有点看不懂，却觉得木头六很可怜，麻五也很可怜。

不过，我刚刚知道木头六和麻五是一家。木头六是麻五家的上门女婿。在我心中，木头六的家在警卫室，麻五的家在剪刀铺。

六

我被父亲提前塞进学校里去了。我很高兴，放学后每天都去木头六那里说学校里的趣闻。木头六每次都笑呵呵地听，好像他一下也生机勃勃起来，问这问那，好像他从没上过学校。

中午放学时，大风雪裹挟着整个马路。商业街那边围满了人。听说死了人。忽生不祥之感，跌跌撞撞跑过去，是麻五的剪刀铺。麻五正神色麻木地出来进去。木头六死了，没有人说起死因。毫无预兆，他亲自把自己折在一片白里，在一个大雪纷飞的早晨。他乘着一架纸飞机，或者是坐着一叶小渡船，顺着东南西北随便哪个方向就走了。他没说还回不回来，什么时候回来，或者说也白说，他说了不算。

雪积过膝，每走一步仿佛都需要有力拔山兮气盖世的气魄。不若此，人就像种进去的雪萝卜，拔不出来。木头六是把自己种进去了，他也曾用尽平生气力，用着力拔山兮的气魄对抗最平凡最普通的生活。现在，他忽然不想再用力了。他选择用雪埋葬自己来自动退出这场雪。或者，会折纸的人有着天生对纸的信任，对白的依赖，所以他用白来交上自己。

到家属院门口时，我的眼泪忍不住落下来，砸在雪里，狠狠砸下去。那眼泪仿佛是一个人怀着满腔的热，对生道不尽的幽怨。

母亲说："木头六死了。"我说："嗯，在路上听说了。"

怒江行记

孙 茂

怒江是一块美的凝聚体，是天地造化诠释美的样本，是摄人心魄的美的存在。

我现在又回过头来回忆怒江，是对怒江有着某种特别的情愫，这种情愫来自高黎贡山，来自独龙江，来自那里淳朴的人民。

我是 2016 年 7 月中旬去的怒江。盛夏的 7 月，怒江没有一点儿夏天的样子，大雨小雨连绵不断，从这座山下到那座山，雨像狗皮膏药，粘着怒江。夏天怒江水浑浊不堪，车行驶在七扭八歪的山路，令人心惊胆战。两边山上弥漫着白茫茫的山雾，雾气一会儿升腾，一会儿隐没。一路上，我注视着怒江，怒江注视着远方，好不惬意。

怒江既是州府也是江名，怒江州全名曰“怒江傈僳族自治州”。在怒江，傈僳族是大民族，而汉族反而是少数民族。怒江是被山围裹起来的，在怒江很难看见日出，太阳也被大山逼得躲起来了，阳光只是偷偷摸摸地从山缝里挤出来。正午时分，云是坐在山上的，天和地连为一体，人一眼看去，满目皆山，满目皆云，云可随手抓来当零食吃。怒江山上的云像一条玉带，在青山间盘绕，在村庄间蜿蜒，在蓝天下徜徉，散发着无限风情。凑近大山时，有的人会感到被山的气势压得喘不过气来。山上林木茂密，怒江人民喜欢把房舍建在大山之上，山顶、悬崖、河谷都布满屋子，那些屋子像大山上结出来的果实。

地质第四纪的强烈地壳运动，造就了三百一十六公里的怒江峡谷。怒江大峡谷位于滇西横断山纵谷区三江并流地带。据县志记载，峡谷在云南段长达三百多公里，平均深度为两千米，最深处在贡山丙中洛一带，达三千五百米，被称为“东方大峡谷”。海拔四千多米的高黎贡山和碧罗雪山夹着水流汹涌的怒江，峡谷中险滩遍布，两岸山势险峻，层峦叠嶂。怒江大峡谷集峡谷、高山、民族、边境和江河、森林、生物、气象众景观于一体，在这里你会强烈地感受到大峡谷的雄、险、秀、奇、幽、旷、绝，以及“十里不同风，百里不同俗”的纯情、绝美、神奇的自然景观和民风民情。

“怒”是居住在江边的古老民族的族名。怒江不怒，怒江无恶水，有急流而无险滩，除了虎跳石之外就没有多少险礁了。白花花的小溪从山林间冲下来，白色的水花形成一条很粗的白线，从山头挂到山脚。山有多高，水有多高；行有多远，水有多远。

怒江是一个少数民族聚集的地方，它包括有怒族、傈僳族、独龙族。独龙江乡是怒江州贡山县下设的一个乡镇，在云南的最北面，与缅甸、西藏相连，那里广泛分布着独龙族。据说，在独龙河谷里，男子是不文面的，而女孩子长到十二三岁，就需要文面。先用竹扦蘸上锅底的烟灰，在眉心、鼻梁、脸颊和嘴的四周描好文形，然后请人一手持竹钎，一手拿拍针棒沿纹路打刺。每刺一针，即将血水擦去，马上敷上锅烟灰，过三五天，创口脱痂，皮肉上就呈现出青蓝色的斑痕，成了永远也擦洗不掉的面纹。文面技术慢慢消减，目前独龙江文面老人也是屈指可数。遗憾的是，这一切都只是听说，因天气不顺，未曾真正到达心心念念的独龙江。

在怒江总有让人看不尽的美丽风景，比如，冬可观雪景，春可赏野花，秋可走田园，夏可览江河。一年四季，怒江沉浸在美的坯体里。2016 年夏天，我怀着无限憧憬去了怒江。

去怒江支教是一件迄今想起来就很有意义的事。通过层层选拔最终确定为“暑期三下乡大学生支教团成员”，时间暂定 7 月中旬出发。一切工作准备就绪，15 日晚从曲靖乘火车抵达大理。因天气影响，租一辆跑福贡的大巴送我们进怒江，司机是怒江本地人，一路上热情洋溢，很有耐心地给我们讲述怒江故事。刚踏上车，满心激动和欢喜，总觉得前方会有无限的惊喜等着我。司机用地道的怒江本地话说道：“夏天雨多，经常会有塌方，山崖上有落石翻滚下来，有时车会冲到怒江里。”司机的话吓得我赶紧缩了缩脚。怒江安居在怒江大峡谷里，路和县城都沿着怒江两边延伸，左边是高高的山崖，右边是奔腾咆哮的怒江，一条不宽不窄的二级公路蜿蜒盘旋。我们去时恰逢一处滑坡，推土机硬是铲了两个小时才打开道路。天灰蒙蒙的。同行的师生有十五人，在车上醒了又睡，睡了又醒。我甚是好奇，捧着手机拍这拍那，从远方的山边我看到那些大山上稀疏散落几户人家，像上天种下去的种子。离屋舍不远处有自由吃草的牛。我在想，他们独门独户住在那些高山上不孤独吗？晚上会不会有人抢劫？有路上那些大山吗？还有那些自顾自吃草的牛，没有人放，它们会不会跑丢？又或者会不会被人偷去宰了吃？一个个奇怪的想法陪伴我度过一个又一个隧道，让我忍不住想从司机那里得到答案。中途休息，司机告诉我说，怒江这边都是一家人一座山，路也肯定是有的，不过都是山路；抢劫更不会发生，晚上睡觉都不闭门，民风淳朴；至于那些牛，不会有人偷，牛听得懂人的话，只要主人站在家门前吼几嗓子，牛就回来了。司机的这些话，让我对怒江有了更加笃定的期待。

六库是怒江的州府。怒江东依碧罗雪山，西靠高黎贡山，怒江纵贯其间，江东是政治商业中心。每当夜幕降临，沿江两岸的楼房建筑和灿烂的灯火倒映怒江，泛起闪闪光波，犹如一幅幅恬静优美的夜景画。

车在州府六库停了半小时，草草吃过午饭，继续前行。山越来越大，雾气愈来愈浓，那些山腰山尖喷薄而下的溪水，越来越多，一条条清涧从山的头上冒出来，沿着山峦流淌下来，形成一道天然水帘，很是好看。在怒江，水是不用愁的，每家每户都有一条独立的泉水，用竹管引水，青石做盆，在泉盆置一水瓢，可供过往的路人饮用。我尝过，那水特别清凉，特别甜。

到达福贡已是晚上八点，福贡古名“上帕”，现在的县是由“上帕镇”演变而来的。吃过晚饭便开始筹划第二天的工作。当地人招待我们的是怒江本地最有名的漆油鸡。漆油鸡，顾名思义，用漆油做的鸡。做漆油鸡，需得两大重要食材，一是漆油，一是鸡。漆油就是漆树结的籽榨出的油，冷却后凝成块状，属怒江傈僳族人的传统食品，常被人们当作相互馈赠的礼品。打一碗上好的蘸水，伴着漆油鸡下饭，味儿简直绝了。

在怒江的十五天天气阴沉。我们走访了几个村子，路都是土路，农户家正在建设平房。怒江人建房热闹，但凡沾亲带故的人都自愿来帮忙，个把月，房子就建好了。房屋一律用的空心砖，依旧沿着山腰山坡起房。途中我遇到一个割猪草的女人，竹篮不是用背来背，而是用脑门。我在想，她的脑门不疼吗？7 月 20 号左右，走进福贡下面的另一个村子，鹿马登乡布拉底村。村子背靠群山，面临怒江。乘着面包车跨过怒江，一路蜿蜒，来到村委会时，见一群光脚嬉闹的孩子，清澈的眼神，红红的面颊。队友说，那叫高原红，像是刻在那里的孩子身上的印记。村长给我们介绍着村子的发展历史和草果种植。我无心听，转着头看这看那，再往远处望去，高黎贡山与碧罗雪山高耸巍峨，就像祖祖辈辈生活在这里的傈僳族人民，骨子里透着倔强、朴实和坚忍。

农户自家种了很多芒果和黄瓜，黄瓜是用来招待客人的。我们去的时候，老乡热情地摘了家门前院坝里的黄瓜，那黄瓜不用削皮，很嫩很甜。一个老乡握着我的手说了很多话，但大多没听懂，只粗略听了这么几句。“如果娃娃（孩子）想要读书，我们会一直供他上学。”这是家访时一个母亲说的话。

去鹿马登乡布拉底村时，村长告诉队员们。怒江有一个石头生成的月亮。我越听越对怒江充满好感。石头做的月亮会发光吗？在高黎贡山山脉中段三千三百米的峰巅，有一巨大的大理岩溶蚀而成的穿洞，洞深百米，洞宽四十余米，高约六十米，沿着怒江北上，百里之外，就可看到这个透着白云蓝天的石洞，它有一个好听的名字，叫作“石月亮”。它仿佛是开天辟地时就耸立在那里；在傈僳族古老的大洪水神话中，它就已经存在了。它像怒江的一个守护神，护佑生活在这片纯净大地上的子民。

晚上回到住所，推开窗户眺望，漆黑的夜空，远山上闪耀着稀疏的灯光，不熟悉的人会以为那是挂于云端下的星星，事实上那不是星星，是昏暗的灯光；房屋稀疏地散落分布在高山，它们是挂在云端的村寨。

巍峨的青山托起美丽的山寨，美丽的山寨孕育一群可爱的孩子：天使般的笑容，水灵灵的眼睛，像一棵棵生机盎然的太阳树，植根在怒江两岸青翠的山头；红红的脸腮，清澈的眼神，散发出明亮与生命的气息。

青春时节，行路万里，在怒江，遇见巍峨的高山，遇见恬静的溪流，遇见一群美好的孩子。我想这所有的“遇见”都是青春岁月里的落子无悔。此行怒江，从一个外乡人的角度读写怒江，在纯美与善良之间见证怒江傈僳族人民的点滴生活，虽然山的那边还是山，但只要人的良善、纯美不变，在这青山秀水间，我相信，怒江会变得越来越好。很多年后，再回忆起来，自是别有一番心境。至少那年夏天，我行走在怒江高岗上，领略清澈的风，甘甜的水。

离开怒江，但自此，怒江就是我的了。

桃花渡

阳　春

桃花渡是土家人的河流志，也是中国文化版图和生活美学上的意外留白。

一朝潜入梦，此生不愿醒。我不知道还有什么地方，能展现出如此壮观优美的景致。

戊戌盛夏，从榔坪下了沪蓉高速，进山的路就愈加狭窄崎岖了。车窗外的山连绵起伏，巍峨和秀美跃入眼帘。长阳，这是中国大地上留给我的最后秘境。这秘境中有很多名词：清江、桃花渡、三背河、杨如风……

哥哥杨如风曾与我约定：“找时间，我带弟弟去桃花渡看看。”哥哥老家就在三背河，在桃花渡。

这个夙愿终于在疾驰于山间的车轮上得以实现。此行去长阳，还有著名诗人古化十、著名书画家黄金亮。我们自驾于莽山野林间，起起伏伏穿行一小时后，上了盐池河桥头。杨如平大哥早已候在桥上，他是哥哥胞兄。哥哥提前三天回了桃花渡，不放心我们今天驾车走最后一段山路，嘱托大哥远迎五十里到盐池河接引。

上山的路果然更加陡峭而险仄，车在大哥的驾驶中却如履平地，仿佛从山腰射出的一支利箭，迅疾而平稳，时而又带来过山车般的刺激。连续一段上坡路，车便穿过了渔峡口镇子，再翻上几座大山，我们已全然行驶在莽林之中。左边是深不见底的悬崖，右侧是峭立裸露的巉岩绝壁。大哥镇定自若，他似乎很随意地操控着方向盘，车子往往在快要见不着路的时候，急弯骤拐，又恍惚出现一条狭长的山路，恰好车身般大小。

突然，我们从一个陡坡就要冲向山顶，前面一条窄路像面条一样，沿山脊朝左右两侧延伸。正当我们揣测大哥一脚轰上去，车是向左还是往右的时候，它却完全跳出我们的意料，直接横腰冲了下去。那一刻，失重之感顿然袭来，只觉双腿腾空，浑身飘移，唯有窗外的云朵和清风可附着。我分明看到亮张大了嘴，瞳孔放大，一副凛然就义的神态。当然，或许我的神情也与他并无二致吧。谁知道车开上山脊后，还有一条险象环生的下坡路，飘带一样挂在山脊的另一面，车直直地俯冲了下去。前方是真看不见路了，大哥似乎把车开到了天上。他的眼睛眯成一道缝，猜不出他还有没有在注视车前方。亮惊魂未定，怯生生地问："大哥，这车你咋开的？"大哥头也不回："凭感觉喽！"又问："我怎么看不见路，你看得见吗？"大哥答："我也看不见。"亮彻底陷入了沉默。

路的尽头早已没了市声，唯有高处的山涧鸟鸣，伴着几声犬吠。一幅绝美的山水图景徐徐展现在我们眼前。早已迎候在山坡上的哥哥，疾步走下来，霞光透过松林，落在他的脚步间。山下溪水潺潺，白浪翻卷起朵朵圣洁的花。我知道，三背河到了，桃花渡到了，经年的梦境终于鲜活地扑面而来。

杨家新宅立在山腰低缓处的一片平地上，一排白墙黛瓦的两层阁楼，虽是新修的，却还原了土家族建筑的居住美学，视野极为开阔。这里的村落多古朴无华甚或有些自然粗糙，在保留原始形状的垒石基础上，以天然原木搭建起村舍房屋，鲜有斧凿痕迹，只见天地自然原生的木石形式，与屋后青山、屋前石路一起绽放出山水乡野独有的力度和气质。

从新宅的院坝边俯瞰，可见得三背河蜿蜒而至，山麓最近水的地方是杨家榨坊旧址。过去许多年里，哥哥一家临河生息。桃花渡在榨坊侧畔，桃花渡所渡，正是三背河。自南向北奔腾而下的三背河，在阳光的照射下宛若一条银光闪闪的白练，轻盈地飘动在层峦叠嶂的山谷中。沿河两岸的落叶松、云杉等树木葱郁苍翠、绵延不绝，由谷底延伸至山顶，为峡谷撑起一条美丽的绿色长廊。奇特的地质形态和富有魅力的土家传奇故事，赋予了这方宝地丰富的视觉效果和想象空间。

翌日醒来，推开房门的瞬间，对岸山顶被云雾团团包围——桃花渡的云雾从天而降！梦幻而妖娆，宛如童话中的仙境。牛乳色的浓雾将昨日清晰的山峦和树木层层笼罩，氤氲中的桃花渡变得虚无缥缈、踪迹难觅，仿佛一夜之间从人间蒸发。我们深一脚浅一脚走过一片沾满露珠的斜坡草地，轻手轻脚地靠近那片造梦的水域——桃花渡。此时的桃花渡朦胧混沌，一片苍茫，置身其间，恍若旖旎的梦。

也就过了几分钟，大片的云雾变成了云絮，或飘浮在半空，或悬挂在树梢，随着太阳渐渐升起，越来越淡，树木和山峦的轮廓清晰可见，桃花渡重现人间。轻盈的河水拍打着狭窄的河床，温柔地在脚下哼出一声声呢喃。

虽时值酷暑，桃花渡却一片清爽。哥哥领着我们下到河滩来，脱了鞋，光脚走在大小不一的卵石上。他健步如飞，还扛着几个十数米长的地笼，赤身下到水里去，一个个潜放在水流湍急处，等待捕获一些从上游过来的不速之客。他全然顾不得我们，任由桃花渡来接应了。

两岸绿意葱茏，远山奇峰起伏，在蓝天白云间绘出优美的山形轮廓。河水清可见底，硕大的卵石在水光间荡出光影。这般景致实在叫人喜欢得紧，总赖在岸上岂不是对桃花渡的辜负？于是，我和古化十争抢着扑向了河面，甫下水时有一抹的微凉，但转瞬即逝，我们欢快地扑腾开来，河面被拨开层层的洁白的浪。

亮略有不同，他赤裸着上身，小心翼翼地挨近水域，迟迟没有下水。我和古化十以为他是不会水的，向他掷去略带鄙夷的目光。孰料，他突然一个猛子扎向拐子潭的最深处，在潭里荡出一个极深的漩涡，接连向周围扑腾起半丈高的浪花。我和古化十以及不远处的哥哥，无不感到震惊而钦佩。然而，往后好一阵子，亮仍旧维持着同一个动作，在原地扑打。我和古化十对视一眼后，疾疾地朝他游了过去，合力将他拔了出来。重出水面的亮，从嘴和鼻腔里喷出高高的水线，仍含糊不清地喊着："我让你们看不起我！"我问他："你到底会不会游泳？"亮回答："就是不会啊！"哥哥在一旁笑得快要稳不住脚。亮实在有着艺术家的可爱。

半晌之后，亮回过神来，始发觉天地模糊：眼镜不见了！我们弓着腰，目光透过清澈的河水探向河底，除了光洁盈盈的卵石，丝毫不见他遗失于水下的眼镜。正当此时，又一个身影从我身边扎向水里，身姿轻盈，动作敏捷，鱼儿一样在水底划出一道弧，旋即冒出水面，一只手伸向亮："你的眼镜！"原来是大哥，他在岸上目睹了这一切，以他对桃花渡四十余年的熟悉，要在河里寻找一样东西，实如探囊取物。

日光愈加明媚。古化十躲在一处林荫下，半躺在浅滩里，任湍急的流水瀑布一般经过他的全身。我和亮从河里出来，沿着河滩走，被一些形状奇异、光泽富丽的卵石所吸引。

待我们返回桃花渡口，哥哥正拎着桶，走向几处安放着地笼的地方，开始收笼。他重又下到河里，河水漫过他的腰身，他牵起地笼的首端，一节节地朝胸前收拢回来。见笼里收获颇丰，他露出一丝意料之中的笑容："不错呢，鱼儿不少，还有几只虾，蟹也进来了一对儿。"等其余几处也收笼结束，桶里已是满满的河鲜了。哥哥转身又去了数十米外，拾回两块石头，走回来递给我和亮："这可是真正的古化石啊，你们看，里面还有昆虫的形状，能捡到可不容易。"我们接过石头，仔细端详，爱不释手。

暮色低垂，我们上得岸来，揣着各自的成果，跟随哥哥从杨家榨坊，沿着长长的斜土坡回半山腰的新宅去。桃花渡的流水淙淙，在寂静的夜更加悦耳，逐渐瘦成一阕杳远的晚笛。山风徐来，松涛阵阵，迟归的鸟儿悠悠地翔在天，它们的叫声婉转如曲，带着自由的快乐和纯净的幸福。对面的山上仿佛有女子在放歌，顺着夜色飘过来，响遏行云。我们停步在山腰，侧耳倾听着，不忍前行，生怕踏碎了远处的歌声。哥哥说："那是土家姑娘在唱山歌，土家儿女无不能歌善舞。"我想那定是一位俏如桃花的姑娘吧，以至于我看近旁的树和草，也都觉得是天生的歌者舞者。

土家人作为山地民族，他们的习俗大都摄取于山。土家族人有自己的语言，无民族文字，通用汉文。他们崇拜祖先，信仰多神，不仅能歌善舞，还尤重礼行。邻近的许多村民听闻杨家有来客，都络绎不绝地送来一些家里的蔬果农产，或者特意新做了白嫩嫩的豆腐，满脸堆笑地端过来，还冒着腾腾的热气。杨家伯父和伯母替我们连声道谢，又转过身来为我们释义，这是土家人极高的待客礼节。也有人家为宴请我们去家里，提前忙碌了好几天。他们的宴席精致而考究，所有菜品都用大土碗盛装，半荤半素、一菜两味、油而不腻、丰富多样，皆为农家自产的鱼、肉、鸡、鸭、时蔬等，色香味形极其独特。土家人的淳朴热情和生活上的丰赡旷达，浓墨重彩地呈现在大圆桌上。

想要进入土家族人的生活哲学和精神空间，必须深入桃花渡大峡谷。桃花渡大峡谷如同土家族语言，没有现成的文字记载，只存在于他们的口语之间，隐匿于世界的深处。你在任何年代的地图上对它的寻找皆是徒劳。

日头尚未翻上桃花渡的山头，大哥就领我们从桃花渡口出发，沿三背河溯流而上，向大峡谷挺进了。此行五人中，大哥、哥哥是出入峡谷多年的能手，他们深谙去大峡谷的路况。尽管不难预见途中的一些险阻，但我们亦可从他们从容的神色中获得足够的信任。他们各自背着一个土家族的背篓，里面备着路上需要的食物，譬如出门前刚摘下的黄瓜、带着泥土沁香的花生、易于就地烘烤的玉米棒，以及几听啤酒。

与我此前预想的大有不同，这次进大峡谷，全程都行走在河谷里，没有一条日常意义上的路做铺垫。该蹚河就蹚河，该攀岩就攀岩，滚石、树枝、枯木、野藤，甚至翔于浅底的鱼，都是我们的道路。也别妄想在半道打退堂鼓逃上岸走山路返回，河的两岸尽是千年莽林绝壁，插翅难飞。

大哥走在最前面，即便背负重荷，跳山越涧依旧如履平地。哥哥同样一身轻松。古化十紧跟其后，兴许是他体瘦的缘故，动作尚算敏捷。我和亮落下一段距离，我倒未感有几分吃力，只是担心亮。他拖着硕大的身躯，行动相对缓一些。我俩相携向前，鞋袜早已湿透，却还需它们保护脚掌不可脱下，以防被河谷中的碎石或不明利物划伤。

不难想见，这条河谷就是两岸高山亿万年前生出的罅隙。河道蜿蜒，多有盘根错节的水竹、灌木林、杂草。水流拐弯处往往积水要深一些，我们得走到相反的一边，踩着松动的卵石而过。实在遇到没有裸露的河滩，也只能下到水里，深深浅浅地蹚过去，管不得是没了腰还是淹了胸膛。所以，并未走出几里路，我们的裤子也湿漉漉的了。两岸的树木愈来愈高大茂密，林中深不见光，不时有飞鸟蹿出，啾啾地盘旋在河道上空。

大哥的注意力不在脚下，他时常停于一处，如翠鸟一样紧盯着河里的鱼，时而还能捞一条上来，纳入早先备好的袋子里。我知道他那是在为我们准备午餐哩。如是行进了两三小时，路程难以确切，其间各自补充了些能量。路是愈发难走了，古流潺潺，滩少潭多，数洞并联。两岸郁郁葱葱的古木遮天蔽日，前方视线变得崎岖幽暗起来。这时候我和亮忽然四目对视，一股寒流走过全身。我们不约而同地意识到，此行兴许会邂逅我俩都惧怕的“神物”。

接下来的路是无法从河道中直立行走了，三背河从陡峻深窄的峡谷中轰轰然挤过来，草木深深，乱石高垒。我们需要不断攀附岸边的树枝和野藤，或者徒手翻越嵌于河里的棱角分明的莽石。哥哥借助两块高过人头的青石，跃到了岸边的巉岩下。我和亮正要尾随而上，却听他在前方兴奋地喊着：“有一条蛇呢！”我霎时收回向上迈出的腿，亮在我身后也吓得僵立着，弗敢出声。

待稍回神过来，我对他说：“亮，咱们还从水里走吧。”亮颔首，跟我一起陷身于深水中，小心翼翼地摸索着新的路径。我们踩过水底晃动的卵石，再借助另外两块巨石的力量，快速绕过了哥哥先前的位置。

哥哥并未紧追那条蛇，很快又走到了我们前头，继续领路。接连几阵攀岩、蹚水、挪石、援树之后，总算来到了一片相对平缓的地带，河谷中仍然是三五米高的巨石林立。这里的河道放宽了些，视野开阔了许多，日光暖暖地落进来。沿岸参天的古木能让人仰断颈，古木上空雄踞着一对巉岩，高不可测的模样，直冲冲地俯视着河谷。哥哥说那是猫儿岩，因酷似两只灵猫相抱而得名，是三背河流域最受瞩目的峰峦。我们看着猫儿岩上的两只灵猫，觉得两只灵猫也是看着我们的。大哥翻上一块赤岩，卸下背上的竹篓，坐下来抽烟。等我们都上来了，他放开话来：“已经过正午了，我们就走到这里吧。生火烤玉米吃，顺便烤几条鱼。”

于是，我们各自在河边捡了些浪柴和倒在河谷中的朽木，生起了火，把玉米棒和鱼架在上面翻烤。火苗在柴火上发出毕毕剥剥的声响，升腾起缕缕青烟，从密林里飘向空中。食物被烤熟的香味越发诱人。体能被大量消耗的五个男人，如饥似渴地围坐在火堆前。虽然看似简陋，此情此景中，却委实不啻一顿饕餮盛宴。这一刻，我们仿佛是世界的主宰，我看每一个人都无比伟岸，无不自带英雄的光环。

口腹之欲得以满足，得掐着时间出峡谷，不能继续往前了。我们开始按原路折返。这次换我和亮走在了前头，哥哥和大哥护在后面。返程的路丝毫不比来时轻松，仍然要蹚过齐胸的河水，或攀上长满苔藓的峭壁。

又到了那截让我和亮心生惧怯的路段，我们只想默默地尽快通过，互不惊扰。哥哥却不安分，仍想去探探那条蛇，他再次跃身而上，大哥也飞身紧随。我生怕他们被蛇伤害，在石下朝哥哥喊：“你们要当心啊！”却未想要当心的并不是他们，只少顷工夫，哥哥便双手擒住一条硕大的墨蛇冲了出来。见状，我一边往前逃一边朝身后喊：“亮，咱快跑！”哥哥却在后边唤着：“亮，快回来，给我和蛇拍个照。”亮僵立在水中，一脸惊悚地望着哥哥手上的蛇。因为躲出了一段距离，我自认为已到安全之域，也或者是心疼亮，便停住脚步，壮着胆子回头去看。这时我才看清那条蛇，身长两米有余，一直在极力挣扎。哥哥臂力了得，那蛇在他手中丝毫动弹不了。哥哥有话，亮难推辞，尽管早已栗栗危惧，却仍慢慢地靠拢回去，颤颤巍巍地举起了手机。于是，镜头拍下的画面是，哥哥一脸泰然，蛇却愤怒地朝亮吐着芯子。

蛇最终被放生于湍急的河流中，它重获自由后仓皇而逃，拍照结束后惊魂未定的亮，也三步并作两步追到我跟前。回桃花渡的路一如来时，或许是逐渐近家的缘故，我们的脚步愈发轻快起来。天光倦怠在山腰，我们五人重新出现在桃花渡，仿佛五位凯旋的木剑客。

在两面山脉的环抱中，澄澈的三背河一路奔腾流淌，雕刻出危岩奇峰、瀑布深潭，最后涌入清江。地形上的袋装封闭造就了三背河与世隔离的桃源空间，历史上从无兵燹之罹。千百年前，那些南迁而来的杨氏族人，邂逅远避乱世的三背河，生息于这片清丽山水间。家族世代在此隐居下来，将杨氏的高逸和风流，融入三背河的自然景致，筑造栖息村落，以渔樵耕读安身立命，建立起以血缘为纽带的精神家园，代代传承。

从桃花渡走出大山的哥哥，早已成为身显名扬的诗人、作家、出版人。回到桃花渡来，一如早年时候，他终日在河里摸鱼，在卵石上喜喜地舞。岸上过路的乡人，仍然遥遥地唤着他的小名儿。他在河里响亮地应着，满脸盈盈地笑。我在一旁对他说：“哥哥啊，在外面没几个人会直呼你名姓了吧？”

哥哥暖暖地回我：“他们一唤我小名儿，我就还是小时候的我啊。”

桃花渡这些年很少渡人了。但我知道，只要有人唤起哥哥的小名儿，桃花渡还是原来的桃花渡。每年春来，两岸的桃花依旧艳艳地开。

故乡的夏夜

陸一山人

山色空蒙无人声，暮色四合向黄昏。太阳收敛了灼眼的光芒，把金色的余晖投向炊烟袅袅的小山村，渐渐地从故乡西边的山坳坳里沉下。彤红如火，流云金灿，晚霞染红了半边天，云层间折射出一道道橙红色的光束。山脚下一株古香樟树，斜倚在残垣断壁的古屋后，更加青翠蓬勃。古屋圮废多年，如一位风烛残年的老者，屹立在夕阳里，守望着故人归来，显得更加苍凉。稻田、山塘、楼房、山峦……镀上了一层金灿灿的霞光。

几点白鹭飞入东山的树林，倦鸟绕村数匝归巢。乡村巴士拉响了悠长的汽笛声，像一台古老的播种机，把从镇上收来的父老乡亲播撒在乡间的小路上，短暂的停留后，冒着浓烟，扬起黄尘咆哮而去。田垄上，空无一人，山塘里的草鱼躲在漂浮的青草下，啜吸着一根根嫩草，尽情地享受一顿鲜嫩的晚餐。鱼儿似乎受了惊吓，倏地转身摇尾，搅动水花，如桨划过水面，水声浑厚，荡起层层轻波细漪。小鱼儿探出嘴，吐出气泡，给平静的水面画了一个个同心圆。几只水黾飞快地滑过水面，踏水而行，如履平地，轻盈的身体后留下一路水纹，荡漾，消散。

夜在这片宁静的天地里肆意妄为。一种令人寒栗的精灵，在夜色中振翅飞翔，鬼魅般的身影忽隐忽现。此时，故乡的夜属于令人毛骨悚然的蝙蝠。蝙蝠用敏锐的触觉和雷达捕食蚊虫，饱餐一顿后倒挂在檐角，或藏进砖墙的罅隙，发出如鼠般的尖叫声，故乡人称它们为“檐老鼠”，多么令人讨厌的名字，和它们狰狞的嘴脸如此般配。这时，小山村大抵是安静的，没有城市的喧嚣，偶尔传来一阵犬吠声。几口山塘的蛙声和满田野的虫鸣声，在这片空旷的天地里，拉响了弦，擂动了鼓，一阵又一阵，此起彼伏，如山魂在原野里歌唱，不知疲倦地唱到拂晓。

黑夜把晚霞和落日余晖吞噬尽，天地一片昏沉。缥缈间，东边的苍穹闪耀出一片亮白，越来越亮。山脚下，几处灯光穿透了茫茫夜色，从硕大的玻璃窗里射出。一轮圆月爬上了东山的林梢，洒落一地的清辉，让原野笼上了一层淡淡的白纱。山色朦胧，树影绰约，一阵风拂过原野，掠过门前的灌木丛和竹林，飕飕而语。轻风吹动弄堂里悬着的一盏五支节能灯，灯影摇曳，一只只飞蛾扑向灯光，幸好不是一团火，否则会哧溜一声落地而亡。

一扇硕大的玻璃窗内，灯光通明，电视声入耳，半开的玻璃窗被两扇紧闭的纱窗隔着。黑色的甲壳虫，一定是攀爬的好手，在纱窗上抓着一格格纱，飞快地垂直往上爬，犹如一场没有输赢，又不怕死的攀岩比赛。它们漫无目的，只想找到一处缝隙，遁入室内，离光明更近一点，它们向往光明如同人的欲望，看到了虚无缥缈的光环，不达目的不会停止。转眼间，一只甲壳虫爬到了纱窗的顶端，翻过玻璃窗的铝合金横梁，在光滑的玻璃上爬了几次，跌落后，又向上，向上，再次跌落，我似乎听到了它的甲壳撞击铝合金发出的声响。它无奈地翻过铝合金横梁，又爬到纱窗上，上上下下，寻寻觅觅，终究是找不到一丝缝隙，落在窗台上左右爬动，已失去了方向，愚蠢地忘了振翅飞翔，光明近在咫尺，触手可及，不舍。此时，纱窗上多了几只甲壳虫，上的上，下的下，沿着各自的路线行进，从无交集。偶尔飞来了几只蛾子，向玻璃窗撞去，撞得蛾粉扑哧，跌落在窗台上挣扎。蚊子的智商最高，在开门的一瞬，择机窜入，登堂入室逢人便叮。

我站在窗前，看昆虫愚不可及地乱窜、乱爬，好像看到了自己的影子。于是，走过宽阔的庭院，倚栏听风赏月。

好久没有见到这么好的月色，或许故乡一直有这样的月色。昔时，在椿树下，搬来躺椅、凉床、竹椅，在一轮月光下，听父亲讲不完的故事，央求母亲讲几个浅显的谜语，看萤火虫在瓜棚上轻落轻飞，光斑点点，一闪一闪如流星般划过长空。如今，父亲老了，每夜守着电视打发时间，母亲有忙不完的家务。兄妹三人天各一方，听故事、讲谜语的时光，留在童年的记忆里，徜徉在我的字里行间。故乡变了，变得没有生机，一群老弱病残守着家园，我也变了，半生飘零不归，容颜苍老，面目全非，唯有一轮明月不变，或圆或缺，照耀着故乡。

凝神望月，彩云相伴。一丝裹满童真的笑在嘴角扬起，月光女神不老，那个关于指月割耳的传说老去。懂事后，我明白，那是故乡人对月神的敬仰，不许孩子们用手指去亵渎月亮的神圣，约束孩子们不要轻易用手指指点点，感叹故乡人编的传说其涵义不浅。月亮走，我也走。长大后，月亮陪我去江南，如今，月亮陪我回故乡，千里共婵娟，月是故乡明，我更喜欢故乡的那一轮。或许是年纪大了，我越来越念旧，思绪在年少时的岁月游荡。望着故乡的这一轮明月，让薄薄的云层呈现出五彩斑斓的耀眼光芒。今夜，故乡的云是雪白雪白的，云长了脚，跟着风儿走，时而遮住了明月，时而蒙住了星星的眼。阔阔天宇间，璀璨星河里，我寻找着牛女星的寂寥，感叹牛郎织女一年一次相逢的凄苦，然而，我回故乡的次数屈指可数，那是父母眼中的盼望与寂寞。仰望星空，绕地旋转一圈，寻到了最闪亮的星光。望着那颗最亮的星辰浮想，忽然，天空中闪动着一点红光，缓缓地穿过云层，消失在茫茫星际里，是夜航的飞机，还是遨游太空的卫星？

我双手握着庭院边的不锈钢围栏，夜已微凉，小山村熄了灯。母亲在西厢房里忙着帮我整理行囊，见她推开了门，朝庭院里望了望，要我早点睡。今夜，有如此一轮皓月相伴，我如何舍得入室而眠。我应诺一会儿入室，脚步却钉在庭院里。庭院西边的一株高大的泡桐树，沐了一身皎洁的月光，显得蓬蓬勃勃，随着夜风摆动。竹林在风的召唤下，是谁在如水的月色下约会？窃窃私语，侧耳倾听，有虫鸣声在捣乱。惹得西边杂屋鸡舍里的鸡群，发出咕咕的叫声，隔着一道木质双合门传来，瞬间又安静下来。

皓月上中庭，星垂原野静。故园只独看，未解思乡情。田野对面，月色照亮了屋顶的琉璃瓦，铺上了一层薄薄的月光，通透薄如蝉翼。山塘里荡漾着月波，或许蛙声被这溶溶的月光惊艳到了，更加狂喜，更加嘹亮。月光洒向镶嵌在山林中的楼房，打在外墙的白瓷砖上，折射出一道温润的白光。月光让生硬的楼房变得柔情，富有浪漫感的诗意在我心头涌动，似乎看到楼房里住着一个明眸似水的姑娘，守着月光，等情郎来约会。

父亲早已鼾声如雷，母亲看了看熟睡的孙子，熄灯入睡。我的思绪如一匹脱缰的野马，在月下狂奔，从东山的采茶时光奔向西山的梯田里割稻，摸了摸中指上镰刀割过的伤，隐疼在指尖苏醒。思绪去了江南水乡，又回到故乡，想停留下来，洗净铅华，守着故园几亩田地，粗茶淡饭，日出而耕，日落而息，过上渔樵耕读的隐居生活。甚至奔向了凤形山的祖坟，分明看到大叔的容颜和坟墓，我此刻变得异常惶恐不安，不敢往下乱想，面对现实，毕竟父母年事已高，悬崖勒马，收回了思绪，眼眶里盈满泪水。望着月亮，望着眼前的这栋楼房，父母二人帮我们兄妹守着这个家，平常空空荡荡，那种孤独感无以言表，他们却从未表露出。我发觉母亲养的鸡越来越多，有鸡群相伴，或许不会寂寞。我突然想起，中午时分，儿子用弹弓打伤了一只鸡，让母亲心疼了半天，晚餐时，母亲还在惦念着那只受伤的鸡是否归舍。

夜已深，清风阵阵，天空开始喷洒着露水，升起雾霭。田野和山峦变得更加朦胧，如笼薄纱，有了明月的照耀，更加迷人，如临仙境。我感受了夜的清凉，在七月的盛夏里，没有一丝暑热，让我错觉是暮春时节，不用风扇，更不需空调，每个毛孔里融入了故乡的气息。只要回到故乡，我会放下纷繁复杂的工作，惬意地享受故乡带给我的安宁，如隐居世外，无忧无虑。

推开门，用温润的井水涤去尘埃和疲倦，侧身而卧，反而变得清醒。恰一轮明月盈窗，窗外竹影婆娑，月光透过窗子，向房间洒了一地光辉，一格格窗影，隐隐约约。窗外的虫鸣声和蛙声交替而来，让我无法分辨。小儿鼾声时有时无，奏响了一首安详的夜曲。

当年，我逃离了故乡，背她而去，故乡不弃我。今夜，我这样睡在故乡的怀抱里，还有一轮明月为我掌灯，照耀着这一方宁静的天地，照亮了我的眼眸，蛙声和虫鸣是古老的摇篮曲，把我摇进了梦乡。

外婆的菜园

崇　文

我家河对岸坐落着一处四合院，土木结构，木柱矮楼，碧瓦吊檐，瓦楞上爬满了许多不知名的苔藓和野草，在初冬的微风中缓缓摇曳，俯仰生姿，似在低声倾诉院子的沧桑。这里除了几个媳妇是外姓人外，清一色住着姓雷的人家。这儿院落大，小孩多，重要的是顿顿都能吃到外婆家可口的饭食，在缺衣少食的年代自然也就成了我儿时的乐园。

外婆的菜园位于四合院右侧不远处的一口小水塘边，一分地左右，纵向呈长条形布局，从上往下有小小的坡度。一年四季菜园都是郁郁葱葱的，像聚宝盆一样惹人爱怜。

命运多舛的外婆，三十余岁即成寡妇。先嫁的丈夫在育有两女后被抓了壮丁，音信全无。改嫁的河对岸的医生，在育有两子一女后又撒手人寰。剩下漂亮干练的外婆，艰难地操持着一家四口的生计。除了积极参加生产队里的劳动挣工分口粮外，剩下的些许时间大都给了自家菜园了。

每年三月，第一场春雨过后，就见外婆一清早拿着锄头，提着竹篮，里面装着用各种废旧布头包裹的小白菜、火葱、韭菜等种子，在菜园里种菜。母亲常会跨过小河去帮忙，我会跟着去玩。她们熟练地使用锄头翻地、捣土，然后撒种各种菜籽，再撒上细土覆盖。看着她们娘俩边做边说的高兴劲儿，我也兴趣盎然，不是在地边搓泥巴蛋，就是背着双手不停地左右挪移双脚，将地边土壤踩结实。新鲜的泥土上，留下了一个个密密麻麻的小脚印。

两三天的工夫，小白菜冒出了微黄的嫩芽，转眼长成绿叶，不几天就能拔来吃了。紧接着小葱、韭菜也长出碧绿而纤细的秧苗来，稍高一些，就进行带土移栽，便于它们发育、生长。芫荽的种子外包有一层皮，撒种之前，看见外婆用双手使劲搓掉外皮才种下，它出土较迟，一旦长出土壤，用手一摸一闻，异香扑鼻。

在青黄不接的二三月，许多人家连饭也吃不上，而外婆家却未断顿。吃得较多的就是凉拌小白菜，甚至还有白菜面条、韭菜炒鸡蛋、凉拌芫荽等。吃着外婆家有滋有味的饭食，我喜不自胜，为有如此能干的外婆而自豪。

夏天的菜园尤显热闹。四季豆藤蔓悠长，密密紧紧地攀爬在竹架上，爬到顶部没有去处了，孩子般昂头四处张望。蝴蝶样的淡白小花，盛开在翠绿的叶片间，煞是好看，淡淡的花香也引来蜂蝶翩翩、小虫吟唱。侧耳倾听，是她们在缠绵细语，还是诉说前世今生不泯的情缘？花落不久，绿油油的豆角就一批接一批地结出，数量之多，摘也摘不过来；时间之长，可达两三月。一些豆角顽皮，喜欢捉迷藏，要人拨开藤蔓才能发现，我常置身人字形的竹架里搜寻，把摘来的豆角白水煮着吃。

黄瓜的蔓须也爬满竹子瓜架，朵朵黄花开过不久，一根根大小不一、长着白色嫩刺、布满朝露的嫩绿黄瓜就缀满了瓜架。成熟的黄瓜也有嫩刺，却不扎手。我尤为享受生吃黄瓜的情景，一掰两段，清香扑鼻，咔嚓一咬，脆生生的满口生香，生津解渴，如仙露琼浆，余味悠长。外婆刚给我摘下的黄瓜水嫩嫩的，我舍不得吃，总要拿在手里端详摩挲大半天，才一点一点慢慢嚼食。

茄叶硕大稀疏，点缀着淡紫色花，花谢后就结出长长的紫茄，粗如鸭蛋，甚至垂在地上。因为茄子顶部有刺，常由大人采摘，一般不许小孩摘取。有些大人和孩子饥饿时会摘上一根，直接啃食，感到特别香甜，我却一直不习惯这种带着生生气息的味道。

成熟的西红柿就像一个个红彤彤的皮球，挂满了枝蔓，为防止倒伏，外婆在它们旁边插上一根根半人高的竹棍，再用细绳将西红柿的枝蔓拴在竹棍上。西红柿的果实红透成熟了，活像小孩的圆脸，才可以摘吃。缺粮的时候，青的西红柿也会被摘下来切成薄片炒吃，酸溜溜的，幸运的是居然没有中毒，可能是炒的时间较长的缘故吧。

我对西红柿不感兴趣，闻到它的味道就不自在，即使是鲜艳无比的成熟西红柿，也下不了口咬下去。令我没有想到的是，一次夏天的经历改变了对它的看法。

那是七月的一天中午，没有一丝风，闷热异常。我从一个山坳把柏树枝背到另一个山坳的外婆家去做柴火用，一路上汗如雨下，眼睛被咸咸的汗水刺激得很难睁开，只好不停地挥臂揩汗，酷热、干渴一直考验着我的意志。而当我颤巍巍来到外婆家卸下柏树枝后，一身轻松。外婆热情招呼我进屋休息，我看到桌上筲箕里装着一大堆红彤彤的西红柿，是外婆刚从地里摘下洗干净来犒劳我的。极度的口渴使我顾不得对它的讨厌，我抓起一个大着胆子啃了下去，汁水横流，居然香甜可口，十分解渴，不一会儿我就把它消灭干净了。那种香甜的滋味让我从此爱上了西红柿，遗憾的是现在再也不能享受到如此美味了。

菜园边的水沟旁，除了依依轻拂带来凉气的杨柳，还有当时罕见的香气独特的栀子树。我常和小伙伴一起将柳条折下，编成圆圈戴在头上，模仿电影里解放军的装扮，奔跑冲锋，颇为神气。五月过后，栀子花香丝丝缕缕，沁人心脾。我常摘下一朵装在衣兜，时不时拿出来闻闻，直到香气完全散尽才恋恋不舍地丢掉。有时把它夹在书里，十天半月后香气浸润全书，馨香馥郁。从此，我记住了世间还有香味独特的栀子花。

夏末秋初，外婆又在菜园里点种萝卜和小油菜，我会经常用小木瓢舀水浇灌，然后蹲在菜园边，静待种子发芽。

深秋时节，豌豆尖儿一茬接着一茬地长，掐下嫩绿的它来做汤吃面，味道真不一般。少见的花菜也开始结出硕大的花蕾，不管是清炒还是凉拌都爽脆可口。入冬前，水嫩的红萝卜可以拔来生吃，如果在炖猪肉时放入红萝卜，出锅前再撒上芫荽，那味道真的终生难忘。

冬天的大白菜一层层地包紧裹实，用稻草拦腰扎着，一棵棵收进家里，随意摆在泥地上，就是冬天最好的蔬菜，足够吃上一两个月的。

每当新鲜蔬菜出炉，外婆总会率先采摘一部分与众邻分享，邻居们也会分享他们的劳动成果给外婆，他们的淳朴大方可见一斑。

我的外婆和舅舅们，用辛勤的汗水、自给自足的方式，在没有解决温饱的年代过着衣食无忧的生活。每逢夏季，白天格外漫长。放晚学的我总会看到外婆和舅舅们挥汗劳作的身影，或挑粪，或浇水，或除草，或捉虫，汗水湿透衣衫。

外婆在接近八十岁时无法下地干活儿了，菜园早就分给了两个舅舅。但因改革开放后市场交易活跃，蔬菜品种丰富起来，一年四季都能买到各种蔬菜瓜果，菜园改善生活的作用就小得多了。而我始终认为，买来的蔬菜瓜果的味道无论如何都比外婆菜园里的差远了。

外婆和土木结构的四合院一起早已成了历史，埋葬在了我的记忆深处，就连她的子孙们也星罗棋布般分布到四面八方。如今，外婆的菜园是建了房还是撂了荒，再也找寻不见了。想到这些，心里有些莫名的感伤，而想到外婆菜园的诸多往事，在初冬的寒风中，我依然感到了许多温暖。

簌簌衣巾落竹花

杨雨霖

刺竹，每节皆有刺，因之得名。其数十茎丛生，高可数丈，可以做围墙。花白而小，凑近细闻，有淡淡的清香。

我居住的村子四围曾都是刺竹，只有两个出入口：一东，一西。从外面看不到村庄的房屋。村里年长者说："以前盗贼猖狂，以之御贼。"《酉阳杂俎》里有类似的记载："南夷种以为城，猝不可攻。"

读小学那时，经常会听到那个在外面做渔网生意的堂哥愤愤地说："样村坛得发达，刺布轩掩朵，见个屋都见无朵，样村坛得发达。"大概意思是：这样村庄怎能发达，刺竹遮蔽着，想见个房子都见不着，这样的村庄怎能发达。

读周汝昌讲解唐诗宋词的《千秋一寸心》时，读到苏轼《浣溪沙·簌簌衣巾落枣花》，我很是喜欢。周老说枣花形状纤细，但落在衣巾上却"簌簌"有声，可见其质之重，使人如见其花，如闻其声。枣花我没见过，就更不用说"簌簌衣巾落枣花"之情景了。不过"簌簌衣巾"之事倒经历过。

1994 年春天，我读六年级。刺竹开花了，在一夜之间。白而小的竹花，白了整个村庄，也白了我们的记忆。没见过竹花的我们，感到甚是新奇。往刺竹底下一站，微风吹来，就有"簌簌衣巾落竹花”之感。村里年长者说：“竹子开花六十年，然后打竹米而死。”《山海经》有云：“竹生花，其年便枯。”

竹子用一甲子时间去积蓄，然后开花结果了却此生。伟大如斯。

那时应该是五六月，我还没有毕业，天气也炎热起来。母亲戴着草帽，用箩筐挑着扫把和彩条布，叫我拿着长长的竹竿，跟着她到村西头我家那丛刺竹敲打竹米。村庄很小，很快我们就来到刺竹下，竹米沉甸甸缀在竹枝上，压得竹茎都弯了腰。我们在地上铺开了彩条布，开始敲打起竹米来。矮小瘦削的母亲拿起长长的竹竿，在竹枝上来回敲打。竹米就簌簌地落在身上，好像下着雨。母亲叫我用扫把把落在彩条布上的竹米扫成一堆。不久我就觉得无聊了，从裤袋里拿出杈子枪打小鸟去了，留下母亲一个人敲打竹米。

那时，我对打小鸟更感兴趣。

我家有两丛刺竹，还有一丛在村北，都非常大。我母亲也把那些竹米都打回家来。家里好像有两三箩筐竹米，我都不知道她敲打了几天时间。之后母亲把竹米晒干，拿去碾米机里碾了米。

有一天，母亲用冰片糖煮了竹米糖水，满心欢喜地叫我们吃。竹米类麦子，吃起来也类似麦子，涩涩的，有嚼劲。那个下午，我吃好了几碗，然后再去上学。

农忙季节，父亲不在家时，母亲就一个人肩扛犁或耙，一手牵着牛到田地里犁地或耙田。母亲犁开了大地，犁开了贫穷，犁过日出日落的岁月。我和哥哥姐姐们坐在火炉边，得以取暖和温饱。

三年前，母亲老得就像那些开过花结过米的刺竹一样，再也经不起岁月的风雨，回归了大地。

假日有空时，我就回乡下看望父亲。我知道他现在一个人很孤单。村庄上，再也见不到刺竹了。隔着二十余年的时光，回想起那个跟着母亲去敲打竹米的夏天，仍是簌簌有声。

父亲·母亲·老墙

郭光明

父亲，睡在麦田

父亲这一觉，一睡就是二十多年。直到现在，也没醒。而且，再也不会醒来。但父亲睡觉的这块麦田，却一直鲜活在我的心间。

每年秋天，稻谷有序撤离，麻雀在稻茬间紧张觅食。父亲总是早早起床，摸着黑，趿拉着破胶鞋，给我家的老黄牛拌好草料，再撒上一把黑豆，卷上一根又粗又硬的旱烟卷，一边吸着，一边瞅着老牛吧嗒吧嗒地吃个肚儿圆。母亲抱怨说："黑灯瞎火的，咋能看见耕？"父亲是不作理会的，执意犁翻深深浅浅的稻茬，好像要让疲倦的稻田晒晒太阳。

稻田晒到了半干，父亲却没有摸黑儿套牛，而是等到天亮。我不止一次看到，父亲弓着身，一手扬着牛鞭，一手拽着缰绳，站在铁齿朝下的木耙上，驱赶那头老黄牛，将海浪般起伏的田垄耙碎。我发现，父亲甩起的鞭子，声音很响、很亮，也很脆，但响在田野、脆在半空，没有一次打在牛背上。

白露早，寒露迟，秋分种麦正当时。这句农谚，合辙押韵，像首诗，丰满而凝重，是父亲告诉我的。我记到了现在，虽然我不种麦已有好多年，但父亲起埂、条垄、耧种的影子，有些像摄影家镜头里的《庄稼汉》。田埂笔直，麦垄方正。寒霜如期而至时，变成麦田的稻田，像绿透了的春天，幸福地平躺着，懒洋洋地晒着太阳。

麦苗用了一个冬天、一个春天、半年夏天来生长，父亲跟着麦苗的脚步，弓身除草，弓身施肥，弓身呵护每一棵麦苗的拔节、打苞和抽穗。东南角的那棵柳树，粗大的树干，布满皱纹，像父亲的额头。

这棵柳树，是父亲种下的。没有柳树之前，麦田是盐碱地，是荒草滩，不长一棵麦。那年冬天的一个中午，母亲“忽悠”我：“你是个小男子汉，愿不愿意帮大人做点事？”我上了母亲的“当”。我挎着母亲递给我的篮子，按母亲指给我的方向给父亲送饭，却不知走了多远，才隐约望见，一头牛影儿，一个人形儿，一个在前，一个在后，一个伸长了脖子，一个佝偻着身子，弓步推着铧犁，像朱仙镇的那组《耕牛图》木版画，许久才见他们动上一动，像睡着了一般。

午时的阳光，撩拨着沧桑的烟尘，弥漫苦涩的味道。太阳底下，父亲一边吃，一边用粗糙的跟老树皮没什么两样的手，擦一擦脸上的汗水。他的裤脚和胶鞋上沾满了黄土。牛的浑身，也是湿漉漉的，鼻孔和嘴巴，同父亲的一样，像是冒着烟。而柳条篮子里的瓦罐，装着母亲熬出的粥，早已温凉，冒出的热气，不及父亲脸上的汗珠。而且，父亲的汗珠，不但有热度，更有力度，摔在地上，洇湿一片白花花的盐碱。

那年，我不到八岁。

盐碱怕汗，父亲说的。他说汗流多了，盐碱自然就没了。这么多年，父亲的汗水像着了法力，淌到春天，麦苗绿得透明；淌到夏天，稻谷娉婷婀娜；而稻花弥漫、稻香缭绕时，父亲的汗水淌进了麦田，压低了碱，洗去了盐，却没有削减父亲变了形的十指骨节的疼痛，洗白父亲黝黑的脸。

弯月不锈，锈了的是岁月。

麦子收获了一茬，父亲老去了一年。父亲老去了一年，麦子又收获了一茬。周而复始，父亲像麦子的时令，白露耕地，秋分播种，立冬要给麦子浇灌过冬水。过了年，一开春，父亲不是给麦子浇返青水，就是给麦子施拔节肥，总之，父亲忙不得闲，而他的腰，弯得更像一把弓。

又一年，布谷鸟拖着长长的颤音，俯视这片麦田，但“咕咕”地叫了半天，也没看到那把磨得如明月般的镰刀，更没看到“弓”一样的身影，只看到柳树的旁边，隆起了一个孤寂的土包，慈眉善目的，似在向布谷鸟招手，又像为骄阳下炸响的麦粒送行。

这是一座坟茔，但不是我家的祖坟，却埋藏了父亲的憧憬。母亲说，这块麦子地，是你爹的生命，既然他累了，就让他在这歇歇吧。说这话时，蓄在母亲眼睛里的悲恸泪水，哀痛不堪地涌出，顺着她粗糙的脸颊，吧嗒吧嗒地掉到了麦田里，而麦穗黄澄澄、金灿灿的，压弯了麦秆，像父亲的腰。

那年的冬天，雪下得有点旺，合了父亲的心意。他常说，冬天雪盖三层被，来年枕着馍馍睡。就像他是雪中的一棵麦。但是，父亲不能再说话了。而且，永远也不会再说。然而，父亲给我描绘出一个美妙的世界，尽管那个美妙的世界里，都是些如草芥的事物，却蕴藏着奇妙的生命密码，在我心中生长出了淳朴、善良和憨厚！

今年的清明节，我又来到这块麦田。麦苗依旧绿色，柳丝依旧金黄，依旧散发着泥土的芳香。父亲的墓碑前，一束牙白的菊花，安静地绽放着，映衬着墓碑黑色的光，显得菊花的瓣更加淡雅，鹅黄的花蕊更加精彩。微风拂过，花叶微微点头，仿佛，通了灵性。

母亲，窗下绣花

指节弯曲。就像从未伸直过似的，却依然能飞针走线。而且，线脚走过的地方，是一朵荷花、三朵祥云，是观音的庄重轮廓。

西斜的阳光，穿过木格窗棂射进来，照在母亲的身上。就见她戴着一副老花镜，抿着嘴，用右手的拇指和食指捏着一根绣花针，吃力地用针绣着什么。她用左手的拇指和食指，擎着绣花撑子，指头肚上结了一层老茧，厚厚的，像村东头那条老官道，硬得好像大眼针都扎不进去。竹制的绣花撑子，薄而发韧，边缘磨得发亮，像一面镜子，映出的皱纹，比江南水乡的沟渠都丰富，布满母亲泥色的脸。

母亲手中的绣花针，轻盈而灵巧，像是会走路。它在母亲长满老茧的手指驱赶下，像油田用来采油的“磕头虫”。采油的磕头虫，站在原地叩头，而母亲手中的“磕头虫”，像西藏转山朝圣的朝拜者，亦走亦趋往前走。走一步，叩上一头，再走一步，再叩上一个头，叩过无数个等身长的头以后，才完成了一次长途旅行。站在旅途的终点，回过头来再看，它会发现，走过的地方，有朝日，有晚霞，有春花秋月，有夏雨冬雪，也有牡丹、玫瑰花和自由飞翔的鸟、无忧无虑的鱼……母亲手中的绣花针，不但一步一叩头，而且还像花果山上的孙悟空，时不时地翻上一个跟头，乖巧地变出九九八十一个针法。

突然，母亲的手哆嗦了一下，就听“当”的一声，绣花针掉到了地上。那声音是细微的、弱弱的、可有可无的，全凭自己的想象。而母亲是听到的，也看到的。她说，那根绣花针像个顽皮的孩子，脚一落地儿就又跳了起来，跳起来又落地儿，就这样一蹦三跳的，藏到了桌子腿的身后，一动不动，像是和俺捉迷藏。

母亲弯下腰，低下头，找到那根绣花针，一捏，没有捏住，再捏，没有捏起，就像绣花针耍了赖皮，死拖硬拽地就是不起来。她叹了口气，说自己老了，不中用了，连根针都拿不起来了。好不容易捏住了，母亲先是抬头，后是直腰，坐回到马扎上，将线头放到嘴边蘸了蘸唾液，又用长满老茧的手指捻一捻，闭起右眼，借窗棂透进来的光，将丝线穿过针鼻，拽上一拽，又拿起绣花撑子，虔诚地绣起了观音的披肩长衫。不一会儿，留下了一串好看的针脚。

屋子里静悄悄的，石英钟的指针，嚓嚓地跳动着时光的节奏。那声音，缓慢而清脆，一点一点打开堂屋的光亮，就见东山墙的神龛里，先是出现了几朵白色的祥云，后是出现了一朵也是白色的盛开莲花，渐渐地，呈现出的画面，是结着莲花手印的观音。她腴润、端凝，半睁半闭着双眸，似掩着无尽的言语。最为关键的，是观音的眼神里，融化着因善而慈、因慈而悲、因悲而慈的禅意。这是母亲用丝线亲手绣出的。

之前，母亲是不绣观音图的。这倒不是母亲不会绣观音，而是摆在她眼前的日子，像一道道坎，今天迈出了，就不会饿肚子，甚至，还能沾上点油腥。迈不过去，是一家人的恐惧。为了这，母亲手中的绣花针，无论白天还黑夜，几乎天天都要穿山越岭、跨江跃河，好像从来就没有停止过跋涉。

母亲说，幸亏了村前的那条老官道，三合土拌进了糯米汁，一夯一砸，梆梆硬。要不然，碰上个连阴天，咋把虎头鞋、凤尾帽啥的，拿到集市上换钱？

夕阳渐次没收了最后的一点余晖，天光开始暗淡。母亲放下手中的绣花撑子，打开电视机，七夕节的促销广告，一拨接着一拨，都是情呀爱的声嘶力竭。母亲蹙了蹙眉头，又拿起了她的绣花针，而外来的声音，似乎给了她某种震撼，让她的视线离开了绣花撑子，像个充满幻想的孩子似的，目光透过木格窗棂，指向空阔的天际，指向了一个神秘的星座……几只蜜蜂嗡嗡嘤嘤地扇动着翅膀，在屋子里飞来飞去。也就三两只，不知它们何时飞来，也不知它们要飞往何处。它们丝毫不惧满屋的绣品，依然按自己的轨迹飞行。

这也许是观音的神启吧！母亲这样想着，继续拨弄她的绣花针。

我要上学了

殷金来

一

夕阳成了一笼纱灯，暮烟沉沉，被树比了下去，走进了山洼，隐没于大地。河水褪去了波光潋滟的水色，绵亘蜿蜒的巴山立刻在白天的喧嚣里宁静祥和下来。天色渐渐暗了，山的轮廓越来越模糊，只剩一点黑黝黝的细线，留在越来越难以看清的天边。

父亲在山的那边，望得见的路上还没有父亲熟悉的身影。母亲的心提得越来越高，越来越放心不下。父亲在山那边的一个炭场挖炭，炭在地下，潜伏着不可预知的危险。父亲不需要现在这个时候进入地里去挖炭的。巴山的地下有很多的炭，祖辈们挖炭取暖，大多是每年天气冷下来了，雪花坠在了巴山群峰的山尖，冰把土地和河流冰冻得硬邦邦的牢实，炭匠才会进入地下取土挖炭。父亲这个季节进入炭洞，夏季的天闷热潮湿，容易落下病根，而且土松易陷。我隐隐听母亲说，似乎有人联系父亲，要买一点，问父亲愿不愿意挖。我家缺钱，父亲没多考虑就一口应了下来。

我答应着母亲的吩咐，半路上去接父亲。天完完全全暗了下来，翻过了河坝槽的大梁，听到了打杵子的“嗨”声，看见了一个黑影，慢吞吞的缓缓的，每一步都像有重重的力量向下压着，像是负载着铁块晃荡着落在地上。那个黑影在伸手不见五指的黑暗里，带着一身浓浓的炭灰子呛人的硫烟。那股硫烟进入我的鼻孔，鼻孔痒痒的，呛出了我的喷嚏和泪水，让我十分难受。父亲背了一大背篓满满当当的炭，边上用大炭块插了花，里面又用稍微小一点的炭块插着，像背篓里码起了高高的炭窑。父亲倚着打杵子歇了一口气说："遇到了好晒口，多挖了几下。"父亲又"嗨"了两声，借着缓气把胸口憋积的一口郁气吐了出来。父亲的"嗨"声借着这一股力道在寂静的夜里清晰地远远地传出去，异常嘹亮。母亲听到这个声音，心里的一块石头就会落下。

父亲在路上的人家借了火把，让我举着，母亲看着火把就会知道我们走到了哪里，免去了心里的担忧。火把是插四季豆的站秆子扎在一起做的，火借着风势燃起来毕毕剥剥地响。夜里的凉风一吹，火焰呼呼飘荡。我高高地举着明亮的火把，这样远处的母亲就能清清楚楚看见。不一会儿，火把就暗了下来。我把火把燃过的地方在地下摁了摁，用脚踩灭了零零星星的火点，火把又明亮起来。明亮的火把照着父亲的影子，背篓带紧紧地勒着父亲的肩，深深勒进了肉里，整个重量都压在父亲的肩上。父亲似挎着石头重量的蜗牛一般前行。背篓兜兜搭在父亲屁股上摩擦着衣服，随着父亲手臂的活动，扯着胳肢窝一个裂口不断地变长，似乎那个口子在有阴谋地偷偷冷笑。空旷的夜里，神经十分活跃敏感，夜里的一切声音异常清晰。我听着被黑暗无数倍放大了的河流与风的声音，很多没有具象的声音都跑了出来，像有人在后面跟踪，像有不知名的魂灵在黑夜里窥伺，像有冷不丁冒出来的人在打着口哨。自己的呼吸和父亲的脚步还有打杵子打在地上重重的声音，被黑暗压抑，滞塞粗重。天连续地干旱，路面晒得干硬发白。打杵子每击打一下地面，就像金属摩擦在石头上，溅起尘灰，发出当当的声音，让人胸口堵得心慌。父亲的影子落在地面，有些踉跄；落在火把里，被光照得纤细瘦长，像是被风吹歪的树，不停地摇摆，一会儿偏左，一会儿偏右。

我和父亲就这样一直走着。我在后边，父亲看不到前边。我在前边举着火把，我的影子挡住了光线，父亲看见的是我的背影和一片昏暗。父亲让我走在前面，父亲说："就这样走，我看得见。"我又听见了父亲的打杵子落在地上的沉闷，父亲说："今年下半年，你该到学校去报名了。"我说："钱呢？"父亲咳嗽了一下说："这不正想办法嘛。"我的心落着打杵子的声音，看着空洞洞的黑夜，晒焦了的草散发着让人压抑的气息。

二

父亲洗了手，朝牛栏走去。母亲说："饭好了，吃了去吧。"父亲不声不响提了矿灯，拿了一个撮瓢。母亲又小心翼翼地说："大花牛好像病了。"父亲顿了一下，撮瓢啪的一下落在地面上。这牛在我家五年多了，父亲熟悉牛的脾性，该怎么用力，该怎么上草料，父亲都顺着牛的脾气走。牛有时候喜欢使点小性子，父亲也是尽量安抚。我家就这一头大牲口，耙田插秧，拌地整土，苦力活儿都靠着它。牛不断地喷着沫子，父亲照着矿灯给牛驱赶着牛蚊子。用手指沾着沫子放在鼻子下闻了闻，又用树枝刨开刚拉的牛粪细细看了看。粗糙的大手掰开牛的眼睛，在牛的肋骨胯部上停顿探究，一点一点地摸过去。父亲在用自己的方式"庖丁解牛”。牛在父亲的眼里没有秘密，父亲看过一遍，牛身体里所有的细节都在父亲的眼里了。牛感觉着熟悉的手，感觉着熟悉的力道，温驯地趴在干燥的地方，半眯着眼睛，看着父亲。牛眼睛红红的，流出一行一行清泪。父亲给牛解了缰绳抽出鼻环，递了一把鲜草，放在牛的嘴边。牛没有胃口地咀嚼了几口，对放在面前的牛草再没有兴趣。父亲找来眼药，摸了摸牛的头，弯下膝盖，滴在牛的眼睛里。牛对着父亲摆摆头哞哞叫着，然后闭了眼。羊群也朝着这边咩咩地叫。父亲慢慢站起来，踮着脚伸了伸有点发麻的腿。牛病了，牛是父亲的脚和手，父亲的脚有点蜷了。

母亲在圈里，“啰啰啰”唤着猪，加了谷糠，搅了猪潲。喂完了猪，挂了潲瓢，走进栏里，给羊丢了几把草，撮了些黄豆荚壳，羊立即安静下来，夜晚安静了下来。父亲在床头的案子上摸索着什么，然后失望地坐在灭了炉火的炉子前，默默地吸着已经快要熄灭的烟卷，吧嗒吧嗒的声音让烟卷燃得更快了。

我迷迷糊糊睡在床上，听着父亲辗转反侧的声音。鸡叫三遍了，父亲还没睡着。我听着父亲叹气的声音，不时伴着一阵一阵的咳嗽。似乎一口痰没有吐出来，卡在喉咙里，呼吸有些呼噜噜的阻塞。然后听见父亲窸窸窣窣穿衣的声音，父亲披衣坐了起来，又裹了烟卷，吸了两口，猛烈地咳了几声。听见了门挤着门墩打开的咯吱咯吱声，父亲拉开了门栓。母亲大声说：“大半夜了，注意着点。”

第二天，天才开了亮口，瓦片上还滚着露珠，父亲就卷着露水打湿了的裤脚带着兽医匆匆回来了。牛见兽医拿出一个长针，立即显出愤怒的情绪，急躁不安。父亲摸着它的颈项，拍拍它的脖子。父亲用他的语言把他的平静祥和传递给牛，牛立即安静下来，任由兽医在它的颈侧拔掉一块牛毛，擦拭着酒精。母亲从楼上提了一块黄亮亮的沾了一些放久了的绿霉的腊肉，在炭火上烧了，泡在盆里用水洇着。那是我家剩下的最后一块肉，挂在墙壁的中间，猫够不着的地方。想吃了，母亲就用菜刀割一小块下来，混在菜里，让菜多出一点油水。随着母亲用刀刮掉肉上黑黄的烟灰，那一面墙，就只剩下了腊肉流出的污污的油渍和厚厚的烟熏的扬尘。

三

巴山北边的春天总比南边的春天要慢上半拍。南边春天已经熟透得能生出绿绿的油来，北边春天才从冬天的影子里缓出一口气来，遍坡的绿还是嫩嫩的醒来的样子。到了五月，巴山才激荡起一排排汹涌的碧浪，诸多的山峰像一个一个卷起的浪头，拍打着澄澈明净的天空。沟壑梁峁间长满了色彩各异的树，黄角树、板栗树、花栎树、青冈、槲栎、刺龙苞、溜皮树，纷繁多样，把巴山变得五彩缤纷多姿多彩。八道河汝河从巴山的峰顶流经南北两个山麓欢跃而下，在巴山重重的山峦里，冲积形成了一块一块平坦的腹地，经过洞河的大转弯汇入汉江。进入夏季，平时的一些干沟和雨水冲积形成的沟从旮旯角落齐齐奔腾出来，让河变得更加幽深宽阔波澜起伏。

这是一个天然的放场。巴山里的农民一边种地一边就把牲口吆喝到离地不远的草场。父亲给了我一把鞭子，让我帮着吆喝牲口。父亲解开了漆树上套的大花牛，卷起裤腿，扛着犁铧走在前面。父亲的腿肚布满青筋和包谷叶子划割的痕迹，干痂剥掉后，红褐醒目的疤痕，像是难看的红蚯蚓在歪歪斜斜地扭动。父亲走在头里，我挥着鞭子尾随在后边。贪吃的羊乱啃着四周的草，伸长脖子吃着竹枝上的叶子。我甩起鞭子。鞭子捏手的地方，光洁溜滑十分好甩，炫起来，飞速地留下一条条鞭影，像狂风吹着森林哗哗响动。啪啪的声音抽在羊的身上，四处乱走的羊立即咩咩地跑动。我又照着落在后面的羊屁股甩起鞭子，啪啪的声音像风浪一样把落在后面的羊推向了前面，带动着早晨的阳光像水银一样流泻。

沿着八道河的一条向山里蜿蜒的分支进入秀道。秀道的水清澈得能见到河里圆润的鹅卵石，和大石块上的青苔。站在河里，热热的天踩在水里是冰爽爽的凉。调皮的鱼儿不停地咬着脚杆，麻麻地酥痒。河边长着红花苗、苜蓿、母猪藤，牲口们吃了一笼又一笼。牲口们十分熟悉这条路线，一路吃着路边的草，不时啜饮着河里的清泉，一路小跑。穿过了两座山夹峙的窄窄的山道，进入两河口里面。

父亲解了牛的缰绳，套了家当，开始犁板结了的地。这块地父亲计划用来栽回茬的油菜。我坐在茅草丛中，看着河里静静的流水。我每天守着一群羊，就像伙伴们坐在教室翻着每一本课本。我家穷，上学的孩子多，我就被留下了。平时帮父亲看着牲口。我是一个小羊倌，守着童年，守着日子，守着时光的沙漏。我仰躺在河滩上，看着蝴蝶、蜜蜂和天空中飞来飞去的昆虫，感受着河水的清凉和习习的清风。一只红尾巴的鸟儿“上学了”“上学了”不停地在什么地方叫着。

突然感觉脸上有点冰凉，河里溅起的水花被风吹到了脸上。父亲在地里发出赶牛的有力的“哟——哟”的声音，渗透过沙壤土的空隙传来，特别地厚实有力。父亲拿着鞭子扶着犁铧，像一个艄公撑着船在江面上航行。牛拉着铧有时偷懒，去吃地左边的草，父亲把缰绳绕到右边，拉拉牛环，牛立即缩回脖子，摇摇耳朵，又往前走。父亲每下一犁，就更接近春天，接近土地深处的温暖。犁铧犁开土层，被犁开的土浪向两边迅速分开，潮润和虫子从地里翻出来，像是春天从土里被翻到了地面，引得无数的虫子在地面鸣叫欢腾，引来一群群鸟儿在地里头寻食跳跃兴奋无比。

父亲扶着犁走到了地头，拉着牛朝左打着缰绳。我看着父亲被日头晒黑的脸上，一脸专注仔细，他的面前似乎有一块绿油油的油菜，正在旺盛生长，小心着怕踩坏了正在成长的菜苗。这块油菜收割了，榨出油，就能接续吃完了的猪油。

天像顽皮的孩童说变就变，天渐渐地暗了，一朵一朵云暗了下来。云往西不停地滚涌，挤在一起，叠成厚厚的云层。起风了，树在动，动得越来越厉害，树叶哗哗地跳起来，一只只鸟儿惊飞了起来。天空的云絮越来越大，越来越厚。父亲抬头看了看灰暗的天空，皱起的眉头像连绵起伏的山川，布满了深深的沟壑。麻雀缩着脖子"吱吱"鸣叫，水斑鸠"水坨坨……水坨坨"不停地报告着。雨已经在半路上追着来了。父亲递给我一块挡雨的雨披让我顶在头上，看着云层厚厚的天空，满脸的焦虑，这天形成了连阴雨的天气，这一季麦子就落在雨涝里了。

父亲扛着犁铧拉着牛，一步一步走在刚刚翻过的地里。父亲的裤脚高高地卷起，雨落在裤管里，顺着卷折的褶边淌了下来，沿着脚杆流进地里。腿肚上蚯蚓似的疤痕被雨水浸过更加耀眼狰狞，猩红吓人。土地稀滑，牛不断地滑蹄，羊把滑蹄的地方踩得更加溜滑，让翻过的地经过牛踩羊踏水冲又慢慢地板结。雨把父亲一天的劳动和着泥沙一起冲进土里。我踩在父亲的脚板和牛羊重重叠叠的蹄印里。我的脚板盖着他们的脚印，经过雨水的冲刷再分不清彼此。

夜里母亲对父亲说：“来娃今天淋了雨，好像感冒了，烧乎乎的。”母亲又叹着气接着说，“下半年无论如何，都得把他送到学校去了，不能耽误了上学。”我的身子有点酸软，头有点痛。母亲把手伸进被子，摸着我发热的额头，微微地皱着眉。母亲走了出去，找了锄头。我听到了锄头落在桑树蔸上嘭嘭的响声，听到了父亲操大铁壶的声音。母亲在挖屋后那株能治疗咳嗽的金桑，父亲一身湿气地在雨里打着水竹上的叶子。

四

这是一个宁静的夏夜，我站在老屋的院子里，看着天上的星星，一颗一颗地从这座山数到山那边的河岸。那轮弯弯的月亮多像母亲的花篮，多像父亲挖出来的石炭。母亲的花篮里经常分门别类放着各种各样的草，有猪的饲料，有用来治疗疾病的药草，有用来过菜荒的菜肴，还有母亲顺手捡的一些苦麻菜。苦麻菜过了水，切成碎片，晒干了，在菜荒的季节可以用来腌饭。还有一些路边摘的野麻。野麻经过处理后，韧性极好，用来纳鞋底结实耐用。母亲说我费鞋子，一年要做好几双，用这种线纳鞋底上鞋帮，结实耐久，不怕我天上地下地跳。弟弟说月亮是一个弯弯的糖果，含在嘴里，甜甜的。我说，糖果吃了就没有了，只有花篮，总有取不完的东西；只有石炭，才会度过冬天的严寒。

过了这个夏天，我就要上学了。母亲已经把父亲当兵的军用包改做了我的书包。

我九岁了，我要去上学了。

那是一个全新的世界。那个世界，有我心里一些难忘的记忆。

白马河的“社戏”

段家军

一

故乡，秋日里唱大戏是最热闹的。

戏场子是天然的，在村西白马河的大河滩上，一个能容下十几万人的场地。据村里上了年岁的老人传言，场地有一个传说，说武王伐纣时，这里是西岐和殷商开兵见仗的古战场。当年姜子牙率领的西岐军和商纣王在此决一死战，可后面是白马河，前面是一些不高的小山包，大军拥挤施展不开。姜子牙为了便于大军展开行动，挥动手里的赶山神鞭，刷刷刷就是三鞭。再瞧，所有的山包不见了，眨眼间，一马平川。

传说归传说，反正这块场地成了村人们的集聚地。

每日里的黄昏，是白马河最闹哄的时候，这种闹哄应区别于集市的喧闹。当天边的日头将最后一缕红晕从白马河上收走，天色逐渐变得朦胧，大大小小的瞎眼蝙蝠便无声地在场地和白马河上翻飞着，一些半大的小后生手里举着个大扫帚在扑着空中飞舞的蜻蜓，成群的鸡在草棵儿里觅食，狗在场院里撒着欢，时不时，扑通一声跳进白马河里。

人，当然是更开心。

二

年景不论好坏，村里都要唱大戏的。

年景好，是感谢上天为各户农家带来的好收成。年景不好，更要唱大戏，春旱少雨，村人们便会戴起用柳枝条子编起来的圈帽求雨。大洼里，成百上千的男女老少都光着脚丫子在发烫的大地上打着鼓，唱着跳着。

求雨的人是不准穿鞋子的，让龙王爷可怜他们在日头底下把脚烫得很痛，或许就会下雨了。一下了雨，到秋天就得唱大戏。求雨时是许了愿的，许了愿就要还愿，那还愿的大戏就更非唱不可了。

大戏一唱就是九天。

大戏台就在白马河边的空旷场地上，戏台是用门板搭起来的，四周用上好的松木檩条、竹竿子绑起来。上面再用帆布搭个罩棚，即使下一点小雨也无妨，日头是完全可以遮住的。

戏台子搭好后，两边就搭看台。

看台上还要搭起一座彩楼，坐在那彩楼上看戏很好的，喝着热茶，吃着四干四鲜或鲜嫩得一咬就出水的沙窝绿萝卜，凉风习习，放眼望去，尽收眼底。看戏的人不仅能看到演戏的人，也能看到坐在台下的男男女女。不过，这上面可不是一般人能坐上去的，那是给市、县、乡三级领导和村里有头面的人留的。

戏台的架子一搭起来，就有村人会说，戏台的架子戳起来了。

一上了大棚，又有村人说，戏台子上了棚了。

戏台子搭好以后，还会在一旁做一个七八人高、几十个人粗的稻谷神。稻谷神是用竹竿子和稻草高粱做的。村人们还给稻谷神穿上五颜六色稀奇古怪的衣裳，花花绿绿的。稻谷神的肚子上开着一条长长的大口子，口子很大，里面摆放着猪头、牛头及一些鸡鸭之类的敬神供品。

在稻谷神的前面还会摆上一张大供桌，桌子上摆着个大香炉。

有人传言，稻谷神和村头的那棵大槐树是儿女亲家，给这个大香炉上香的同时也等于敬供大槐树。大香炉里的香火会连烧许多天，村里人、外乡人来了都要给稻谷神上香磕头的。

当然了，这样的戏台子最少也要搭上七八天。

三

大戏还没开台，白马河已热闹得不行了。村里的人们串亲的串亲，访友的访友，到处是一片到俺村上看戏的喧闹声。村外的大道上、大堤上，到处都是来往的车辆行人。

“拉大锯，扯大锯，姥姥门前唱大戏，接姑娘，唤女婿……”唱大戏的日子临近，对村人们来说，不但女儿女婿，那三姑六婆也都聚到了一起。

三姑六婆聚到了一起，自然有唠不完的话题了。某村某家，哪户的婆婆虐待媳妇，哪户的媳妇不孝敬公婆，还有那谁家的大姑娘出嫁时肚子上扣了个大脸盆，到婆家不到仨月生了对儿双棒儿，还有，还有……

灯光中，一唠唠个大半宿。

这要是谁家有几个大姑娘，这几个大姑娘又都有婆家的，姊妹之间平日里一个东一个西的，要么隔村要么隔河的，要么就是一大堆的孩子，各有各的家务，一年到头遇不到一处的也有，若想两家走动，根本不可能。唱大戏的时候，当娘的把她们都接来，仿佛已是相隔多年，相见之下，彼此间好像有些陌生了。一肚子的话，真不知从何说起，心中是悲喜交替，等彼此间耳热心跳，往上冲的血回落之后，这才找出几句不相干的话来。

“多会儿来的？”

“夜个黑下来的，孩子们都带来了吗？”

每一个回娘家看大戏的姑娘多少都会带一些东西，送爹娘、哥嫂、侄儿侄女的，也有送三姑六婶的。凡是带了东西来的，见了长辈就拿出点孝敬孝敬，会显得懂礼周到。

礼尚往来。当大戏散了的时候，姑娘们也会大包小包地从娘家带回许多东西去。东西丰富得很，有用的，还有吃的。有爹娘腌的腊肉，姐姐晒的鱼干，给公爹买的老白干酒，小姑子穿的鞋子，婆婆戴的帽子。

于是，各种东西，大包小包裹了起来。等临走的头一天晚上，忙得很，就要各奔东西的姊妹有时候连说话的空都没了。

四

等大戏一开了台，那戏台子下面，真是人山人海，挨挨挤挤。

白马河两岸三村八乡的人都来了。骑驴的、套车的、推车的、挑担子的……白马河边成了骡马市场。牲口在河边喝水，卸下的车子就搭个凉棚，好像那一个个的小看台，排列在戏台子的远处。

那车子拉来了祖孙几代的人，他们离戏台子很远，听是啥也听不见的，看也是看不到的，也不过是盯着戏台子上穿红挂绿的角儿在台子上转圈儿表演，他们脑袋上戴着奇怪的帽子，身上穿着奇怪的衣裳。

有的乡人看了九天大戏，连一出儿戏的名字也说不出，就这，回到村子里还和那没来看戏的臭白话，那戏唱得是真好。当人家问他唱的是哪出戏时，他竟瞪着铃铛眼，支吾半天，是、是、那一出戏啊。

戏台子下面的小孩子们更不知唱的哪出戏了，他们是来吃、来喝、来疯跑的，只知道戏台子上有一个大黑脸或者大花脸，谁晓得他们在干啥，你来他往，嘴里哇呀乱喊，刀来枪往，呜里哇啦，好不热闹。

大姑娘们个个都打扮得鲜亮夺目，都穿上了压箱子底儿的衣裳，脸上擦胭脂抹粉儿的，最差的也用红纸染个红嘴唇，大辫子梳得溜光水滑的，走起路来扭扭的。嘴里嗑着瓜子或吃着甜糖之类的零食，头不歪眼不斜的，仿佛一夜间从村姑变成了大家闺秀。

那些已经嫁出去的女子，也是照样都打扮起来，在戏台子下面，东家西邻的姊妹见了相互拥成一团嘻嘻哈哈。谁的模样俊，谁的头发黑，谁的男人好，谁谁谁的小肚子已经隆起来了。老太太们虽然不像大姑娘小媳妇们穿得五颜六色、花红柳绿，当然也不会染个红嘴唇，但老太太们也穿得齐整、讲究，有的手里还托着个大烟袋，瘪着个柿子嘴，吧吧地抽烟，有滋有味。

唱大戏的这几天，也是媒婆子们最忙的时候，这东家的小后生该成亲了，西家的小识字班也大了。保媒的这个时候就会登上门来，约定双方的爹娘在戏台子底下，第一天或第二天彼此相看，也有只通知男家或女家的，这叫“偷看”。这样的相亲法，成与不成，都没有多大的关系，反正男家或女家也不知道。

五

这看戏的人多了，免不了要吃喝的。

场地外的空地上有许多卖甘蔗、柿子、花生糖、凉粉儿、面条儿、年糕、炸馒头、西瓜、香瓜、大红枣的小贩子。这些东西吃了又不饱，吃了这样又去吃那样。小孩子们举着东西乱钻乱窜，时不时有哪个老娘们儿扯着破锣嗓子叫喊着孩子的乳名。

戏台子上，锣鼓敲得震天响。

那戏台子上的人，也生怕远处的人听不到，扯着嗓子在台上玩命地喊，可嗓子喊破了也压不住台下的，那台子下的人们似乎早已经忘了是在看戏，都在那里说长道短，好像平时的话都没说够，非要在此场合好好说道说道。男男女女，老老少少，唠的还是那些家常琐碎之事。更有那些个远亲，平常一年半载也见不着，家里不能去，今儿在戏台子底下见着了，哪里能不打个招呼？要是人家看到了不和你打个招呼，心里头就会琢磨着亲戚是不是有啥事怪自己了。你看吧，那五婶子六姨的，三妗子二大嫂的，就在那人多的地方叫上了。如果是在看台的棚里坐着，冷不丁就会有一个大嗓门子扯起来：

“哟，她三姨儿，你啥时来的？咋也不家去呢？可想死俺了。”

于是，那一方听见的便也会抬头甩脸大着嗓子喊起来。旁边看戏的人虽然很讨厌这大喊大叫的，可气在眼里，干瘪嘴，只能拿卫生球似的眼多翻几下罢了。你要是一搭茬说让她小声点，那药筒子算是点着了，八句甚至八十句话等着你呢，一下子能噎得你上了南天门。

“这是唱的野台子戏，又不是你家请的。”

“想听清净的，花钱请你家唱去。”

另一个也很会接茬：“呸呸呸，就没见过你这样的怪鸟，一看戏，六亲不认，说个话都不让。”

当然了，这都是比较文明的，碰上那撒野的，两句话没完，一准儿打起来。

被骂的乡人若是不搭茬，脸一放也就过去了。若是这位脸皮子薄，挂不住一回嘴，准没好听的。三吵两骂的两边就打了起来，西瓜皮、糖堆儿、香瓜，有啥是啥，就长了腿似的飞来飞去。

在台子底下看戏的，本来就是来瞧热闹的，台上假刀假枪打着不过瘾，早就想弄点别的事了，一瞧这儿闹起真格的来了，戏台子下面的人就像那一窝蜂似的涌动起来了。那三乡八村的泼皮浑小子们更是狂呼喊叫起哄架秧子，只恨天上有个盖儿，故意叫好：“哥哥兄弟，打呀！不要钱，两毛一位，真刀真枪地玩命呀！”

戏台子上的演员们不为台下的戏所动，你打你的，俺唱俺的，依旧是刀来剑往，咿咿呀呀。台子下面闹哄过后，很快便会静下来，倒是那卖糖堆儿麻花糖的小贩子们嗓门子会一声盖过一声：

“麻花儿、糖堆儿……”

连绵不绝了。

烟雨陆良

龙海孤魂

朝阳下的远山一片金黄色，这就是人们说的暖冬吧！本来已经穿上冬装的孩子们竟然悄悄地换上秋装，这时，一位老师的吼叫声打破校园的宁静："快换上冬装，陆良坝子的晨雾马上就爬上山了。"在一片嘻嘻哈哈的欢笑声中，寄宿的孩子们匆匆忙忙跑进宿舍，穿上了笨重的冬服，然后排队等候吃早餐。

不知道过了多久，吃完早餐的孩子们正在忙背书，天空一下子暗了下来，金黄色的远山已经开始烟雨蒙蒙。那晨雾，一片片，一丝丝，从陆良坝子汇集一团，然后就是一团团开始向东边的龙海山扑去，爬上山顶，向山坳的山村扑来，渐渐地越积越多，变成一床灰色的大棉被，仿佛要把这山村隐藏起来。

这时的坝子，已经细雨绵绵，一丝丝阳光穿透云层洒在一马平川的坝子中，四周山峰耸立，一条由北向南再折向西去的盘江河碧水微波，远处一叶小舟上，坐着一位老人在垂钓。

阳光隐去。晨雾变成细雨打湿村庄：天空暗沉，青灰，白墙灰瓦的房子，高低错落的土坯墙，村口有一条九转十八弯的乡路伸向远方。此刻村中蓄水池已经饱满沛然，清晰地倒映着池边的绿树和古色的老宅。

眼前的山村，古老而静谧，我根本无从想象这里曾经发生了什么，但每一株老树、每一处旧宅、每一条土杂石小径，以及每一座依山而建的古老的四合院，如同一匹匹老马，将我慢慢驮回从前，那些册页缺失的陈年片段，我能不能只在马道遇见的那个赶马老汉的深深皱纹里重组，以及还原？

村口的老松树下，一位老人叼着长长的烟杆，吧嗒吧嗒地抽着旱烟，他时而蹙眉，时而又狠狠地盯着不远处的重峦叠嶂。古铜色的脸上，虽然爬满岁月的年轮，但仍然隐隐约约看见坚毅的轮廓。“砍柴哟莫砍青藤树，嫁人哟莫嫁赶马人”，古老的传说故事又在耳边回荡。

画面陡然鲜活，无数影像停顿、消隐、重叠、变幻。这古村仿佛养在深闺无人知，又似一位饱经风霜的老人。有人告诉我，那是一个迷宫般的村子，如果没有本地人带路，陌生人进去就无法离开。站在断壁残垣的村口，翻看留下的古碑，龙海山遍布着浓重的岁月尘烟，是不是还闪过刀光剑影？盘江河静静地流淌，往事沧桑。

面对着“龙海古道”的石碑，我无法从一座有高高的院墙、厅堂永远古色古香、里面都是红木或白松树做的家具，极尽奢华又淡定自如的老宅子里回过神来；更何况，在这里，我听到的是龙海和他的珍珍和如意两个姨太太的故事。

故事一定是真的。在龙海山西边的半山腰上，龙凤寺、五峰山道观相映成趣。古老的街道中间，我瞻仰了五峰书院，这古老的书院为陆良培养出一些精英子弟。走进一些老宅，檐、梁、门、窗无一不是精美的木雕，左右八扇莲花门，饰以宝瓶、牡丹、蝠、鹿、蜂、猴等图案，更有雕二十四孝的故事劝人向善，雕冰梅窗上那些蝠鹿蜂猴喻寒窗苦读终有平步青云、福禄连连之日，宾客盈门以示读书最高……

岁月一如褪色的厚重木门，门楣上斑驳的砖雕，以及绘着“蝶恋花”的天花板，六月二十四火把节的跳火圈中，聚集着无数惊艳的目光。

日影一点一点地覆盖着山村，那些古宅人家、那些青石深弄、那些高墙幽窗，以及古旧的廊檐、高耸的砖墙，都让人想到了穿越。若是眼前没有发出啧啧惊叹声的如我一般的游人，若是门扉紧闭，我可不可以只在雕刻精美的挂落里看见历史的漫漫长卷？

时光最无情，转眼沧海桑田，物是人非。昔日无比奢华的豪宅，现在，空无一人。一边行走，一边还和一些意象不期而遇。一株柿树，寓意万事（柿）如意；几株石榴，是多子多福的祥兆，极具富贵气息；“桂子月中落，天香云外飘”，繁茂的桂树，是芳香四溢，更是高洁……

我很愿意撑着雨伞，穿过千年的石桥，去看最古旧的陆良的原始风貌——旧城无法寻找，烟柳成了传说。外婆在盘江边洗菜，用轻柔软语絮絮叨叨地说着媳妇的不是，院落里时断时续传来悠扬婉转的赶马调；年轻的母亲怀抱着婴孩，坐在敞廊里，逗趣，兀自轻笑；在白水塘边手持长镜头的男子，聚精会神地拍照，月牙江上一叶轻舟正从某个汊口驶出……

我更愿意停下来，看青藤沿古旧的石桥绵绵密密地攀援，看藤蔓荒草在河水一侧的石壁上肆意滋长，门口台阶上青苔覆石，斑驳的门上锈锁横陈。十五元宵十六走，丢石子，走百病，拜菩萨。现场观看这属于陆良的民俗，站在南大桥雕有十二生肖的石像前，呆呆地凝望，揣测其对美好未来的祝福。

如同居住在山中的人们，任凭山外的世界如何繁华，如何日新月异，他们只静默如初地守护着自己小小的家园。比起大城市里的高楼大厦，农田里忙碌的耕牛和犁铧、放牧时候头上戴的棕榈斗笠、一袭蓑衣、一双高鞡的雨靴，才是他们最深的牵挂。

雨歇。夕阳一点一点落下去。天边有淡红色的云彩。暮色弥漫，袅袅炊烟四起，轻轻地飘荡在山村之上。此刻的村庄，宁静，祥和。而我，站在村庄的角落里，发出一声最美的叹息，忘记归去……

三寸金莲

刘晓利

我大娘有一双精致的小脚，小时候，我以为大娘就长了这么一双特别小的脚。

随着年岁的增长，我发现大娘的小脚没有五趾，尖尖的脚尖像粽子一般，脱了鞋，这双尖尖的小脚上裹着厚厚的白布。大娘走起路来总是一摇一晃，很慢的样子。她的鞋也很普通，黑色绒布滚着白边，鞋底是那种千层底，不像在电视上看到富贵人家的媳妇穿的绣花鞋那样花花绿绿。或许，大娘出嫁的时候穿过绣花鞋。当我开始记事时，大娘就穿着她的黑色绒千层底鞋。我感到非常奇怪，心想，以前的老奶奶们都长着这样的一双尖脚吗？可我见过的老奶奶除了大娘，其他人都长着和我一样的一双五趾脚片子呀。

知道“三寸金莲”时我四岁了，是在春日的某一个黄昏。因为我们一家六口人住在一眼窑洞里太挤了，父亲便把祖父留给他唯一的家产即这眼石窑以两千元的价格卖给了我大伯，我父亲这才有了钱在前村修起两眼新土窑洞。临搬走的那几天，我经常跑到大娘家叫嚷着要穿大娘的小鞋，一旦离开，很不方便再见到大娘的小鞋。那时候的我对大娘的小脚和鞋充满了好奇，大娘的小鞋如此地小，我四岁的脚放进去正好，而叔伯姐姐们因为脚大穿

不进去急得好几次都哭了。我总会在大娘闲下来时问大娘她的脚为什么是尖尖的。无数次善意的谎言之后，坐在黄昏门口绣鞋垫的大娘望着老屋对面山上的娘娘庙沉思片刻，语气沉重地给我讲，十岁那年，她用一块长长的白布紧紧地把四个脚指头裹起来，她感到一阵锥心的疼痛。慢慢地，时间长了，脚越来越小，就成了现在这个样子。四个脚趾因为被绑死，所以粘到了一块，最后只能长成一个尖尖了。裹了脚的女孩子才算是长大成人，当时看来，裹脚是一种成人礼。

我当时听后吓得哭了出来："大娘，大娘，你为什么要把自己的四个小脚趾裹到一块？太疼了，路也走不稳啊！"

大娘说："都是罪过啊！封建社会里，所有的女人都要缠脚，小脚是男人们评比一个女人好坏的标准。缠足太痛苦，骨头都变形了，一旦缠了，一辈子就只能这样了……"

小脚被人们称为"三寸金莲"，大娘说这些话的时候脸上的表情很复杂。我大祖父走得早，数十年如一日，大娘和我大伯相依为命，母子二人过着极其艰苦的生活。我当时小，依然从大娘寥落的眼神里看出了她内心的苦……

我大娘十岁缠脚，十二岁就嫁给了我大祖父，结婚前不知道自己的男人长什么模样。结婚后，不论长啥样，男人是一家之主，是自己生命中最重要的人。我喜欢听大娘讲故事，在琐碎的家务事之余，她闲下来给我讲的时间很少，有时不忙了，她又不讲，只是一个人坐在门槛上，望着对面山上的庙发呆。我出生的时候我的大娘已经八十四岁了，我没有伯母，大伯年轻时因为没有钱而娶不到老婆。

大娘离开我们时已经九十六岁了，我十二岁。我大娘的身体一直很好，即便是在她离开的那年，她依然为下地回来的大伯洗衣做饭，缝补衣服。阳光明媚的下午，大娘还会拄着拐杖站在院子里和邻居们说会儿话。她走时没有太多的痛苦，只生了几天病，在她生病的那段时间里，她总是握着大伯的手说："贵保啊，为娘这一辈子没有本事给你娶个老婆，害了你啊，我走后谁来给你洗衣做饭啊……"

泪已满面，不忍目睹。我们随同父亲一起去看望病中的大娘，她也总是拉着父亲的手说："无论如何一定要给贵保寻个老婆……"

大娘怕自己拖累了大伯，睡在炕上不到十天就走了，或许，大娘也怕大祖父在另外的一个世界里等了几十年等不及，就急着去找他了。大娘临走时唯一放心不下的便是大伯将来一个人的日子该如何度过。

在记忆里，我已经无法拼凑我大娘的模样。我大娘非常疼爱我们，经常会在我们去她家串门时给我们拿红面疙瘩吃。红面疙瘩里加了糖，甜甜的，沙沙的，我非常喜欢吃。大娘家的那个碗柜里总飘荡着一股醋和大葱混合的味道，用手推开碗柜门，这股味道便会冲出来呛得我流泪。大娘一辈子只生了大伯一个孩子。我大娘喜欢小孩，我想大娘一定因为大伯没有老婆和孩子而无数次地伤心落泪吧。

大娘走后，大伯有大半年无精打采，无心上地，家里一片凌乱，冷锅冷灶，很多时候大伯懒得做饭，瞎凑合吃，他的衣服也开始变得脏乱起来。一个人冷冷清清地生活，日子极度寂寥。一个男人过日子不叫日子啊，只有有了女人的温暖，家才会变得整洁与完整。本家兄弟合议后，决定给大伯寻找一个老伴。数月寻找，功夫不负有心人，邻县马家圪垛有一妇人几年前丧偶，子女们都已长大，他们欲为母亲找一个老伴，经人一说合，大伯与伯母走到了一块。新来的伯母手脚非常麻利，已经六十二岁的伯母头不晕眼不花，走起路来健步如飞，纳鞋垫，绣花子，织毛衣，样样在行。家务活更是不在话下，伯母把伯父的一颗心焐暖了。大伯家又恢复了往常的欢声笑语，来串门的人也替大伯高兴。打牌的、织毛衣的、纳鞋垫的人一拨接着一拨。

大娘去世后，我们很少去大伯家，一是怕小孩子说错话惹得大伯再次想起大娘伤心，二是大伯不善言谈，爱耍的我们觉得和大伯待在一块实在无趣。也就是从那时起，我再也没有见过大娘穿过的衣物和她的那几双小鞋，甚至，与大娘有关的所有东西，似乎跟着大娘一块，从那间窑洞里消失了。我想，可能我大伯看到会睹物思人吧。

生离死别是人世间最无奈的现实，自此，一抔黄土隔开了两个世界，没有消息，也无归期，大娘永远地沉睡于厚实的黄土地里，不再回来……

大娘的离开，也结束了我们村小脚女人的历史，我总会清晰地记得，村里有许多老婆婆对大娘的小脚感兴趣，她们甚至想解开缠在上面的布看一看大娘的小脚。她们和我一样，长着一双五趾的大脚片子，对大娘的那个年代充满了好奇。我从未看见过大娘洗脚，她每次洗脚时，我们都被拒之门外，她不想让人看到她变形的脚，因为她不想给后辈人留下那个时代的阴影。村里的那些老婆婆和我一样，最终都没有能见一见八个脚指头被缠进肉里的一幕。

我想，若她们真的看了，心里一定和我一样无比难过，大娘的苦难衬托了她们现在的幸福日子。相较于苦难，所有人必定都会选择幸福。我也知道，生活会越来越好。

那些有锯末火煨暖的夜晚

雪夜彭城

在不夜城里走着，我总幻想着能回到童年的黑暗中去。

冬天，天黑得早，祖母是很少吃夜饭的。当我们在黑暗中磕碰的时候，祖母已经坐在暖桶上烤火了。

一般暖桶里并没有火，火在祖母手中的手炉里。

上到徐家集，下到赵家圩，手炉都是一个模子的。蒋巷人是这么说的，我们这里不是蒋巷，当然也一样。手炉是泥土坯烧成的陶器，七八寸过心的口面，往下瘦身，深不过半尺，有个提把，和手炉一体，故里人叫缸钵炉。

缸钵炉用得久了，也会有类似包浆的光滑面，一般也只在提把上，比如我祖母的。但这家什毕竟是泥土烧制的，稍有不慎遭遇个磕碰就“姓窑”（破损），所以有祖母那样光溜溜提把的缸钵炉是十分不易的，虽然炉身上绝对不会有字画类的艺术痕迹，但我坚信那东西留着或许就是个文物。

祖母对器物的经管非常成功，由此我非常崇拜祖母。她做包婢长大的，一直贫穷，自然没有什么财富，但只要她一旦拥有，哪怕只是一把蒲扇、一支吹火筒、一件洋布对襟大褂，那就会非常珍视，小心且成功地经管。只要我这样的顽子不过分“翻生”（顽皮），那就会器物成精。我的感觉是能与日月同光，哪怕是一只易碎的缸钵炉也是一样。

暗夜里，我坐在祖母的身边，手放在祖母的缸钵炉上，觉得很暖，祖母却觉得我那双瘦手冷，嗔怪一声："犁头铁。"祖母就把自己的手从炉身上移开，让渡些面积给我，但她是绝不会把整个炉子交给我的，不然，那提把上也不可能长出亮光来的。

于是，我们就被彻底地笼罩在夜的黑暗里了。

风在屋子外面打着凌厉的叫口，我下意识地紧缩了身子，抱紧了手炉。

"那是鬼叫。"祖母说。

是的，那时的鬼很多，常在夜色里从坟山上下来，到屋道里游荡，因为某种生死上的缘分，就寻着一个婆子、一个汉子，或许只是一个阎王生死簿上没有"栽根"的顽子，于是就在某个日子，一个新的鬼就跟着走了。

祖母娴熟地拿出一个尚是祖父精致地制作的括火的竹片，把炉里的混着灰烬的燃料娴熟地括着，黑暗中就冒出非常漂亮的暗红色火光，细碎的锯末像红星一样交替着闪烁，一下点燃了我们生存的希望。

括火是很需要技术的。眼看手炉渐渐地冷下去了，我疑心炉火已经熄灭，就喊："火过了。"火过就是熄灭的意思，但祖母没接腔，这说明她有把握火种还在，燃烧的势力还在，只需要她的一个举动，温暖就会回来。果然，祖母摸索着用竹片在手炉四周非常有节奏有韵律地括了一遍，我可以感觉到中间的许多灰烬被神奇地调遣到周围，已经被焖火孕育着达到燃点的锯末冒到了面上，一接触氧气就欢快地燃烧了，当然没有明焰，只是艳艳地红着。

我们在屋子里，红星一样的锯末把我们的生命煨暖，我们不会被恐惧压倒，我们从不觉得孤单。

我们就这样在冬天的夜里感受生的快乐。黑夜里一切都被融化了，没有棱角，没有挤压，没有冷眼，没有欺骗，没有阴谋。饥饿是有的，被挤到了门外。

冬天的夜非常漫长，长得让我疑心可以永恒，长得让我觉得祖母可以永生。

人在寒苦的日子里渴望温暖，每得到一次温暖都会融入骨髓，每一次依偎都会回味一生。

放下扁担读书的那个冬天，我每个晚上都在柴油灯下读书到午夜，之后就钻祖母的被窝。因为晚睡又早起，几乎没有和祖母说话的机会。我感受到的只是温暖，不曾想到她也有自己的苦楚。年老体衰的她睡暖身子是不容易的，因此，她才每晚静静地坐着烤手炉。本以为有个孙子暖脚是很惬意的事，谁知这个孙子却让她雪上加霜。她依然是在冷夜里熬着，到午夜好不容易身子渐渐地缓过来了，被窝里又突然塞进了一大块“犁头铁”，忍受这样的折磨实在是非常不易的。祖母很长时间都默默无语，但到底有一天她开腔了：“半夜困，清早起，身子不让似犁头铁！”所有的不解、怨怼都存放在这几个字中，别无其他。一心读书的我这时才感受到祖母为我付出的牺牲。好在冬天很快就过去了，春天暖了，夏天又来临，我依然是守着柴油灯到午夜，被瞌睡虫和蚊子折磨得精疲力尽才找个窄窄的条凳睡去。这个时候，祖母手里的器物换成了老蒲扇，那成精的老蒲扇为祖母驱赶流氓成性的蚊子，也为祖母带来有限的凉风。直到祖母的头和身子一次次没有规则地歪斜，老人家才被迫钻进酱油色的麻布蚊帐里去了。或许蒲扇还在祖母下意识摇动的手里摆弄，但炎热是免不了的，祖母只能忍受。蚊子如饿鬼在蚊帐外哼哭，几个沉沉的乾隆通宝在蚊帐的门兜里间或摇响，驱赶着无名的鬼魅。缸钵炉在床底下某个隐秘的地方沉睡，静候着夏天过去，秋天过去，雪花从远远的地方飘来。

录取通知书来了，我告诉祖母，她很欢喜地应着："考上了好！好！"其实她并不知这个冬天和她共享手炉，身子老是如犁头铁一般的孙子到底考上了什么，也不知道考上意味着什么。只是知道这应该是一件改变家庭命运的什么事。

穷苦人，渴望温暖是刻到骨子里去的。

我被分配到湖口县，在此之前，我在本县狮山中学暂时任教。还是秋天的时候，学校就给每位教师发了御寒的木炭，那时木炭的质量非常好，都是材质坚实的小圆木烧制成的，几乎没有柴头，一看就知道这炭经烧。这个时候我已经是个耐寒力不错的小伙子了，寒冷天气里也不再喜欢烤火。此时去湖口县文桥中学的调令下来了，马上就要去报到。这木炭对我来说是完全不需要了。但我想到了老迈的祖母，身体都瘦弱的父母亲，还有几个依然没有足够过冬衣服的弟弟、妹妹。我捎信给几十里外的父亲，想让他来把木炭弄回家去。

父亲果然来了，拿来了扁担和绳索。

没有车，父亲只能把木炭挑回家。这太远了，父亲从小有手劲无肩力，挑这几十斤木炭回家，不可思议。

我只是送了父亲一程，父亲就孤零零消失在陌生的雾霭里。

很多年以后，才知道父亲为了那担木炭一路饥渴，异常劳累，到家就病了。但父亲从不觉得挑木炭回家有什么不划算，每每说起这个事，父母亲都非常开心，说那木炭是如何如何的好，分给了十多里路外居住的外祖父外祖母，分给了始终不待见母亲的祖母，一家人都在那个冬天享受了那担木炭的温暖。我可以想象出，有了木炭，祖母的手炉就不再需要不停地括火了，即便括火，也不是那种锯末冒出的暗暗的红星，燃烧的炭是热情鲜明的。我很想沉浸在故乡的暗夜里，和祖母分享温暖的手炉，但这样的福分其实是有限的，大约某种福分都只在生命的某个时节里享有，此后，只在回忆里品味彼时的温馨。

祖母走了，父亲走了，天国里有没有木炭，有没有陶制的手炉？

每到年关，哥哥喜欢买几百斤木炭，弄一口好大的铁锅，见天生起木炭火。堂前也就整天红彤彤如旭日东升，大锅周围坐满了家人。别人家跑生意的、开三轮的、做石匠的、做小包的、卖水泥的、靠红白喜事蹭饭的也都向往这里的红火，大家围过来骂娘、吹牛、嗑天经。

这个时候，其实如今的天气早已没有昔日的寒冷了，人们穿的有保暖内衣、羽绒服，真的不需要烤火，而且，那木炭的质量实在是低劣得无法形容，要不湿气弥漫，烟雾呛得人泪眼婆娑；要不就是没变成炭的木头燃起了明火，火焰升得老高，燎人头发眉毛。但这个感觉挺好。木炭一烧，让我想起那些锯末猩红的暗夜。但这样的日子也是非常有限的。如今大家各奔东西，难得有机会相聚。

天冷了，我给远在老家的母亲打了电话，问："妈，生火了没？"

母亲答："怕那个中毒，不生火了。"母亲说的是一氧化碳。

又问："您晚饭吃了没？"

母亲答："一天只吃两餐，不吃夜饭了。"

还问："有跳舞的伴没？"

母亲答："前面国海家几个月没有人影，醉公娘去了镇里（景德镇），冬戏子夫妻断夜就困，福孙家只有猫在桃树上思春，水英子从不跳舞。"

我一时无语。

玻璃门里有冷风吹进，我打个寒噤。

广州也冷。

外面霓虹闪烁，灯光如昼。我闭上眼，想起那锯末燃烧的夜晚。

诗歌卷

梦兮诗十首

梦　兮

不敢数

不敢数，数一次少一个
大前年春节还在算，亲堂弟兄总共有几个
翻过年，庄底下大爸就做了先行
重要的是人一走，庄也就跟着空了
门口的荒草长起来
算是顶一个走了的人守住最后的防线
荒草感觉不到疼痛
一个劲地疯长，爬上大墙
爬上屋脊，数不清时，浮世就忘了这户人家

草　事

整整四十年，有太多的事需要细细琢磨
甚至于有些事，一辈子
可能都没办法理出头绪。本来要落在
坪坡川山梁梁上的白霜

落在了母亲头上，霜一杀
地就空出来，有一些地方草都不长
荒芜就像一块伤疤
老天爷看不过眼，一场雪
落下来盖住一个人，五十七年的岁月
从此这刀割的伤痛
就长在我心上了，可让人想不通
还有那个长满荒草的土堆
每一次跪在她面前，整个世界
荒草都会剧烈地颤抖，仿佛有一种疼在它们心上，从未远离

留守村

白杨树是站在山顶上的王，俯视
野草的人民，一步一步
攻下父亲的领地，这老朽的狮王
失了威严，臣民纷纷远走
一个人的王国，拼尽最后一口气
让镰刀锋刃内敛
才能割倒攻城的野草，自身的
锋芒一定要外露
才不至于，头上的王冠掉下来

锈 色

崇拜一个人，与崇拜一把兵器
有没有不同，不得而知
但我能够确定的是，对于父亲
那把镰刀，怀有深深的
悲伤。这悲伤来自深处，来自崇拜
就像崇拜一把兵器
可以封王，曾经断过风踪
让草族臣服，让麦芒滚动在刀刃上
把一个家从深水中解救出来
功劳大于汗马，如今挂在墙上的悲伤，突如其来令人无所适从

末 日

父亲说，今年收成不好
川里那两亩地，几乎绝收
扁豆地，茬口好
明年他想种上麦子，硕收一季
我在翻看朋友圈
刷着各种图片与污浊的文字
漫不经心地嗯哪
分明感到父亲点烟的手抖了一下
自你妈走后

就一直没有养过猪，想
重新养一头
家里没个声响瘆得慌
在父亲眼里
我是陌生的他乡客
他想要的，是一个能够听懂方言的人

坪坡川的草

先映入眼帘的是草。它们抢得
先机。一座山，一个村子，一个院子都是它们
族民的影子。再看见的才是父亲
一根枯干的稻草，在风中
颤颤巍巍，等待他远归的子女。头顶冬天
父亲无所顾忌，母亲走后
心被荒草霸占着，一个曾经的王
已无力统领群雄，诸侯割据
野草是最肆无忌惮者，它们从来都不会
怕我，一个流着王族血统的懦夫
它们不在乎我，这一年少得可怜的回乡次数
高举进攻的大旗
一年进一步，两年进三步，它们不在乎
村子的未来，提一年算一年
这强大的根须，同父亲的白发一样，宁断不掉

怀 念

院子里有熟悉的走失了的味道
妈妈，是不是你
在这阴暗的角落里坐了坐
你是不是还有什么
放心不下，关于一个游子凄楚的日子
可那一曲低沉的乐章奏不完
你走的那年
一场铺天盖地的雪没有留住你
这世间，除了生
能留住你的就只有爱。可惜
挂起来的生姜
只能辣出眼里的泪花花
留住脚步还要黎明，我踩着深雪悄悄送你回家

对 照

从哪里升起就从哪里落下去
夜也一样。父亲眼里的四季已经不太明显
黎明与夜失去主次
泉干了，如春的日子不再，庄稼应声走失
故乡与父亲生死依托
捧掬一颗石头的心，在古老的堡墙上
寻找那一盏比石磨大的明灯

月亮如此苍白，水比月亮更苍白

冬　至

翻过这一页日子就长了
黑夜不甘于消退
鲜花与草丛密谋，流水仍旧匆匆
茫茫人世
没有属于一个行者的立足之地
心碎了需要眼泪
来保持一颗心永动的节奏
雪花落下来　叫不醒
一个打算沉睡一生的人，或故乡

在黄昏辽阔的瞬间

在黄昏辽阔的瞬间
我信任落在眼窝里的星星，它们不会分割
永恒，也不会缝补忧伤
我残缺的一生已过半，月光
跟在身后清扫
遗落人间的脚印，一切都是安排与被安排
宇宙之光会不会消失
故乡都从我的眼窝里跌下去，像
一部未完待续的电影
我信任黄昏，像信任太阳、月亮、星星

火力点（组诗）

赵华奎

火力点

把火调升至最烈一词
以炼石的温度和淬铁的力度，锉出枪身
以目光打磨出钢蓝的锋刃
再以尖厉的声线，将子弹推送出去
他们喊出的每一行字，都是一束火力

与枪为伍的日月，简练到只有一种色彩
任四季随心所欲挑选
而散居的高冈、低丘、巨石背后
总有无数个身影，时而显现，时而隐形
像那些明暗不一的火力点，虚实难定

必须抓住每一丝风吹草动
必须摁住每一层心血潮涌
他们都是一个个相同特质的行动代号
一如高山与深海

谁也不能窜改它们原本的属性

只有握紧乌云闪电和狂风骤雨
阻止它们
取缔头顶之蓝，浇灭体内之火

枪 手

于记忆深处
剥出一盘厮斗，闪出山形、林烟和水影
闪出一群迷彩士兵
在枪声率领下，向高处，呈波次冲锋陷阵

尘烟屡次袭扰过的地域，光阴如铁
你把情绪酿成火药，瞄准一个又一个目标
借一根药引，或一枚击针
点燃焰火，又射落焰火

沙场之外，你开始分解和结合枪体
分离自己，径直从体内拔出另一杆身影
安插在营房前、操场上、靶台边
忽略成长的细节和背景，无视日月旁听

当烽火再起
当雨点般的枪声，再次折返耳际

每一名枪手
必然又是一道凌厉的火力

一枚子弹

现在，我已找不到合适的言辞
赞美一枚子弹
找不到足够的证据，为它安上一对翅膀
承受住风的阻力
追寻那些旋飞的念头和一次战斗的走向

战斗已在泥土中沉睡多年
一旦揭开结痂的创伤
仍可听见枪林弹雨，杀声如雷，撼天动地
看得见矗立旳旗帜上，弹孔无序
排列出一个个被鲜血染红的名字

英雄无名，无泪，也在这里沉睡
没有任意搜集的情节，录下稠密的战事
没有一块石头肯于发声
静静讲述自己的前世今生

只有一枚子弹
用尖厉的呼啸，将他们从故事里唤醒
用飞行之姿

又一次证实，他们冲击和突破的方式

狙 杀

从一个阵位到另一个阵位
标示着存亡之距
每前移一步，都布满无数道陷阱

战斗，历来是钢铁与钢铁的胶着对决
飞舞的弹片
便是一句最实的证词

无可否认，成规模的战事侧后
总留几手伏笔。如高地上、密林里、深草间
必然隐藏着一些虎影与鹰眼
静候猎物出现，并一一捕食

我们也在自己的体内，埋下伏笔
像埋进一粒粒锃亮的子弹
随时冲出体外
将那些杂草丛生的欲念，纷纷狙杀

一列火车停下来

李传英

一列火车停下来　卸下很多疲惫的人
疲惫的事儿
它没有立即走出去
而是静静地趴在原地
一盏茶　一杯酒　一页纸
一分钟小憩

走上车的人　验明正身
把这儿的空气　这儿的人
带到另外的城市

过滤下的终点　总留下
不同的树叶　不同的种子

故乡的原风景（组诗）

李　洪

竹　林

竹林深处
父亲曾经的竹笛
依旧在吹响
不经意地走过
片片温润的笛音
迫不及待地
流淌进干涸的心田
滋润那些
疼痛着的细节

乡　音

母亲把那些
土得掉渣的语言
悬挂在村口的老槐树下
日复一日

风干成咸甜有味的方物
每次远行　我
都要在怀里揣一些
当作日后相逢的
信物

老 树

鸟儿已飞走
空留下一树啁啾
在初冬的斜阳里荡漾
与黯灰背景上的村庄
一起孤独
风吹来
搅动了一池慌乱的情绪
老树已老，谁会倾听它
内心深处的独白

旧 屋

一遍又一遍敲叩
不闻人语响，柴门的犬吠
也不见了影踪，惟有
守望多时的风
一如既往地

吹动着泛白的窗棂
吱嘎的响声，惊动
早已发黄的情节
以及那树潜藏的鸦鸣

冬 至

父亲的咳嗽，在冬至
戛然而止
雪落的声音向天而立，悄无声息地
渲染着悲哀，诵经声眩晕在村口
失去方向的木鱼
一下下敲在，支离破碎的心上
孤灯明灭，谁在夜色中
不怀好意地，把厚积的寒意
搅动成无边无际的愁绪

诗四首

陈　芳

南方的向日葵

我从远处看你
从晨曦到日暮的轮回里
你挥动铁锹，种下了
火红的向日葵
如火炬照向凄冷的星光
在南方太阳告假的时辰里
让煞白的我，也能闪出
零星的光辉

我从近处看你
在湿雾和细雨的延绵中
你躲闪而坚毅地把颗颗
葵籽，嵌进我的肋骨
仿佛它们贮藏着你的光芒
播进我荒芜的土地
顿时丰腴的躯体就像

南方肥沃的森林，郁郁葱葱
肋骨上盛开的向日葵
是你滔滔不绝的金玉良言
每一朵都藏着一道
金色的誓言

我从时间的河流中看你
在晨昏交替之际，我们只有
短暂的咫尺相遇
你是白昼的国王，而我是
黑夜的公主
注定只有几瞬的擦肩而过
你播下的金色种子，已从
我的肋骨里冒出新芽
你隐匿的光芒，比凡·高的
向日葵还要浓烈
能把你的誓言焚烧成
极美丽的彩虹
斑斓地缀在每一根肋骨

我胸脯上开出火红的向日葵
不是凡·高的
是你挥动铁锹种下的，极美丽
的彩虹

为一刹那的燃烧，哪怕
只是晨昏交替的一瞬
我们都要拼尽全力

初春，院里摔了一跤

初春，我走入困顿的春天
像紫玉兰倒塌，花苞破碎
手套破了，破在紧握手机的手掌
雪白的手，露出蓝色的手套
像两盏灯，是点亮春天的灯盏

初春，我走进昏沉的大地
像紫叶李崩塌，树枝破裂
手套破了，破在高举火把的手掌
蓝天被树撕破，白云露了出来
像一艘船，是承载爱情的村庄

白云载着你，远方潮湿的身影
像引路人，举起伞急匆匆地向北
今晚的月亮是北方寒冷的火焰
那雨滴是南方晶莹的小花
摔一跤，仰天在白云中看到你

三月，一头狮子溺水

三月，桃花在我的体内溺水
一头狮子，也在我的体内溺水
它横冲直撞地嘶吼，要
掏出我体内，茂密的桃花

溺水的花苞，翻腾的浪花
铺满我体内的河槽，芳香四溢
它分不清哪是我，哪是桃花
只能无能为力地冲撞　咆哮

我落满花瓣的躯壳，有它
百折千回后的踏痕
我无法救赎一头溺水的狮子
在我体内，肆意地挣扎

我忧伤地坐在月光下，朝南
想起你用桃花酿酒的秘方
我使劲地摇动身体
让花苞，酿出甜香的烈酒

我端起，比井还深的酒杯
大口喝下甘醇的桃花酒

溺水的狮子，烂醉如泥
我被酒浇灌，长成万顷桃花
从此，它无法将桃花摘除

桃花劫

每一年桃花一开，就是
你我，花开花落的劫
三月，是危险的劫
是横亘在我们途中的险峰

桃花一开，你攀爬到山顶
花一落，就是往下的坡
你我，聚和散的劫
应和着门扇前，两排桃花

往北的往北，朝南的朝南
归隐和出山，也是劫
蜜蜂总是困在桃花的花蕊
我一直想把桃花的眼，圆睁

有些劫，是躲不过去的
不分好坏，劫就是劫
劫到了，去应和就好
元世祖劫后，有天地万物

花开的声音里，有闪电
花落的翅膀里，有烽火
知道这是一个蓝色的童话
我依然固守，每一季的花开

树在沉默（五首）

周苍林

树在沉默

看见树摇晃
我想知道
要有多大的风力才能掀动一棵树
还有多少的风暴隐藏在树后
见到湿透的树
我想知道
需要多少的雨量才能满足一棵树
一棵树喜欢的是大雨还是阵雨、小雨
听见树歌唱
我想知道
一棵树的枝头要容纳多少鸟儿
与树聚在一起的都是什么鸟
我还想知道
一棵树的夏天
能承受多少烈日
一棵树的秋天

要献出多少落叶
一棵树的冬季
会经历哪些痛苦
我想知道的一切
树都没有回答
树为什么沉默
我不是树
我为什么沉默

花瓣从身上落下

他和李美丽都是撒在一块地里的种子
他们一起发芽、生长
平等地分享雨露、沐浴阳光
李美丽开花了
他也结结实实地长成了一棵树
后来，鲜花盛开的李美丽
从乡村移栽进了城里的小区
他也像其他被伐的树木
被运往需要他们的地方
幸运的是　他就像优质原木打造的高档家具
几经辗转又回到了李美丽身边
只是，他看见的李美丽正在凋谢
从李美丽身上落下的花瓣
那些再也穿不回去的青春

一层层，堆满了他体内的衣柜

表 演

与飞禽走兽在一起的时间久了
我就有了一技之长
学什么像什么
譬如我学什么样的鸟鸣
就有什么鸟展翅飞来
学什么样的野兽发声
就有什么野兽回应
鸡鸣犬吠，猪牛羊的叫声
马的嘶鸣，虫豸的浅吟低唱
在我的口中惟妙惟肖、栩栩如生
虽然徒具其声，不具其形
但我还是喜欢用各种飞禽走兽的语言
和形形色色的人们交流

在表面

胡子在脸上一疯长
青苔就爬满了坟头
这时，把脸上的胡子刮干净，人要年轻一点
把坟上的青苔铲除掉，坟又新了一些
听见胡子和青苔往下掉落的声音

至少，从表面上还看不出来
谁的身体里还装着一个行动迟缓的老人
谁祭的坟里还藏着一副旧棺材

星光和灯火都是捅向黑夜的利器

星光和灯火都是捅向黑夜的利器
天上的星星
从乡村蔓延到城市的灯光
在黑夜的身上留下千疮百孔的伤口
那些一闪而过的流星
移动和奔跑的灯光
撕开并加深了黑夜的伤口
黑夜淌出的血
有纵横的方向
也有明亮的色彩

花魅如斯（组诗）

李长空

山茶花

绽放于清寂之晨，你把自己置于火上
慢慢浓缩，来自骨骼的疼痛
把生命的意义诠释
啜甘咽苦而存天性，经过炙烤搓揉
你的情感依然这般丰富
执壶柄的柔荑，面对蠕动的生命神融心醉
她相信这些在水中苏醒的精魂
正呈现出花开的味道
在深夜，把城市的喧嚣封藏，把异乡的
凉风收紧，以一壶滚烫的山泉水
让我们都鲜嫩如初回到泥土
在云雾缭绕的故乡又长成一片翠林

油菜花

那些小小的油菜籽，在冻土里

倔强地生根发芽。她们从不认为
自己卑微，总是高昂着头
在田野中孤傲地生长、开花
汇聚成金黄的海洋
翩翩的蜂蝶点亮庄稼人浪漫的梦
纯真的爱情和油菜花一样缠绵
这些黄金般富有的花朵
酿造出人世间最甜美的蜜
每到春天，我就期望能像蜂蝶般
飞回故乡再次躺在她们的怀中
在一滴清泪里
延续我们的故事

菊 花

孤标傲世的诗人，在帘卷西风的
日子里，固执地越过篱笆
挺立在山川沟壑中。你用自己独有的
坚贞和风骨，同瘦比黄花的女子一起绽放
从不与群芳争奇斗艳，只是寂寞地把自己
开成绝句，向世间释放出清香
风霜一阵紧似一阵，憔悴的花瓣紧紧地
围住稚嫩的蕊，向着核心凝聚着力量
真想裁下三千丈彩霞，做成寒衣
为你抵挡刺骨风寒。但从你倔强的伸展中

我看到了你恬淡的笑靥和不朽的光芒
为了报答土地和阳光的恩赐
你甘愿溅落氤氲之气。不畏风霜的傲骨
化为茶道甘泉，在人们的齿颊留芳

桃 花

闭上眼睛，我看见你的笑靥
在田野，在山岗，在灿烂的梦里
你低头含羞的温柔
击中了我的心脏
蝴蝶来了，蜜蜂来了，一缕春风
粉红地笑着。躺在三月的怀里
月亮也开始发芽
将我内心的秘密播撒
你摇曳着，骨朵一瓣一瓣地开
一朵一朵地亮。你水灵灵的目光
凝望着恋人，在布谷声中
等候着成熟的果实
灼灼的嫁衣燃烧在生命的春天
一杯桃花酒醉成生生世世的情缘

桂 花

打破时节的沉默，经历酷夏的炙烤

八月的清爽让你沉醉。你在皓月下伫立成
一道亭亭玉立的风景，迷人的花香
曾经引发金宋两国的战争
我的爱，被你四溢的芬芳和盈盈的笑意
击中，从此在一缕透骨的香气里
憧憬着月圆之夜的幸福。我期望自己
不再是徘徊于梦境的流浪歌手
长成待嫁的闺秀，一年比一年馥郁
用醉人的浓香把我包围。我静静地卧在
你的身畔，甜蜜的气息沁入心脾
洗净了整个身心的污浊之气
在一个最明亮的仲秋之夜
深情浪漫的梦想随着桂花的香气放飞

幽 闭（组诗）

毕俊厚

静 物

山巅下，囫囵村像一头累瘫的瘦牛
黑乎乎的部分，是矮屋、牛舍、鸡笼和猪圈
白的部分，格外显眼。影影绰绰中
透着朦胧之美
隐身在村里的人，都是帝王。一日三餐
吃素食，饮甘泉，食五谷。荷锄下地，暮晚归乡
年少者，身魁体壮。年老者，鹤发童颜
独门，独院，半扇柴扉。邻邻相连，又互为帝国
邻有界，而心无疆。静物里
有一样东西，格外扎眼，摄人魂魄
偏厢房，空悠悠地透着孤独和寂寞
神圣肃穆的素棺，心平气和地躺着
仿佛一方虚无的镇纸，让神鬼不敢靠近

每一片黑陶都是一处老年斑

一个村子夹在两山之间，生成严密的隐蔽性
两座山，仿佛是它的手臂，有合拢之意
也有伸缩之力。我喜欢站在村子的
外缘，看升腾的炊烟，和来来往往
不断走动的亲人。这样，多少让我空乏的内心
充满安全感
如果往前数，囫囵村属屯兵之地
沿河两岸，墓群裸露出历史的斑点
像一个百岁老人一片一片的黑痣。我
不理解为病灶，把它们看成活着的陶片
我的出走，并非背弃村庄
我的回归，却是叶落归根
这些年，每每在我身体某一部位
隐隐作疼之时，我都会捧出一片黑陶
捂在胸口。像是把一个胆怯懦弱的人
重新安放在子宫里

大寒词

寒冷无序。草身发出断裂之音
在大雪下，背光的人，抱紧身子
鸟的叫声，清脆而易折

比起山顶一棵孤傲的古槐，他们
同样在等待援军
这是大寒的日子。群山，仿佛身披重孝之人
前来哭灵的风，怀里藏着凄惘
怀揣马蹄铁的异乡客，正日夜兼程
他要赶在寒气旺盛之时，点亮几万盏小橘灯
融化凝固的季节

巴黎圣母院

现在，这个女人已熟睡了。
如果没有镇静剂，她可能会疯死的。
就在几个小时前，她的小儿子，
仿佛一只弱不禁风的小鸟，被撞飞。
肇事者，没有留下活口，更没有留下死口。
不提也罢。
一个失去孩子的女人，如何让她像圣母一样，
慈祥。你不妨去巴黎看看，去，
圣母院看看。
她现在的样子，是不是，从圣母画像上，
走下来的那个女人。

微烟散尽

微烟

小，瘦。细若游丝，不易察觉的
烟岚
我的祖母，比一缕烟，还要瘦，还要小
她吃斋，念佛，点香炉，供祭
熬到八十八，乘一缕云烟
到了天堂
母亲偏偏不信那一套。她敬灶台，信火神
奉承五谷杂粮。微小的火苗
常常让一口黑锅，沸腾出十里香气。微烟下
母亲泪眼婆娑，昏暗的矮屋里，洋溢出
幸福的甜蜜
父亲却是谨小慎微之人。一生
惧火，惧烟。像个吉祥物
那一年，父亲离开。火化工
从炼炉里端出一捧骨灰，热气尚存，余温犹在
轻轻的一缕烟，莲花样
顷刻四散
我伸出双手，想接住，聚拢在一起
生怕缘分散尽，从此不会再来。可，掌心里空无一物
只有微妙的温度，留到至今

幽 闭

我在说出幽闭。是的，幽闭的幽
幽闭的闭。就像突然关上的一扇门

黑漆漆的。光，透过门缝，挤进来
那个夜晚，光忽然散了。仿佛父亲
松开的手指。光，在他紧攥的手指间
慢慢脱落。我意识到，死神的
光临。死神从我面前走过，侧着身
紧贴我沮丧的表情。我微微感到，有一阵风
挤出门框。我甚至责怪母亲
门，是不能敞着的。一个虚脱的灵魂
很可能会夺门而出。六年了，我总是
习惯将父亲幽闭在一间黑屋子里。密封的
百毒不侵的，任何微小生物，都不会打扰
他的宁静。每逢清明，我会带上足够的盘缠
鲜花，带上幽闭之心，给坟头培土。我是想
储存光，让战栗的身子，得到短暂的安宁
给坟头拔掉荒草，我是想
让幽闭的心，在这个阴冷的日子
打开一条通往尘世的路径

春 天（组诗）

榆 木

孤 独

落在晾衣绳上的燕子瞅瞅母亲
她正坐在大门口的石头上
磕着鞋里的土。假装没有看到燕子
我知道，那是她在害怕
如果，视线撞在一起
她担心会惊走一个唠嗑的人

一小片月光

月亮正圆。我在院子里乘凉
一只蚊子悄无声息地落在我的手臂上

而我纹丝不动。因为我知道
只要我轻轻一动，定会把这一小片月光给弄疼了

乡间路

杂草丰茂，已遮掩小道
我蹚过草尖行走。须轻点

你看。草丛里
一只小小的甲虫，也在赶路

如果我脚步重点，带给它灾难
我担心等它回家的母亲，会因此而陷入绝望

春 天

午夜。我放了茶，茶壶里蓄满水。客厅的白炽灯
逼退了夜色里最软弱的那部分。孩子醒来的第二次
我又将他轻轻哄睡。此刻，我为一壶茶水
准备了足够宽阔的安静。凌晨，一点四十分
我清楚地看见缓缓舒展的茶叶，将握紧的春天慢慢松开

抬棺材的人

哭葬队伍的后面，八个男劳力
抬着一口棺材。棺材里躺着的人
曾经也这样，将他们的亲人

送到墓地。从家到墓地
他们的这段路程，又会是谁
我想了想自己
又看了看村子里捡鞭炮玩的孩子们

在故乡

青　苔

在故乡
我是落在年轮里的一粒啁啾
是一支咿咿呀呀的歌
在你的皱纹里
日日流过
我是你胸襟上一朵小小的雏菊
把透明的呓语
洒满童年的山坡

在故乡
我是你锅台上一把翠绿的豆角
当月光煮沸乡愁
我就偷偷跃上盛满唠叨的餐桌
用饭香晕染你的鬓角
整理你垒在炕头上的落寞

在故乡
我是一只阶下数流萤的蝈蝈

奉命驻守老屋的院落
每天
我从窗台上走过
走过那装着微笑的烟斗
走过那堆满故事的柴垛
还有那砌在时光里的
依依不舍

在故乡
我是睡在你臂弯里的一个
圆圆的苹果

低于尘埃的禅意（组诗）

张兴安

冷　秋

十月，落日拧瘦黄昏
枯叶挤干光阴最后一滴泪水
钟声里
满目金黄，托举仄仄平平
摆出挽留的盛宴
一袭冷秋，燃尽沧桑
你从陡峭的尘世
侧身而出
裁下半片残阳
挂在转身的桅杆上
有人咀嚼梵音
有人涂鸦私语
远处菊影潮涌
暗香漫过辽阔的秋色
一曲淡墨南山
为你，悠然洇开

退 潮

一切都平静下来
悬而未决的事物，拎着心的胸腔
和即将发声的词语
曾经漫上喉咙的海，齁咸难耐
撤去偏旁的泪水，目送
每天的心事
退回脚边，回旋
而垂帘低首的落日
挽住你的视线
退回到，你力所能及的
天涯海角

湖 边

每一次举起空旷的眼神，摄入的
不是落日余晖
就是刚才滴落头顶的雁声
每一次，我都以为我是异乡人
莲叶、水草和垂钓人，以为我是
行走湖边有亮色的邻里
但每一次我都看见，落日，
像迟到的恋人，轻手轻脚地

依偎湖心的暖意，正涌入我的镜头

枫 叶

寒风中。捡起一片枫叶
掌心就有了暗喻：失色的残喘
虫洞的深渊和心事的嗫嚅
我不想用这样的场景
勾兑一个人的余生
人生总有些因为比石头还要硬
你只能认领所以，选择柔软
用你的诗句、快门和墨香
用你秘不可宣的辽阔和爱意

银 杏

这一年。你把半生的辽阔放开了
从初春到深秋，马不停蹄
直到撞上白果叶，你才发现
有一种繁盛叫银杏

人生总有诀别。手握繁盛总有凋零
再久远的“活化石”，也有沦陷
即使找到来时的地图，再也走不回去

陀 螺

光环和宿命，是你旋转的结合体
一生都停不下来的心事
旋转，是喂养你存活的唯一方式
你习惯于风声、喝彩
有多少不甘，可以改变旋转的奴性
有多少屈从，可以述说圆滑的沧桑
不知，体内是否有白霜溢出
陡峭的隐疼
又能述说多少积赘千年的鞭痕

行 走

习惯一个人行走
习惯用自己的步伐
丈量人生的陡峭与辽阔
一片枫叶与一个人相遇
彼此淡定，如此相似
过往的事物，总与命题纠缠不清
没有行走，万物形同虚设
尘世的沧桑，是行走的大写意
十字路口的疼痛，吞吐横与竖的迷茫
没有撇与捺的人字格局

你的行走，只能剩下
堆砌的徒劳，和落叶的唏嘘

退 让

都说，退一步海阔天空
而我此刻已退到山顶
尘世间还有什么
不可以退让，空缺和远离
海岸线，虚实相生
羞于言表
仿若空山寺里的梵音
虚无缥缈。一个僧影晃过
此时，海潮涌动
如北方盛开的眼神
寻找你浪迹天涯的足迹
和海留白处的禅意

小说卷

蟹

刘树成

几乎每年菊花黄的时候，都有一批一批的蟹贩子到下麻港来。麻港只是个小镇，小得不能再小了，一条二百米长的马路贯穿南北，两边全是饭馆招待所和小商店。总之，衣食住行各类该有的商铺都有。所谓麻雀虽小，五脏俱全是也。镇子不大，却因下辖十里八村，往来人烟稠密，也是热闹非凡。出麻港镇往南走约三里路，却是另外一番景色。人口稀少，河港纵横，人称下麻港。那里风景秀美，水质优良，养出的河蟹个大黄多，味道独特。好名声不胫而走。

小小的下麻港顿时热闹起来。不大的码头上，一溜青苔湿冷的台阶直通向河里，河湾里泊满了溯流而上来的各类船只，有小巧的鸭划子，有机动船，船身上新涂的桐油在晚霞里闪闪发光。

蟹是下麻港人的希望所在。各色粗鄙汉子会在夜半里挑着河蟹大声喊叫，放大了嗓门唱歌，狗也跟着吠叫，吵醒了沉在甜甜睡乡的人们。“这狗日的”，人们往往无奈地嘟囔一句，翻身又睡去了。湖乡的人最善良，又最能体己，都是些为生活忙碌奔波的人，都挺不容易的，难得他们这样开心。

木林每年都在这个时节翘首等待这些蟹贩子。他有十来亩水塘，全都圈养了蟹。前几年因为经验不足，养出来的蟹又小又瘦，他赔够了本。今年他吸取了教训，从进蟹苗起就加倍小心，精心照料，看起来长势喜人。前段时间一个心急的蟹贩子就跑到他这儿，捞了几只蟹看看，不住地夸他，还预订下他所有的蟹。

前几天，那个汉子又来了一趟，看了看河塘的蟹，禁不住喜滋滋地对他说，就等重阳风一吹，他就来收蟹了，城里的人都急等着吃蟹了。他还告诉木林，蟹有很多种吃法，清蒸、爆炒，各有各的风味，确实鲜美。

木林好久都没有吃过蟹了。他记得第一次吃蟹大概是在几十年前。那会儿满河湾都爬了蟹。他们家兄弟姊妹六个，加父母是八个人，口粮吃紧是常有的事，他们就会满湖里找吃的，河面上漂的菱角，河里的鱼儿、蟹儿，河底的藕带，他们统统不会放过。多亏大自然这些无私的恩赐他们才得以存活了过来。

这么多年过去了，他们再也不用忍饥挨饿了，不过河里的螃蟹却是越来越少，他有很长时间几乎都忘记了螃蟹这家伙。不过这几年不知从哪儿吹过来的一阵风，下麻港的人都开始养鱼养蟹了。茶余饭后人们谈及的都是鱼蟹，有人说某某村的张才养毛蟹发了大财，还有的说某人某年欠下了一屁股的赌债，就养了一年的毛蟹就还清了，走路也趾高气扬，再也不是以前弯腰驼背的样子。一番杂七杂八的话说得木林一阵心动。

他这一辈子就好像没有顺过，到老都是在穷苦中挨过来的。高小毕业那年，他考了全县第五名，可他还是不得不辍学了。家里实在太穷了，连吃饭都成问题，住的还是四壁透缝的茅草房。他是老幺，哥哥姐姐都成家分了出去，父母亲也老了，他怎么能舍下他们。他只有丢下了书本和满腔的宏图大志。

田间草木的味道是多么的清香，他很快就忘记了从小沉醉着的梦和为之而作过的艰辛努力。他生在山草间，死后也会安息在这里。他喜欢田间地头，麦草和稻谷的芳香，还有晚风吹拂下狗尾草的剪影。他生来就仿佛注定要和这些东西纠缠在一起。只有他自己知道，在庸常的生活中他苦苦挣扎了好几年。他曾匍匐在大地上祈求，也曾无数次地叩问过苍天。后来，他终于疲倦了，屈服了。

十七岁那年他托人费了老大的劲，做了村里赤脚医生向掰子的学徒。哪里料到学了半年不到，向掰子戴着高度近视眼镜到下麻港看病时，一不小心掉到河港里面淹死了。木林乍一听到这个消息，头都蒙了半截，他不敢相信这个事实。他的医生梦就此中断，从此他就死心了。他似乎终于明白了人生道路是不由他选择的。

两年后他结婚了，另一半也是土里生土里长的，他们天生一对。他们生了两女一男，孩子们都长得顺顺利利的，大女孩出嫁的时候，他一个人躲到后院子里哭得死去活来，别人都笑他有妇人一样的心。孩子们大了，他也开始老了。他这一生好像还没有活出个什么滋味来，头发就开始白了，腰也佝偻了。老伴不幸先他走了，她一辈子劳累过度，这一走倒解脱了，可倒苦了木林，他的苦役还没有完成。儿子结婚时，他也终于吁了一口气。不过他还没有来得及庆幸自己终于摆脱了劳役时，不幸的事儿又来了。说不清什么原因，他才生下来的孙子有点痴呆。

木林独自躲到屋后小河边的树林里，哭了整整一天。他不明白为什么生活的不幸就像是他随身的影子，无论如何都摆脱不了。为了这个孙子，他扯了一屁股的债，看遍了全省大大小小的医院。但是说老实话，见效也不大，可是总不能不治啊。

毛蟹带来的收益，让他一阵惊喜。他把栖身的青砖瓦房抵押了出去，贷款开了十亩水塘，准备大干一场。如今眼看丰收在望了，他不由得一阵欢喜。有了收成就有了希望，孩子的病也就能尽早得到治愈，他的心情也就会更好一点。

这天黑得比较早，还不到六点钟的样子。远处的村庄、树木，近处的围网，都看上去模模糊糊的。木林借着微弱的星光，翻过一道高堤，走了好一段路，到河对岸的杂货店里，沽了些散酒回来。

木林的鱼塘是后来才开成的，孤零零地在一片稻田和芝麻地中间，隔别的鱼塘有二十来分钟的路程。这使他觉得格外的寂寞，尤其是老伴离去之后，通常都是他一个人，形影相吊，恓恓惶惶。后来他听从别人的意见，养了几十只鸡，还有猫和狗，这个冷清清的王国才有了不少的生气。蟹苗长得很快，更增添了热闹的气氛，一到晚上，四处都是蟹爬来爬去所发出来的窸窸窣窣的声音。他常常是在这种下细雨似的声音中沉沉睡去的。

昨天重阳风一刮，就彻底催熟了毛蟹，这之后的蟹子膏腴丰满，味道极好。今天上午蟹贩子就来了信，明天他就要来收蟹了。让他来吧，我的蟹个个伸长了双螯欢迎他呢。

蟹究竟是个什么味道，在木林的记忆中早已淡忘了。今天难得开心，仿佛有十来年里都没有这样高兴过，一直以来紧压在他身上的重担似乎轻了许多。刚才打酒碰到了老朋友——做兽医的羊伢子，他们都有说不完的话，聊到最后他看天色实在太晚，不得不走了，就向他告别。

羊伢子问他：“蟹熟了吗？”

“熟了，都熟透了，像豌豆一样都裂开了荚。”木林笑嘻嘻地回答。

“真是人逢喜事精神爽啊！”羊伢子看着木林远去的身影说，他好似认识木林以来，都没有见到过他这样开心，印象中的木林总是沉默寡言的。

木林来到墙角取下捞网，摸黑来到了水塘边。水面反射着幽暗的光，散发出阵阵水腥气，星子在水中不停地摇曳、破碎。阵阵吹来的水风像小孩子冰凉的手，轻轻地抚过他的面颊。这一切是多么的熟悉啊，亲切啊！虽然他总是在受苦，从来也没有享受过生活给予的厚爱，可他还是不可遏制地热爱这块土地。他从来没有怨过、恨过。他喜欢这儿的一切。春天开满田原的野花，夏秋两季稻谷成熟的芳香，还有冬日里漫天的白雪，都会引起他无限的遐想。日复一日的艰苦劳作，并没有磨平他敏感的触觉。他孩子气地笑着，踩在岸边浸湿的泥土上，用力试了试它结不结实，然后伸长了脖子往围网里看，里面水花翻滚，好似有无数只螃蟹在朝岸边挤动。

木林一网捞下去，只见蟹们吱吱喳喳地叫嚷起来，争先恐后地想挤出网去。

“想跑？没门。”木林笑了起来。

他把网放到地上，拣了两只大点的，把小一点的一只一只扔进水里去，水面上扑通扑通地发出响声。然后他把那两只蟹扔进水盆里，把网挂在十来米远的一棵低矮的桃树枝丫上。等他回来的时候，一只蟹已快爬到水盆的边缘了，他低下身把它拨弄回盆里。另一只蟹也不安静，在窄小的水盆内爬个不停。

木林蹲在水盆边看了好一会儿，它们一刻也不停歇，总是想爬出这个小小的圈子。但是就在它们快要爬到水盆的边沿时，就都被他拨了下去，它们则锲而不舍地往外爬，他则不厌其烦地把它们赶下去。等到这个游戏被他玩得厌倦的时候，他就拿了一把旧牙刷，捏住蟹壳用心地刷洗起来。它们的螯毛实在太多了，木林刷完一只就有点吃不消了。他直起身子伸了伸懒腰，看了看茫茫的夜空。天上的星子倒是密密麻麻，热闹非凡，就连水中星星的倒影也是密不可数。一阵风吹来，那些星星就碎成一片，河边细柳稀稀疏疏的倒影也跟着碎裂变形。

四下里静极了，静得让他仿佛觉得，这是一个没有任何生物的世界，只有他一个人形影相吊地活着。不过生活虽然把他抛弃了，他却从来没有气馁过。他总是这样的顽强、乐观。他老是自己给自己打气，没有什么大不了的，一切都会过去的。他轻轻地吁了口气。

炉灶里的火早已烧得旺旺的，锅里的水不住地扑通扑通地冒着热气。木林把洗干净的蟹用稻草捆好放在蒸笼里，惬意地坐在土灶前。柴火的噼啪声从来没有像今晚这般响亮动听过，就连那未烧透的柴火的煳味他也不再讨厌。湿烟把他的眼泪都熏出来了，他用枯树皮一般的手使劲把它们擦去。不过蟹的眼泪谁会帮它们擦啊。人都是最残忍的，蟹们在笼屉里活活地痛苦挣扎，生生地由活鲜鲜到痛苦地死去，恐怕早就流干了眼泪吧。他就有些不忍。不过这就是蟹们的宿命。人有人的宿命，动物也是如此。

灶里的火越烧越猛，已经没有一丝烟了，恐怕蟹们早已停止了挣扎，身子在慢慢地干缩，变红。火光照得膛前亮通通的，他的脸也感受到了明显的炙热。他昏昏欲睡，星子们大概早已沉沉入睡了，眼睛也和他一样惺忪蒙眬了吧。起了些风，水浪轻轻地拍打着堤岸。

木林睁开眼时炉膛里的火已熄了，只剩下了暗红的灰烬。他突然觉得有些冷，就缩了缩脖子。户外的风越刮越大了，呼呼地响。连深沉的夜也似乎被吵醒了，睁大了惊恐的眼睛。

一时间木林还没有从睡梦中彻底清醒过来，也不明白这么深的夜自己怎么还没有睡死，还靠在厨房的柴草堆上。过了好一会儿，屋里隐隐约约弥漫着的熟透了的蟹香，才使得他恍然大悟。他揉揉眼睛，快步走向锅边，里面的水几乎快蒸干了，蟹熟透了，也累透了，似乎能看得出它们死前拼命痛苦挣扎的模样，可惜它们的腿脚都被捆得死死的。摸上去蟹还透着些微的热气，看来他醒得并不算太晚。

木林摸索着从兜里找出一盒火柴，抽出一根，划亮了，到隔壁杂乱无章的床下寻出他天黑时买的酒。这酒看上去放了好长时间，盛酒的塑料壶一摸手上尽是灰尘。木林的手颤抖着倒了一碗酒，放到唇边先闻了一下，一股清甜甘冽的芳香直扑鼻端。木林醺醺然了，他未饮先醉了。有好长时间他都没有这样地和酒亲近了，一直以来他都没有时间，没有心情。

多么甘醇清洌的美酒啊，还有这奇香无比的毛蟹，他好像从来都没有享受过这样的美味。他不停地饮酒，不住地把一个毛蟹掰开，又掰另一个，吮里面的膏黄，吸腿夹里的肉。他不停地吃喝，吃，喝，到最后他都不清楚自己是在干什么了。其实酒早已喝光，蟹早已被他吃完，蟹壳扔得到处都是。

等到他终于彻底累了，才歇了下来。这时他发现外面的风越刮越大了，连天上的星子也似乎被席卷一空。也许因为酒力发作，他的嗓子眼堵得厉害。他从一片狼藉的蟹壳上走过，来到池边。他弓腰在池边干呕了半天，什么也没有吐出来。他站起了身，路边的茅草在大风中不住地摇摆，打在他的身上。

这时他惊奇地发现，一大群毛蟹爬上了快要倒伏的围网，不一会儿就把已经松动的网子压倒在地上，接着一个挨一个地向塘边的小河沟爬去。木林愣住了，过了好一会儿他迟钝的大脑才明白是怎么回事儿。他发疯似的把它们一只一只拎起，甩回塘里。可是它们依旧锲而不舍地爬上来，往外爬去。木林忙得手忙脚乱，也没能阻挡它们的步伐。它们像是有着钢铁一般的意志，爬过不到二米宽的河堤，就是自由自在的小河沟了，那里是水草丛生碧水摇曳的天堂。

这样忙乱了一会儿，看着依然源源不断地爬出来的螃蟹，木林陡然明白，他刚才应该把围网扶起来。他真傻，刚才一慌把什么都忘了。他又气又急，连鞋子也忘了脱，就抓住一大把茅草身子往河中探去，他想捞起被压在水里的围网。谁知就在他刚刚挨到网的边儿，正准备用力往上扯的时候，茅草断了，一股大风把他和手里的茅草一起卷到了水中。

深秋的水冰冷刺骨，一下子使得他痹痛难当。他努力挣扎，想爬上岸去，却发现他无论如何挣扎，都无法站起身来，他只好借助一点浮力头仰着漂在水面上。我这是怎么了？他想。我一个孤老头子，不会就在这个节骨眼儿瘫痪了吧。为什么它们要大逃亡？莫不是我太残忍了，生生地蒸死了它们的兄弟姐妹？这个过程被它们在河里一览无余，于是它们就开始了内心的恐慌，于是它们就相约逃亡。

此刻爬出去的蟹越来越多，它们浩浩荡荡地从河边的青草丛上爬过，然后轻车熟路地一头跌进了小河沟里。大风把天上的云彩刮走得干干净净，连天色也仿佛亮了许多，木林眼睁睁地看着它们离它而去。

他声嘶力竭地叫喊了起来："毛蟹，毛蟹，你们回来，你们别跑啊，都给我回来！"

他不住地捶胸，不住地呼喊，内心里祈求快快有人路过。可是风声越来越大，早就把所有的声音都遮没得无声无息。只有那些嘶嘶地忙着奔跑的毛蟹发出来的声音，在木林的耳朵里越来越大。

木林的酒全醒了。天气似乎越来越冷，好像要把他全身都冻住似的。他仿佛都能听到骨头冻结的声音，不一会儿，好似连他的声音都给冻住了。他再怎么也喊不出声，喉咙里呼啦呼啦的，可是却怎么也发不出一个音来。只有他知道，那是他在不住地深深地呼喊："回来啊！你们都给我回来！"

可是就连他自己都知道，他无声的呼唤是多么徒劳。

蟹依旧不停地往岸上爬去，丝毫没有理会木林的声声呼喊。大风也似乎推波助澜，卷起层层波浪裹挟着河蟹往岸上打去，那些侥幸被浪打到岸上去的蟹似乎连脚也没有站稳，就匆匆地连滚带爬地跑到小河沟去了。这样不知过了多久，木林觉得他的肢体完全麻木了。他无力地看着一只又一只蟹舍他而去，心头的绝望比千斤石头还重。不过更让他心灰意冷的是，他也许再也回不到堤岸边了，他倒在这个几乎大半辈子都侍弄的水塘里，永远也不会爬起来，永久地跌落在那些想匆匆离他而去的蟹们中间。他的灵魂也将离他而去，陷入永生的轮回之中。那么他的来生会是什么？会是一只蟹吗？他这样在池塘里痛苦挣扎，和在渔网里的蟹是何其相似啊。

大风依旧没有止息，卷起的浪花溅打在他的脸上，冰凉的水让已经迟钝的知觉略微有些恢复过来。木林胡思乱想着，有一会儿他都以为自己已经淹没在水中了，也许这样倒也遂了他的愿。他苦了一辈子，早点解脱说不定还是件好事。可话又说回来，他怎么也不会甘心。过去那样的苦他都没有灰心过，现在他更不会了。一切也许都是过眼云烟，一切都会过去的。

木林苦苦地在水中挣扎着，他使劲地用还残留着知觉的手拍打着水面，瘐痛的两腿依旧垂在水中，奋力向岸上游去。和他一起努力的还有那些毛蟹，它们也不知疲倦地想爬到那个幸福的彼岸上去。

宇宙回收站

张子涵

把自己塞进厚重的太空服，戴好头盔，飞船缓缓启动，我乘着 No.199909 号飞船向宇宙飞去，开始了新一天的工作。

我是一名宇宙回收运输站的工作者，人人都羡慕我可以自由往返于宇宙和地球之间，可说实在话，我的工作和地球上收垃圾者没什么区别，我只不过是收集废旧的或出故障的机器人，然后把他们丢到宇宙的回收站里。

飞船在空中缓缓上升，稳步运行着，透过玻璃窗看到点点闪耀的星河，耳边放着最喜欢的音乐，这是我在工作中最享受的时刻。“前方即将到达宇宙安检站，请您注意停船，接受安检。切勿忽然加速，撞到保险杆后果自负……”这个恼人的声音又来了，我猛地停船，走了下去。

电子狗跃进了飞船里，一番倒腾，一个身形高大的机器人迈着机械的步伐走过来与我打招呼。“兄弟，您这里面可有易燃易爆物啊，违禁的，懂不？”我看着他面部显示的声波震动，毫无生气的脸和地道的北方方言形成了巨大反差。我努力憋住笑：“那开箱，让您查呗！”

一群迷你的球状机器人从远处滚了过来，“咚咚”在飞船内的集装箱上撞了两下，仿佛是撞疼了自己，从球的两侧伸出两条又细又长的手臂来，挥舞着，揉了揉自己的身子，又使劲朝着箱子打了几掌，这下才服气，把手臂缩进圆滚滚的身体里，接着缩小成了箱子缝隙的大小，一溜烟儿就滚了进去。

飞船里发出嘈杂的声音，听着让人闹心。闲来无事，我便与“安检员”交谈起来。

“喂，兄弟，都是废弃的机器人，哪里有什么易燃易爆的，这按理来说，机器之类的，不都算是易燃易爆品吗？”

“这您可就狭隘了，机器人的制作分两种，一种是正规生产的，一种是非正规生产的。正规生产的机器人一旦毁坏，线路有自动切断系统，那就是废铁一堆，当然不属于易燃易爆品了。可怕的是那‘黑作坊’里生产的……你知道什么叫‘黑作坊’吗？”

他探头到我面前，面部的声波形成了一个大大的问号。

我摇了摇头，表示疑问。

“所谓‘黑作坊’就是指那些通过非法渠道制作非正规机器人的商家，制造商技术不够，没有掌握线路自动切断的技术，机器人毁坏后一些外部因素很有可能使他们的遗体爆炸，造成难以预料的严重后果。还有一些制造这种机器人的人不知道安的是什么心呢，机器人一旦毁坏，他们身体内的定时炸弹就开始运作，不知道什么时候在什么地方就爆炸了，这玩意如果到了宇宙才爆炸，恐怕是要引起宇宙的动乱呀！”

我似懂非懂地点点头，对他知识的渊博感到敬佩，这还真是个“话痨”机器人。

“那么那些违禁的，不能通过安检的机器人怎么处理呢？”按捺不住心中的好奇，我又接着问道。

“回炉重造呗。熔成一堆废铁，把资源给正规制造厂商，制作新的机器人……不过说来也是可怜，那些机器人生前的记忆，也都被销毁了啊。我也是个机器人，我知道我们被制造出来的时候只是用来工作，这些都是你们人类给我们的最基础的能力。但我的乐趣，我在这个世界上生活过的痕迹，我生活的经历，都存在我的记忆里了。我最宝贵的情感，也全在记忆里了。而那些将要被销毁的机器人，连记忆都要没有了……”

“安检员”边说边用他那摇动着的纤长手臂抹了抹自己脸上虚无的泪水。我不知道该如何安慰他，我不是机器人，不懂得机器人的情感，于是我决定转移话题，打破沉默。

“您刚刚说那些‘黑作坊’制作出的机器人是因为技术不够，才可能会爆炸，所以要把他们彻底销毁，那……”

“哦，对了，还有一种情况是注定要回炉重造的，那就是‘犯事’了……”

“安检员”突然神秘地向我靠了过来，低声地说话。

“你知道什么叫‘犯事’了么？”

“不知道……”

“‘犯事’就意味着机器人失控伤害了无辜的人类，甚至杀害了人类。一旦发生这种情况，人类就可以认定这种机器人的感情系统已经崩溃，这样的机器人也需要被销毁，以防造成二次伤害。”

“原来如此……”我的好奇心已经完全被激发出来，“能否带我去看看那些没有通过质检的机器人，这样我以后就可以自己检查了，也好省些往返途中的时间嘛！”

“安检员”面部显示的声波形成了一个“囧”字，他似乎很为难的样子。我愈发装作恳求的模样望着他。

“那好吧，看在跟你聊得来的分上，我带你去，”他松口道，

"但是你可千万什么都别碰，伤害到人类，我也有监护不到位的责任呢。"

我用力地点了点头，他带我转身去废弃仓库。我们穿过了重重的门，终于到了一个铜墙铁壁、密不透风的屋子里。各色的金属闪耀着光芒，机器人的"遗体"堆积成一座座小山，像是一个巨大的金属制造厂。

"这就是了，这是最近查获的不合格产品。"

"这么多呀……"我感慨道。

"唉，现在的无良商家越来越多了，他们只顾自己的利益，这种可能会危及人类生命的事情他们竟然也做……"

正说着话，"安检员"面部的红色警示灯嘀嘀闪动了起来。

"不好，有紧急情况，我需要回安检站去。你在此地不要动，我去去就来，切记不要动任何机器人的零件！"

"好的，我一定……"

还没有等我说完这句话，他就夺门而出。还真是个急性子，我暗暗地想。

一个人踱步在这个屋子里，在好奇心的驱使下，我走近观察这各式各样所谓的废弃了的机器人，他们的样貌也都冷冰冰的，奇形怪状的身躯横七竖八地倒在屋子里，看上去倒与正规的机器人无异。

"求你救救我……"空荡的屋子原本只能听见我的脚步声，冷不丁地冒出来一个微弱的声音，让我下意识地一惊。

"是谁！"我厉声问道。

"这里，我在这里，请你救救我……"

依旧是微弱的声音，我循着声音走了过去，一个残破的躯体映入我的视线。他的身体上有很多凹陷下去的小坑，看来是一个年头很久的机器人了。

“求你，救救我，帮我把我身后这根蓝色和红色的线接在一起好吗……”

他用虚弱的声音恳求着我，我心里既疑惑又好奇，决定帮他这个忙。我拿起线的两端，剥去电线两头的外皮，把两根线系到了一起，一阵噼里啪啦的响声过后，机器人翻了个身。这时我才看清了他的面貌，歪曲的五官，一点都不端正的四肢，脏兮兮、坑坑洼洼的躯干，与美丽没有半毛钱的关系。

“谢谢你，好心人。”他的声音似乎恢复了一些元气，“你可以帮我把芯片也插上吗？”

我回想起“安检员”临走时对我说过的话，心里感到有些不安，再看到他这丑陋的样子，更没有了帮助他的欲望。但是，我却从他的眼睛里看到了生存的渴望。我回想起我的队友在宇宙遇难时留下的最后画面，他的眼里也有着对生存的渴望。犹豫、纠结、痛苦，一番挣扎后，我决定帮助他。

我小心翼翼地将芯片插入他背后的卡槽里，“叮”的一声，他原本毫无生气的脸突然亮了起来，整个人也鲤鱼打挺一般站立起来。我被吓得连连后退，一时不知道怎么办才好。

“你不要害怕，好心人，我不会伤害你。”他摇着手拼命解释，“很感谢你帮了我，我会感激你的！”

看着他手足无措的样子，我的心里忽然充满了勇气，我径直向他走去。我盯着他看了许久，他仿佛被我看得有些不好意思，摇动着的机械臂不知放到哪里才好。

“怎么，你也是‘黑作坊’生产的机器人？”我发问。

“不是的，我是正规厂家生产的机器人，”他赶忙解释，“我是有防伪标识的，不信你看！”

他转过身去，向我展示他身体上的印记。我凑近了看，果然是正规厂商出品的，还是赫赫有名的品牌，这个独一无二的防伪标识，是模仿不出来的。我转念一想，既然是正规厂家的优质产品，那么它需要被销毁的理由是……

“啊——”我吓得叫出声来，“你，你是不是‘犯事’了！”

“对，我伤害了人类。”他先是一愣，继而懊恼地低下头，坦诚地回答，又慌忙地向我解释，“但请你不要担心，我不会伤害你，你是个好心人！”

心里的恐惧还在蔓延，我一步步地向后退，欲转身逃跑。

“你伤害了其他人，就有可能会伤害我，你只是个没有感情的机器人，是一个感情系统错乱的杀手，不是吗？”我的恐惧已经完全控制了大脑。

“不！不是的！我教训的是那些没有心的人类，他们不懂得尊重别人，不懂得珍惜别人的好意，仗着权势肆意地欺负人，这个地球上的不美好，都是他们作恶造成的！”

他神色痛苦地抱着脑袋，说着自己的话。我第一次听到一个机器人说出这样的话，还没等我回过神来，他又自顾自地说了起来。

“我的小主人是那么天真可爱，他才六岁。可现在的小孩子怎会如此可恶，他们抢小主人的零食，把小主人的书包丢入水里，撕掉小主人和我一起认认真真完成的手工作业，肆意欺负我的小主人。我的小主人被他们欺负得大哭大叫。小主人的妈妈告诉他要做一个宽容的小孩，要容忍那些没礼貌的小朋友，我不明白为什么，难道你们人类认为一味忍受就是美德吗？你们说那叫宽容，可宽容就是毫无底线的退让吗？”

我被他突如其来的话语说得有些蒙了，他揉了揉眼睛，又继续说了起来。

“我只能看着小主人从学校回来后的闷闷不乐，却什么也帮不到他。你们人类经常说，不要跟小孩子太过计较，好啊，我终于见到了小孩子的家长，跟家长理论总是可以的吧！‘养不教，父之过’这句话不是这么说的吗？可是那些小孩的家长却丝毫不以为意，他们把欺凌看作是平常的小事！于是我把他们的孩子对我的小主人做的过分的事统统做给家长看，我抢了大人的包包丢进了水里，我把他们的文件撕碎了扔在风里，他们又说我是一个坏掉了的机器，他们还把我送到了厂商那里！”

他痛苦地闭上眼睛，声音颤抖着，伴随着机器嗞啦嗞啦的声音。我明白了他痛苦的来源，却不知道如何安慰他才好。

“我只看到厂商赔笑的嘴脸，他们不问青红皂白就用铁棍在我身上敲击起来，只为了取得那群自私的人的原谅。他们挑断了我的线路，我的‘意识’逐渐模糊，在蒙胧中我看到了小主人和他的家人匆匆赶来的身影，我听见小主人边哭边大声地喊着我的名字，我好想再抱抱他，安慰他，不要因为我而难过，也不要怕别人欺负他……”

机器人越说越哽咽，呜呜地抽泣起来，嗞啦嗞啦的机器声响越来越大，我也变得难过起来，原来机器人钢铁的外壳里，还有柔软的思想。

“求求你，好心人，帮帮我，带我走吧。我不想丢掉我的记忆，这是我仅有的东西了，我想回到小主人的身边，这是我唯一眷恋的人了……”

机器人的声音在我耳边断断续续地响起，悲伤充斥了我的心房，谁都有爱人的能力，不只人类，机器人也有。

“我帮你，可是我不知道如何帮你……”

“我有变换躯体的功能，但我走不出这层层防守，需要你带我走出去。”

脚步声越来越近，“安检员”要回来了。

“快！来不及了！”我着急地喊。

机器人蹲下，只见他的四肢迅速向体内缩入，躯干也慢慢变小，最终化成了一个钥匙扣大小的球体。我迅速揣起他，塞进自己的口袋里。

“兄弟，我回来了，怎么样，看过瘾没有？”“安检员”边说话边向我走来，我控制住自己紧张的手，尽量不让它抖得太厉害。

“嗯……蛮好的，见识到了高科技……的另一面……”

“安全检查完毕，你的飞船已经排除了隐患，你可以走了。”

“好的。”我紧张地回答。

跟“安检员”道别后，我急忙把机器人放了出来。进入飞船后，他渐渐恢复了原来的模样，并向我深深地鞠躬。

“谢谢你，好心人，”他好像想起了什么似的，敲了敲他的方脑袋，“还没有好好地自我介绍吧，你好，我叫阿和。”

“不客气，阿和，你也让我见识了机器人有血有肉的一面，我送你一程，也算不辜负自己的良心。不过话说回来，你跟你的小主人的感情还真是好啊！”

“是啊……”他空洞的双眼望向远方，仿佛陷入了无尽的回忆中，“我是工厂的残次品，因为外形不美观，成了厂内积压的库存，渐渐地快要过时了。那是工厂最后一次用促销的手段要将我们低价贱卖，如果再没有买家将我们带回家去，我们就只能被销毁，然后回炉重造。我本来已经习惯了人类看见我时惊讶中带着一丝嫌弃的眼神，并没有期待着会有买家将我带走。可直到遇见了我的小主人，我永远忘不了他看见我时清澈的目光，那种纯洁的不带一丝杂念的眼神，永远停留在我的记忆中。小主人把我带回了家，他的爸爸妈妈希望我可以与他和睦相处，给我起名为阿和。从进入他的生活那天起，我陪他玩耍，陪他吃饭，陪他做作业，我们几乎时时刻刻都不离开，小主人是我最好的朋友。看见我最好的朋友被别人欺负而伤心难过，我咽不下这口气，所以才……想起最后见小主人的时候他边哭边叫着我的名字，我真的很懊悔……”

阿和耷拉着脑袋，像个做错事的小孩。虽然从他空洞的脸上看不出任何情绪，但他的肩膀耸动着，伴随着机器的低声轰鸣。我走上前，拍了拍他的肩膀，以示安慰。

“我相信你，如此重情重义的人，我很欣赏。再说了，你可是正规的机器人，制作出来是要造福人类的，和那些违规的机器人不一样……”

“不，不是的，”他听了我的话，慌忙摆手，“谁不想快乐呢？你们人类想给别人带来欢乐，我们机器人也一样。只是那些无良的商家，把我们机器人当作他们图谋不轨的渠道，利用我们做一些违法的事情。他们自己觉得有危险且违法的事情，都通通推给我们，这何尝不是他们的贪心？”

我沉默并感叹着，从前的我好像低估了机器人的性能，也高估了人的情感。我以为机器人只是一个人类劳动力的替代品，一个可以填补孤独、给予陪伴的物品，一个由一堆废铁熔化后又再生的产品，一个可以用金钱等价替换的商品，可如今看来，他们比想象中更有价值，他们铁铸的身体里，还藏着柔软的情感。这种对情谊的看重，怕是某些人类都不曾拥有。而人类呢，身体里流动着鲜红的血液，有跳动的脉搏和柔软的心，可在利益面前，却忘记了自己生而为人，掂不清情谊和价值二者谁更重要，摸不透自己追求的到底是什么……

一路沉默，直到飞船的提示音响起，我才回过神来，旅途就要结束了。阿和和我一起把飞船上的机器人运送到站，然后与我拥抱，挥手道别。

“谢谢你，好心人。我知道我的感谢不能帮到你什么，但我还是要感谢你。谢谢你救了我，谢谢你帮我保存了我仅有的记忆，谢谢你让我与小主人有了重新相逢的可能性。真的感谢你，希望日后好运相伴。如果在地球上还有幸见面，希望还可以当面跟你道声感谢。谢谢你，好心人。”

“不客气。”我笑着回答。

透过窗户看窗外的宇宙，我看见阿和拼命地朝我挥动他那并不算灵活的双手，看着他越来越小，越来越远，我这一天的工作，也要结束了吧。阿和，你的记忆是你的宝藏，但你的善良，你所看重的情谊却是我在你身上发现的宝藏。愿你永远开心，与万物和睦相处，我喃喃自语。

布满星星的银河闪耀着光芒，我看得见一个个小小的行星与我的飞船擦肩而过。我巧妙地操控着飞船，带领它规避一个又一个障碍，心里感到前所未有的充实与满足。原来这份工作，也没有想象中那么糟糕，我不禁笑出声来。

白狗

赵建平

一

白狗被送进医院的时候，毛琳花正在街上卖着她从县城里购来的小鸡苗。

天气干热得很，她一个人，坐在石头上，面前摆放着她的鸡笼，鸡笼里面的小鸡苗，正叽叽喳喳地叫着。要是在以往，毛琳花准是把这些小鸡苗叽叽喳喳的叫声当作唱歌一样。而今天，她没有心情。她的小鸡苗，到了晌午，还没有卖出去一只。

"这生意不好做。"她扭过头，跟旁边的张芙娣说。张芙娣没搭理，双手抱了头，扑在两只膝盖上，坐在鸡笼后面，不知是在睡觉，还是在看她的小鸡苗。

"张芙娣，怪了，你说，我怎么今天心里一直怦怦跳，右眼皮也突突着。"毛琳花看张芙娣不答应，提高了嗓音。

"我咋认得你心怦怦的眼皮突突的。"张芙娣淡淡地用眼瞟着一笼子的鸡苗，"莫不是你要发财了。"

听说要发财，毛琳花闻着弥漫在周围的灰尘味和鸡屎味，从嘴皮间飞出一声笑，说一个卖小鸡苗的人，能发什么财。她低下头，顺手拿起脚边的塑料水杯，咕咚咕咚的，就像牛饮水一样。

这杯子，杯壁上覆着一层厚厚的茶垢，能装下一斤多水。说起杯子，毛琳花倒是很感谢她的男人白狗。一次，白狗跟她来街上卖鸡苗，口干得要命，白狗就跑到地摊上给她买了这个杯子，说是花了十块钱。当时毛琳花还说，卖小鸡苗挣十块钱不容易，白狗你怎么就舍得用十块钱去买一个杯子。说归说，心里还是高兴，觉得白狗是在心疼自己。再后来，每次去卖鸡苗，白狗就经常给杯子添满水，临走还要提醒毛琳花别忘了喝水。

毛琳花坐在石头上想着白狗。右眼皮跳得让她心慌，听别人说左眼跳财，右眼跳灾，跳灾的时候，撕点纸，蘸点水，把纸贴在眼皮上，就可以逢凶化吉。她从裤包里扯了拇指大的一点，蘸了唾沫，就往右眼皮上扒，可不管用。右眼皮不停地跳，跳一次，她的心就抖一下，跳一次，心又抖一下。

她站起来，用右手揉揉眼，阳光亮闪闪的，有一些刺人。就在这个时候，她看到村子里的李小三，气喘吁吁地朝自己跑来，还没到跟前，就听李小三朝着她直喊："毛琳花，毛琳花，快点走，快点走！鸡莫卖屎了。"

"走什么？李小三，我小鸡苗都还没卖出去一只呢。"

"莫卖了，莫卖了！白狗被你家大牯子抵了快要死了，你还卖什么？还不赶快去医院。"李小三说着话，就扯衣襟去擦满脸的汗。边擦边说白狗犁地的时候，被老牯子用角抵着心口，人已经送到乡卫生院去了。

白狗被牛抵了。

毛琳花当然顾不上再卖她的鸡苗，嘀咕一声：这呆子。跟张芙娣慌忙火急地说了一下，就急忙跟着李小三，喊了一辆出租车，往卫生院赶去。

到乡卫生院，毛琳花没见到白狗，送白狗去医院的人说医生正在抢救。毛琳花一听说是抢救，心里一急，两条腿就哆嗦起来，身子不由自主地往下坠，眼泪啪嗒啪嗒地往下流。

有人递过来一杯水，张芙娣的老公李满堂接过去，让毛琳花坐在椅子上喝。旁边的人安慰着，可越安慰，毛琳花心里越难受。早上她出门的时候，白狗还好好的一个人，才隔了几个小时，她想不到，一下子家里就出了这么大的事。

不怪自己就老是感觉今天有些不正常。

准了，准了。毛琳花自言自语。

准什么？李满堂问。李小三就把毛琳花在车上跟他说的话告诉了李满堂。

怎么这么日怪？一个人站在旁边，说左眼跳财，右眼跳灾，跳财财不来，跳灾灾就到，这还真准。

准什么？你个不长脑子的东西。李满堂看着说话的人，怪他不看风头。

天黑定的时候，手术室里一个穿白大褂的人终于走了出来，在他身后的手术车上，一块白布单从头到脚盖在一个人身上。不用说，大家都知道是白狗死了。

白狗死了。

毛琳花从嗓子里喊了一声“呆子”，几个小时的等待，最后却是等来和白狗阴阳相隔。她感觉有些天旋地转，一下扑在白狗的身上，凄厉的喊叫声从走道这头传到那头，从三楼传到一楼。

那一分钟，空气凝结了，每个人的心也冰凉凉地凝结了。

二

白狗的死，凶手就是他家的大牯子。

说起这大牯子，还是白狗和毛琳花结婚的第二年，因为家里土地多，小两口就商量着去买一头牛。以往耕地点种，经常去找人借牛，一村的人不是不借，可次数一多，白狗就不好意思。也有人会转弯抹角地说，搞得两口子心里憋气。毛琳花受不住，就跟白狗盘算，无论如何也要去买牛。那时，他们结婚时落下的账，都还没有还清。毛琳花厚了脸皮，跑回娘家跟爹一讲，爹说买牛是好事，庄稼人靠种地吃饭，家中没有耕牛，人就要被当作牛。爹这样一说，毛琳花就笑了起来，说，爹，我和白狗不想当牛，所以我和白狗商量了才想买牛。当时，毛琳花从爹那里拿了四千块钱，可要买牛，这四千块钱不够。回到家里，他让白狗去找信用社的人，好说歹说，最后从信用社又借了四千块，一共八千块钱。白狗对买牛的事没把握，去买的时候，两口子又请了村里的李满堂，陪着到街上去买牛。

这牛，买回来的时候，还没有齐口，骨架好。当时李满堂说，牛买回去肯定好使。小两口一听，也说，八千块钱买回来的，当然肯定好使。说这话的时候，毛琳花就望着白狗傻傻地笑。

家里有了大牯子，大牯子就成了白狗的半个家产。生产的事，毛琳花就交给白狗，白狗又交给大牯子。别看毛琳花一天到晚“呆子呆子”地叫着白狗，把牛买回来，她看到白狗种地比原来更上心，大牯子也被他养得膘肥体壮，天气热的时候，还要经常打水给牛洗澡。看到白狗这样，毛琳花心里就有一种说不出的高兴。农村人过日子，就应该这样。她脑子好使，后来在张芙娣的说道下，又借了几百块钱，跟着张芙娣进了几次城，也学着从城里进一些鸡苗，先是在家边的乡街上卖，生意上路之后，她就和张芙娣两个人，把鸡苗拉到更远的街子上去。

就这样，白狗在家种土地，毛琳花赶街卖鸡苗。虽然家里紧张，但也能把日子往下过。

要说遗憾，也有。结婚这么多年，毛琳花最大的遗憾就是一直没有给白狗生下一男半女。以前说这件事，白狗还不断地唠叨毛琳花，说生娃娃不是想生就生，还是趁年轻，先多苦一点钱，缓几年再要娃娃也不迟。可毛琳花知道，这是白狗安慰她的话。每次看到白狗逗村子里的小娃娃玩的时候，她就知道白狗喜欢着娃。但毛琳花真不知道自己为什么生不出娃，有几次，她跟白狗说去医院看看，可白狗不去，说羞人得很，反正他不去。

白狗说不去，后来毛琳花却偷偷去了一次，医生检查后说她没问题。她没问题，肯定就是白狗有问题。回来后，毛琳花想，等哪天说什么也要拉白狗去看看。

这件事，毛琳花回来不敢跟白狗讲，她想再等一段时间，找个合适的机会，好好跟白狗说说。可现在白狗却被大牯子抵死了，毛琳花一想到这，心里特别堵，大牯子抵死男人，自己一下子就成了寡妇。在农村，谁都知道寡妇的日子难。像村里的张寡妇，男人死后，点种薅刨请人不说，就连家里接个电线安根水管都要求人。有时还被人在背后指指点点，说三道四。毛琳花不知道自己以后的生活会成为什么样子，是不是也像张寡妇一样。但这些她还来不及想，她现在想的是如何把白狗的后事办好。家里虽然穷，但想想白狗活着的时候，对她的照顾，毛琳花就难受。

每次自己出去卖鸡苗，家中里里外外就交给白狗，既要盘生产，又要操持家务，做饭洗衣，扫地喂猪，把一个家打整得井井有条。有时自己从街上回来，实在懒得动，就连洗脚水，白狗也给她端到跟前来。想一阵，毛琳花就坐在白狗的棺材前哭一阵；哭一阵，毛琳花又在棺材前想一阵。

一阵风刮来，老棺材前面的长明灯一闪一闪的，毛琳花站起来，顺手把门关上。她要宰了大牯子，风风光光地为白狗办一场丧事。白狗苦了这么多年，就这样地走完了。可怜的呆子，毛琳花说，再怎么难，也不能让白狗的后事过于寒酸，宰了大牯子，就让大牯子随白狗去吧。

想到这里，毛琳花抬起头，看着板壁。板壁上挂着她和白狗的结婚照。照片上的白狗，正对着她笑。心如刀割一般的毛琳花，在一阵阵撕心裂肺的疼痛中，皮泡眼肿地望着糊了一层报纸的板壁上挂着的白狗。“你别怨我，呆子，这次你可要听我的，体体面面地办你的后事。你孤单，就让大牯子陪着你。”毛琳花不敢再去看白狗，她知道白狗不会同意她这样做，杀了八千块买来的大牯子，白狗活着的话肯定会骂她混蛋。

三

毛琳花把宰大牯子的事告诉给请来做提调的李满堂。李满堂不说话，这对于他来说，是一件难事。在他们李家村，办丧事杀牛，原来还没过先例。这本来是死者家里的事情，办好办差，根据主人家的要求。但作为在李家村大小事情都离不开的李满堂，他还得要想着村子里的人。李家村人穷，要是毛琳花因为给白狗办丧，要杀一头八千块买来的牛，以后村里死了人，一家比着一家办，能承受的不用说，不能承受的，却是活人为了死人，受穷多少年。到那时有人骂起来，首先骂毛琳花，紧跟着肯定就要骂他李满堂，说他为什么不阻止毛琳花杀牛。农村人办红喜事，生活标准高一点也无所谓，大家没话说。可白喜事不一样，谁家死人，把生活标准提高，就会在以后让一村的人感觉头没开好，会给别人加压力加负担。

但毛琳花告诉李满堂，说大牯子不死，等到白狗的事办好以后，她也要把大牯子卖了。别人听说大牯子抵死人，也肯定要把它杀了，谁也不会买一个抵死人的牛养在家里。毛琳花这样一说，大家想想也有道理，有谁会把抵死人的牛买回去养着呢？

宰了大牯子，也算为白狗报仇，一命偿一命。

有人在旁边说。听到这话，满屋的人就笑了起来。

白狗死了，大牯子也活不成。

活不成的大牯子，从抵死白狗那天开始，就被人用绳子拴在村旁的大榕树下。毛琳花也不给它喂草喂料，要是在平时，她才舍不得让大牯子饿着。可现在不同了，它抵死了自己的男人。这几天，毛琳花一看到门前扬起的挑钱，一听到哀乐声，心里就跟丢了魂似的。对于她，白狗就是一块天，白狗一走，自己成了寡妇，她们家的天，一整个地塌了。想到这，毛琳花就恨，恨白狗丢下自己，恨大牯子抵死自己的男人。

闯了弥天祸的大牯子，站在榕树下。偶尔还呼哧呼哧地出着粗气，哞哞地叫上几声，用蹄在树下刨着。可没有人看它，毛琳花更不愿意去看。在她心里，反正大牯子非死不可。看到李小三在磨石上磨刀的时候，霍霍的声音传进她的耳里，这让她有些烦躁不安。她看到李小三磨一会儿，然后把刀放在眼皮下瞅一眼，又用手指头去刀口上刮一下。一大早就这样，磨一会儿，瞅一眼，刮一下。又磨一会儿，瞅一眼，刮一下，反反复复。毛琳花这个时候突然觉得李小三不是拿刀在石头上磨，而是在她心头磨，刀在心头吱吱地一来一去，一上一下，一进一出，磨得毛琳花头皮发麻，撕心裂肺，老觉得自己的心被李小三磨得越来越疼，越来越碎。

白狗的棺材前，毛琳花一个人坐在稻草铺的地上，长明灯忽闪忽闪的，白狗的遗像用玻璃镶着，就放在老材子前头。毛琳花瞟一眼，好像觉得白狗在跟她说话似的，这大牯子可是家里的半个家当。如果白狗活着，他肯定又要这样说。以前大牯子犁田耙地回来，白狗总要给它喂上好的饲料，说不能亏待它，就像不能亏待媳妇一样。说这话时，白狗望着毛琳花笑，毛琳花也随着白狗笑。

毛琳花想自己该去看看大牯子，走出门的时候，毛琳花手里就多了一半盆包谷面，她把盆子端了放在大牯子面前，大牯子用鼻子闻了一下，可没有吃。却抬起眼睛，看着毛琳花。那眼神，让毛琳花感到陌生，也有一些茫然在里头。她伸手过去，想安慰一下，可大牯子却伸出舌头，舔她的手，痒酥酥的感觉。毛琳花有些不忍，原本想说一点什么，可最后却一句话也没有说。转身离开的时候，她看到村里的几个闲汉正笑嘻嘻地看着牛。有两个还说，要是白狗不死，哪里去找牛肉吃。毛琳花听着这些没心没肺的话，恨恨地看了一眼说话的人，低声骂了一句“畜生”，紧接着跑进屋去，一个人斜靠着板壁，而在她的上方，正挂着白狗和她结婚时的照片。

在毛琳花浑浑噩噩地坐在家里的时候，门外就响起了一群人的哄喊，哄喊声过，毛琳花就听到了大牯子的声音，闷闷的哼叫声。有人在说话，也有人在大笑着，笑声盖过了说话的声音，最后听在毛琳花的耳里，就变成了凄厉的欢笑。大牯子的叫声越来越沉，越来越弱，最后没了声息。几分钟的静后，毛琳花便知道，她的白狗死了，她的大牯子也死了。斜靠着的毛琳花，这时便软软地瘫在铺在地面的稻草上。

大牯子的头被割下来，有人抱了放在盘子里，端过来摆在白狗的棺材前面，一双牛眼睁着，毛琳花软软地伸出手，轻轻地抹了一下，那牛眼便紧紧地闭上。闭上的时候，旁边有人看见，从大牯子的眼角处还流出几滴泪水。

而在门外不远处，一大锅水正扑扑地沸腾着。那张大牯子的皮，剥下来之后，被堆在大榕树下。

而棺材前面，长明灯还在一闪一闪的。白狗的眼睛睁着，大牯子的眼睛闭着。后来听说，大牯子倒地的时候，有人看见白狗正赶着大牯子往后山里去。看见的告诉没看见的，说得神乎其神，这当然没有人相信，说话的人并且还说，那时毛琳花正站在棺材前跟白狗说着话。

稍晚一些，毛琳花家的门外，一大群的人，高高兴兴地吃着白狗家大牯子的肉。男人女人，老老少少，个个吃得舔嘴抹舌。

很多年以后，李家村的人说，再也没有吃过比白狗家大牯子更好吃的牛肉。说这话的时候，自然说起毛琳花来，他们说村里早不见了毛琳花。有一个在县城打工的人回来，说城边边上的尼姑庵里，倒有一个长得很像毛琳花，只是不敢肯定。

但对于李家村的人来说，毛琳花去了哪里并不重要，重要的是因为白狗的死，让他们吃了一顿一辈子无法忘记的牛肉。

折光反映

刘辘辘

天光了，夜散了，我伢老子从灶房里醒来，昨夜他运神在那草灰里焖熟两只薯蕷，将柴火架成一座小山，在小山中间挖一个牛眼大的口子，对着那口子吹气。

吹啊吹，我伢老子睡到了后日清晨。

我想起一件事，我伢老子还有伢老子，他老人家现在还在地里摘豇豆呢，伢老子指示我去寻他爹回家吃饭。

我绕过红砖垒成的灶房，路过一小块黄花菜，正艳艳地开着花，有三两只凤尾蝶围着绿叶子飞来飞去。在跨过第六条沟渠，爷爷摇到我面前，他瞥了我一眼，说的第一句话是："空手来不带水喝，渴死我算哪个的？"

看我没有来得及作声，立马加了第二句："莫让你伢老子晓得。"

我应着声响跑回了家，我伢老子躺在床上剥雪豆，他已经剥了半篓子，现下叫我一块儿合力把剩下的剥掉。

我们两个人就着外面的光，各自像得了针眼的老太一般，被那几颗豆子来回拨弄。好长时间，没人说话。剥完雪豆，我寻了一把高粱扫帚，将一地的壳子扫入簸箕，径直倒入了门口不远处的大坑当中。

收拾好东西，我摸了摸一把豆子问：“伢老子，你有嘛事？”

伢老子愣了一阵，将脑袋从电视机前面转动一圈，移到我面前说：“你娘老子死了几多年你晓得吗？”

我捡了地上遗落的一颗绿豆子，盯着看了一眼，丢到嘴里，说：“两三年吧，这个你不该问我，那个是你老婆。”

“是啊，是不该问你，可是现在有一件难事可把我难住了，我老婆，也就是你亲娘，被车轧了，赔了十万。那十万被我伢老子拿去存着。如今他说，要让钱用到要紧处，你马上就有后娘了！”伢老子说。他将那遥控器往窗户上一砸，里面的两粒电池立马积极地往外蹦出，弹了竹床一脚后，不晓得溜到哪个角落去了。

他的脖子跟一个吊在日头下的水瓜似的，眼看着显出狰狞纹路了，他又不晓得哪里自学了一招急救法，给脖子抹了一把冷水，那个地方瞬时平整，看上去湿漉漉的。

我伸手去摸那个地方，被我伢老子一巴掌打在脸上，我的睫毛掉了好几根，随着灰尘上上下下地浮沉。伢老子说：“你哪里学的毛病，随手摸人。算啦，也不怪你，你娘老子死得早，有人生你，没人教你，所以你越来越变怪了。不过，你是我家里的姑娘，我不能不告诉你，这世上的男人家都一个样，不管年纪大小，是老是少，你都得小心，处处小心，你打不过他们，也没人帮你，就得躲。躲总晓得吧？谁要欺负你，你得告诉你伢老子，让我来教训教训。我还搞不定，我们去找公安，总有人帮咱们的。”

我说：“那爷爷要你娶新娘，你怎么不躲？你一个几十岁的男人，还被亲爹捏在手里玩泥巴样，想整什么花样就整什么花样，你怎么不去找公安。我要是你，我就打断他的腿，再运他去县城看医生。我要让医生和护士都看见我着死急，掉眼泪。我要让全村人夸我天下第一大孝子贤孙！好了，我这话不是我娘教的，我没人教，这是我自己琢磨出来的，要不是你是我伢老子，我才懒得说。”

他就不回答了，过了一会儿，说：“姑娘你走吧，你长大了，你到城里去。”

我说：“伢老子，我走不了，我没读过书，我到了城里只能去发廊里给人洗头，去小超市做收银员。可你也晓得你自己的姑娘，既不想给人洗头，也不想给人数钱，我可不就只能耗在这里了嘛！”

他朝桶里狠狠地吐了口唾沫，奇怪的是，他吐得竟那样准，一个圆圆白白的唾沫星子从他的嘴里生出，在空中画了一个半圈圈，利索地掉进了垃圾桶里。

好热的天，夏天夜散得早，天光得早。到处都是亮堂堂的，天上摆了几颗星子。

爷爷说他看天象好多年，一遇上这有星星的晚上，便犯腰疼，他叫我给他捏腿捶腰。这个当口，我的伢老子被打发去城里买猪肉去了。爷爷要吃猪肉，家里除了他，谁都不吃猪肉。

我伢老子背地里和我说，猪肉有一股腥臊味，吃了身上有油臭味。

从前他没成家时，天天往口里塞肥猪肉。爷爷说，吃吧，你的姐姐妹妹不爱吃，她们分给你的。

我伢老子很惊奇，他分明看见姐姐和妹妹坐在一条矮凳上，四只眼睛盯着他碗里的肉。两人像说好了一样，朝腮帮子里丢，又塞进去许多红薯，嚼着嚼着，不忙着咽下。两人慌神了，那黄色的稀烂的红薯泥就从嘴角被压成条状滴落下来。

爷爷说，你们两个去外面吃，猪仔一样，还想嫁出去，莫笑死人了。你，快点吃，就你这样，碰上分工分的时候还想吃饱肚子？！

我没作声，我不晓得说哪些好。伢老子看出来，他的脸一阵黑一阵白，跟糊了油漆的门没两样，向外反着光。他说，幸好你娘老子只生了你一个。他看着我，耷拉了一整个夏天的脖子抖抻了。眼睫毛生了一丛绒绒毛，看着与往常不同。

我说："伢老子，娘老子为啥要嫁给你？"

伢老子说："她蠢啊！她看着我伢老子卖鸡仔，以为是个大户。我蒙骗了她，我手里一分钱也没有的。"

我说："我觉着我像娘老子，不该蠢到死的。你是不是还作了什么妖法？"

伢老子的脸就锃亮了，跟蒙灰两年的烂皮鞋重新擦拭打蜡后焕发出的那种光彩一般。他说："我吃饭把猪肉都分给她吃了，她娘家人多，没吃过几口，觉着我好。她蠢啊！我不能让你和她一样蠢，所以我们吃厌了猪肉，就吃鸡肉、羊肉、牛肉、田鸡肉……轮着吃，一三五,二四六，不要重样最好吧。"

我说："感谢伢老子，我和娘老子其实差不多，觉着你好。只是你太老实了，你难道不晓得，老实人，被人欺。"

他听了我这话，并不生气，可见早有心理准备。他说没办法，他已经定型了。如果我不知道什么叫定型，可以去姨夫家的砖厂转转，看看那些泥巴，是怎么被捏成方形，又是怎么被送进窑里，拿高温烈火，一勺水浇下去，嗞嗞地冒着声响。到了时辰，送出来，就定型了。要改样，只能摔碎，砸烂。

我不知道我伢老子为啥变得连说话都让人听不明白了，我将他这些话放在口里嚼着。一边给他的伢老子捏肩膀，我说：“爷爷真年轻嘞，五十岁像四十岁嘞，浑身有劲，人人夸你嘞，你一个人就种了十二亩田嘞。”

爷爷的脸就皱了，他转身带起一阵风，那风里夹杂着一股子猪肉的腥臊味。我此时什么肉也吃过了，却仍能清楚地分出猪肉的气味，不可说我还没有患上祖传的鼻炎症状。

爷爷抬起了头，说：“你伢老子明天才回，咱还有一大晚上过嘞。”我说：“我伢老子说，他不要娶新娘，他想伺候你老人家呢，多一个多吃一碗饭，不好吧。”

爷爷脱下背心，露出一肚子的肉，光光亮亮的。他的脸是水泥板的颜色，青灰色，出了点汗水，那水泥板就变色了，斑斑驳驳的，左一块右一快。

爷爷说：“我是他伢老子，他敢不听话，我打断腿也养得起，我卖鸡仔赚钱嘛！”

我说：“他三十多岁了，真要打起来，你打得过吗？”

爷爷说：“到时候你帮我，给他整点烧酒喝，那毛毛呷点酒就没劲啦，你给他来回招呼一百个巴掌也打不醒。早年他娘还在，常搞这个名堂。他不是要去读书嘛，喝了一顿，赶不上考试，留在娘亲旁边多好啊！儿子得养在家里才行，一到外面，见世界了，就把伢老子忘到天边海角去啦！”

我说：“你年纪大了，你腿脚不行了。他只是没胆，他的胆子早跟着猪油融掉了。你的女儿呢，她们也给你捏脚吗？”

爷爷说：“那不，你跟我的女儿不一样。我是真喜欢你的，你现在还小，等你长大就晓得了，我不讲假。我告诉你一个事。

“我十三岁的年纪，我娘老子给我讲了一门亲，姑娘就是你奶奶，她一眼就看上我。因我娘老子生了十个孩子，死来死去，最后剩我一个。后来吧，还没进门，肚子就大啦，村里人嫌事不好丢人，追着我满村跑要打我嘞。后来还不是好了。”

我说：“你要讲的就是这个？”

爷爷说：“那不是，还有。后来我不是出去到好远的圩上挣工分嘛，你奶奶一个人在家待着，孩子已经两岁了。她就和村里一个男人搞上了，等我回来，肚子又大了。全村都晓得这个事，没人和我讲。没办法么，我娘老子和伢老子都死绝了，就剩我一个人了，他们欺负我嘞，看我笑话嘞。我也不作声，装不晓得。”

我说：“我晓得了，就是我伢老子的妹妹对吧，难怪她长得比我伢老子聪明些，漂亮些。只是你该让她去读书的，不然她凭着那漂亮样子，去了城里，干出一番事业，当了老板，你不一样沾福气嘛！”

爷爷说：“别乱想了，我这里男女一样，不偏哪个，你伢老子不照样嘛。睡吧，天快光了，我还要去田垄上收豆子。”

这一夜，星子被风刮乱了，混着地里的蛙叫声，到处都是吱吱嘎嘎的动静。

我伢老子提着两袋猪肉下了班车，几步路走到屋内，将那些猪肉仔细分大块和小块放整齐摆在冷库里。

他的头发在理发店被人给剃了，只剩下一些直立的楂子，一根一根种在头顶。

侍弄好猪肉以后，他把我叫到一边，递给我一块牛肉，说：“这是给你吃的，你是我的好姑娘，多吃肉，吃饱了有劲。”

我说：“那你呢，你不吃肉吗？我看你最近总拣菜叶子吃，这样可不太好。你还记得村里那个六十岁的老太婆吗？我想着她起码能活到八十岁，没想到她学了谁吃素斋，熬不到五年就喊人奔丧了。”

他说：“是啊，这我知道，我娘老子也是，没吃到什么肉，每天几大碗米粥下肚，活活把胃给撑下垂了。医生说还有的救，把那些中药拿回家熬着喝。早上一碗，中午一碗，晚上一碗，一天喝三碗，喝一年保好。可我娘老子不肯喝，嫌苦，一喝她就吐，吐得床上都是黄水，没人去收拾。姐姐和妹妹都嫁人了，剩我一个，我就去咯。不然我也臭了。

“那一天，我正在池塘边浆洗被套呢，村头的寡妇摆着身子过来，说：‘这村几百年了，你是第一个到池塘边和妇女们一块儿洗衣服的男人，我看你不同。’我能说什么，我说：‘为啥啊？’”

听了他这话，我真笑得直不起腰来，我把一滴唾沫星子笑得蹦出来，它从牙缝里跳出来，朝着四块墙面飞去，把其中一块砸了一个极小极小的坑洼。

伢老子望着我说：“我想好了，下个月你就去城里，你走了后，一辈子别回来，你去城外的城里，多绕几座山。家里的鸡仔，到时候不送人，也会有人来捉的，这个放心。”

我说：“伢老子，你不娶新娘啦？”

他说：“不娶了，我对不住你娘老子，我没跟她说实话，我该说的，我手里头一分钱也莫得。我不能再对不住她的姑娘，我这辈子要活一回人样来。”他说完就踮着脚悄悄地走了，看那神情，不晓得还以为捡了大钱。

伢老子走了以后，我进了卧房，正面对着一张床，床上放着一个大枕头，那里面塞满了米粒子。我看它鼓起有些奇怪，托起来一瞧，下面放着一个黑色塑料袋，我把那袋子翻面看了几遍，找出结把打开，里面放着十几张钞票和一个存折。中间藏着一张纸条，上面写着：姑娘，你跑吧，你下个月这天就跑吧，拿着钱，密码是你的生日，几位数很好记，其实啊，这个生日是我乱说的，你娘老子害喜的时候，我也不在家啊，等她生出孩子来，哪天生的，还不是靠她一张嘴说。不过都没什么要紧的，你一定要跑，要具体情况具体分析，这话是我小学老师教的，他说，君子报仇，勾践十年，卧薪尝胆，舍得一身剐。

我就拿着伢老子给的钱和存折去了城里。到了城里，我看见满街都是饭馆和发廊，饭馆门前都立着几根黑烟囱，那几股烟从门口起跑，一下冲到我的眼睛和鼻子里。一个白天下来，我回家把脸沉到脸盆里，里面的水顿时黑了。我心里想，委实对得起我伢老子了。饭店老板娘今天和我扯闲谈，她说，你多大了。我说，十六岁了，可以干活了，我洗碗洗得可干净了。我先打一小盆水，倒一滴洗洁精，再拿手混几圈，泡泡起来后，再一个个地把碗洗干净放在旁边。最后统一端一盆清水这么一倒。保准碗筷洗得干净，又不费水还节约洗洁精。

老板娘呵呵地笑说："小姑娘，包吃包住，一个月八百怎么样。不过呢，你这模样还算端正，去发廊里，指不定挣得更多。但我就是讲讲，我也做过发廊的生意，搓得老子肉疼，攒了钱后，觉着还是吃饭的问题第一重要，你觉得呢。"

我说我知道了，我想想，还是先洗碗再讲吧。

她就不再开口了。

后来过了几天，电视上播放某地一栋房子着火，两具尸体烧焦，死前都喝了某某牌烧酒。老板娘给我说了这些污糟事，她是把我拉到厕所压低了声音讲的，以至于我根本没听清她说了些什么，我脑子里充满了楼上的下水管发出的咕噜声。

老板娘说："我留不住你了，我看你顶多十四岁，你回家吧。那电视在找你呢，他们拿了你的出生证，到处寻人呢。说那个姑娘，单眼皮，白白胖胖的，老大两个黑眼圈，短头发，穿着打扮一副洋不洋土不土的样子。我一看，这不就是你吗？"

我说："我没觉着我洋不洋土不土，你去大堂看看，约莫能找出两三个和这上面说得相似的姑娘。"

行了，我看我还是去发廊吧。

她绕过一口压水井，用蝈蝈叫的声响从喉咙里吐出几句："我觉着，你是个聪明孩子，该去找公安，去读书。等读了书，你会来谢我的。你的那一招洗碗法，大家都学会了。"

我沉默了一阵，回家后，拿出一身水黄色的裙子，预备第二天穿去找公安。

不过，我想起我伢老子的话，他叫我多绕几座山，说明外面的公安可能跟这里的公安不同。我一向听话，隔日踏上了开往一座大城的月台。

火车上，一个穿蓝色衬衣的人把头顶在窗户上，见我一来，端正坐好，眼睛改看地面了。

我们各自盯着地面看了一会儿后，他说，小姑娘，你好。

我才知城里人打招呼是说你好，我要叫人往我这边看，都是哎一声。

我也说，满哥，你好。我看着车上的人，来来回回，大人领着小孩，小孩抱着大人，齐刷刷地从我的眼前晃过，我的头脑开始昏沉，额头的头发竖立起来，听人说。

——你去哪啊？

——去大城里。

——哪一座大城？

——最大的那一座大城。

——好，那你小心。

落寞

钟　薛

每天从旁经过的人成百上千，高矮胖瘦，或熟悉，或陌生，不必问，我便能说出他们的一个共同点：都有一个发财梦。小孩子梦想着发财了买如山似海的玩具，大人们梦想着发财了过纸醉金迷的生活，老人们梦想着发财了来一场说走就走的旅行。但，如何发财？

我想起了一个人。大家都管他叫“半两”。我起先并不知道为何叫“半两”，后来才听说，他卖菜时候总喜欢半斤几斤半地报重量，时间久了，便得了这个名号。他也不在意，依旧我行我素，似乎还挺喜欢这个称呼，因为初次见面，他特意纠正：“叫啥叔，叫哥，半两哥！”

我跟他相识，是在2014年夏天。当时我刚毕业，正是血气方刚、骄傲自信的年纪，悖了母亲的安排，断了所有联系，执意留在西安，甚至夸下海口，终有一日，我将成为这座城市的重要名片。然而很快，现实就冲我当头一棒。

要想在这个城市立足，首先需要一个落脚点，虽破败穷困，却总还不至于窘迫到去睡天桥。为了节省开支，我不得不将视线转向城中村，没错，我看上了三爻。

都说三爻是西漂族的第一个落脚点，我不能武断地宣布这句话的对错，至少于我是灵验的。或艳丽或褪色的灯箱和广告牌整齐罗列，墙壁上张贴的“大减价”无力地耷拉着，“出租”“招聘”身子挺拔，俨如门神。偶有几点绿色，跻身其中，那是主人精心养护的绿植，被端出来见见光，兴许一会儿下了雨，还省得浇水。明明一丝风没有，垃圾台腐败发酵的味道一波更甚一波，一个女人，脸上印着胎记，手持一根细长杆子，正高高在上，指点江山。这便是我第一眼中的三爻。

找到提前联系好的房东，五十出头，老烟嗓，一件大背心松松垮垮，撇头一口浓痰啐向墙角小花坛。还未来得及愣神，已是笑脸相迎。眼睛狭长，眼珠子滴溜着，虽有些浑浊，眉毛都快褪光了，头发却异常茂盛，倒梳上去，显得精神。

“叔，我昨天跟您打过电话了。”

“叫啥叔，叫哥，半两哥！”他倒是一点不见外，热情地夺过女友手中的拉杆箱。经过楼道的时候用眼神示意角落的泡沫箱子，意有所指：“咱自己人买菜，我都给算得便宜。”

来到他为我们准备的屋子，他挺了挺身子，说：“看看，一室一厅，独立卫生间，外带阳台。床、桌子、椅子，配套齐全，拎包入住。要是需要做饭，我下去搬个灶头上来，燃气就得你们自己买了，不过现在年轻人也没几个会做饭的。怎么样，还满意？”半两得意地介绍，转过头看我俩脸色。

我却一时语塞，因为面前的屋子与我期待中的模样着实相去甚远。一室一厅，不过是一个大通间中间砌了堵墙，三个条凳上架一扇门板便成了床，卫生间原是屋内墙角的，如今倒成了卧室配套。女友与我一样，瞠目结舌，半晌挤出一句：“怎么这样？”

半两惊奇，看我俩一眼：“什么怎么这样？这就符合你们要求啊？”

“可是这个床也太敷衍了吧，能睡人吗？不得硌死？卫生间也一股味儿，是不是从来就没冲洗过啊？”女友掩了口鼻，抱怨道。

没人会喜欢被挑刺，半两也是如此。原本抱着双臂，靠在门上的得意神情顿时不见。天空一道闪电划过，就像在屋子丢了闪光弹，紧接着一阵闷雷滚滚而来，还有半两歇斯底里的质吼与嘲讽：“一个月三百块还想要怎样？这又不是住酒店，席梦思加大浴缸？就我这屋的条件，你们完全可以再多看看，但凡有比我这便宜的，我免费给你们租！”半两侧门而立，看看外边，再回头看看我们。

“嗒，嗒嗒，嗒嗒嗒嗒……”那场雨来得又急又猛，偶有几珠好事的雨滴蹦到阳台上想要看戏。

我与女友对视一眼，尬笑着想要缓和一下气氛。既然要节省开支，选择城中村，那自然是不能奢求，况且，半两的要价确实符合行情。

我接过女友手中的包装袋，安抚道：“好了好了，就这吧，半两哥说得没错，而且这会儿下雨，就不折腾了。”说完看向半两，半两再次怀抱双臂，一副算你识相的表情，说：“月租三百，水电费另算，都有表，咱也造不了假，每个月 5 号交。好了，你们收拾吧，我不打扰了。”说完转身下楼了。

那晚我辗转反侧，彻夜未眠，听着雨声，暗自较劲：这座城，它总不能把我给吃了。

生活仿佛一汪死水，寂静无波。那些所谓的迷惘、惶恐、焦躁、不安，都不曾与我搭讪。有一天，女友在出版社的工作过了三个月的试用期，摇身一变成了正式工，而我也如愿操起相机从事了传媒工作。难得周末，正逢女友转正，决定破费庆祝一番。半两推着老太太，满面春风，像是打算出门散步。屋里传出几声微弱的咳嗽，那是半两的妻子。前些年老太太中风，落得偏瘫，行动不便，妻子倒是贤惠，活生生一个林妹妹，却总一副病娇模样。两个女人的拖累，加之还未毕业的儿子，时常听得半两在院子喊天骂地。我好奇问道："哥今天咋这么高兴，是彩票中了？"

半两一手松开轮椅，吧嗒深吸口烟，眼神迷离："要是能再中个彩票那可一下就双喜临门啦！"

老太太颤巍巍抬头，不满地瞪着半两，嘴不利索，嗓子眼里发出"嗯嗯"的闷声。

半两双手搭上轮椅，笑容得意又洒脱，走两步到我们前面，挥起夹了香烟的手："不可说，不可说。"

半两的一反常态，肯定是有什么好事。我本还好奇，但见女友幽怨的眼神，终究没当回事。

当街上彩灯一夜之间齐刷刷亮起的时候，我才恍然意识到：呀，快过年了！下了公交，扑面而来的是一片白花花的世界，并不是因为下雪，西安这地方下雪可远比不上酒泉。我缩了缩筋骨，极不情愿地掏出一只手摘下布满白雾的眼镜，连带着揣进兜里。抬眼望向远处，那些彩灯花团锦簇，扑朔迷离，像极了我的前程。我吸了吸鼻子，一头扎进巷道里。

我的事业还未见起色，便面临着衰败。自媒体行业回本周期长，后续资金没着落，一度清贫到掏空口袋只凑出十块零几毛钱，充了地铁卡好去见甲方，一度怀疑自己到底是在坚持着什么。我对着电脑抓狂，楼下半两喝高了，大声宣扬着彩票中了，中了五百块，下次就能中五百万！我一个激灵，仿佛五百万在朝我挥手。我开始像中年大叔一样，每天准时出现在村口福彩店，有模有样地研究开奖的数字规律。

终于熬到女友发工资。我怀揣着五十块希望之金，向财神祈祷。肩头猛地扛了一巴掌，半两满脸好奇与考究，笑眯眯地问："干吗，想发财了？"

我尴尬笑着，一时不知该如何作答。

他转身往店内走去，坐到墙角凳子上，侧头示意我进去。从裤兜里掏出一张折得规整的纸，上面写着几组数字，献宝似的凑到我跟前："看上哪组，哥让给你。"

我疑惑地看他。

他神情紧张，眼睛扫一圈周围的人，伸手挡住，小声解释："这可都是专门找人看过的，包中！"

"那你咋舍得给我？"在我看来，半两从来都不是个大方人。

半两将纸条塞到我手里，掏出一根烟点燃，深深吸一口，眼神迷离，再徐徐吐出烟圈，转头看向我，深笑："那么多租客，我终于能当一回先生了。"

我一阵鄙夷。

他回过头，像是对我说，又像是自言自语："他们都骂我没出息，不务正业，整天就知道做白日梦，可他们根本不知道，"半两吧嗒再吸一口，端详着手中香烟，"这买彩票就像吸鸦片，充满了美好与幻想。因为美好，所以幻想。人总得幻想些美好的东西，才能有趣地活下去，不然你就死了。"

我第一次见半两正经模样，似懂非懂地听着他的人生哲理，不知道该赞同还是该反对。他随手将烟蒂丢向门外，一把夺过我手中纸条，"哈哈"笑着说他买上面三组，下边两组给我了，便起身向柜台走去。

我果然中了，中了两百块。半两不可思议地看着我，忽而有些失望，转眼就嬉笑着搭上我肩膀。他个子没我高，我不得不向他倾斜过去。他眼珠子滴溜，一脸狡黠：“托哥的福，你小子可是开门红啊，整两杯去？”

还不等我开口，就被拖向门外。

几口凉菜下肚，一瓶小西凤便不见了大半瓶。白酒太辣，我尝了一口，赶紧叫了啤酒。对面半两脸上泛着红晕，喝得不亦乐乎。

老板坐在门口桌子上，无聊地玩着手机，不时朝我们这边看一眼，终于耐不住性子，起身来到桌前。

“半两，差不多得了，赶紧回家睡觉去，人家娃明天还上班呢。”

半两手中酒盅重重砸在桌面，侧着脑门，眼睛翻看老板，语气挑衅：“着急啥？”转脸看我：“上啥班，不上了！没啥意思。赶明儿哥把字一签，几百万，还上啥班上，菜都不卖了！”一边摇头晃脑挥舞手臂一把拨开老板。

我还震惊于几百万无法自拔，老板显得很平静，将账单往桌边一拍，继续催促：“明天再说明天，先把今儿个账结了！”

“呕……”半两一个咕噜，一头扎进垃圾桶里。

老板无奈叹气，绕过半两往我这边挪挪，连带着账单：“哎，小伙，收你一百二，赶紧搀回去睡觉吧。”

我不知该说些什么。终究还是掏出刚兑的两百块钱。

西安一月份的夜晚，巷子里的风刮着瘆得慌。拖着半两，我不禁赞叹：“哥你厉害啊！”

半两龇牙皱眉：“哎呀，头疼得很。”

我想起刚刚的几百万，忍不住好奇问：“哥，听你意思要发大财啊，给兄弟我也指条明路呗。”

半两步子突然停下，不过只一瞬，很快恢复正常，装傻充愣：“啊，啥几百万？哎呀，不行，头疼得厉害！”

我见套不出话来，便也作罢。抬眼看浅巷：看来传言是真的。

年关将近，阖家团圆。因为混得狼狈，着实没脸回家，便哄了母亲说得去外地应酬。除夕夜，半两竟然敲起屋子的门，邀请一起下去吃年夜饭，我感激地抹一把鼻涕，说屋子挺冷。饭桌上，半两趁着酒劲拉着儿子说上次带到家里的娜娜模样俊俏，善解人意，啥时候再带来一趟，商量下两人的婚事。儿子惊疑：“你不是嫌弃人家农村的吗？”半两摇头，“啾”的一口吸了酒盅，解释说他那会儿太狭隘，后来想明白了，家世背景那是无法决定的，人品最重要，而且自己家也是农村，不过住在城里而已。儿子惊喜，望着半两半晌，随后举起酒盅跟半两碰了一下，说：“您能同意我很高兴，但婚事不着急，我们现在虽说快毕业，但毕竟都还是学生，而且毕业了还得在社会上闯荡，拖家带口不方便。”

半两妻子掩着口鼻，轻咳两声，看向儿子：“你不小了，趁早把婚事定了，也算了了我跟你爸的一桩心事。你要是嫌不方便，孩子我跟你爸带，你们放心在外搞事业。”

“你顾好自己就行了，我的事你不费心了。”儿子不耐烦地看了母亲一眼。

半两不死心，继续解释：“你们只管领个证就行，别的什么都不影响，以前怎样就怎样。”

儿子扒一口米饭，哼哼笑着：“你是因为凑人头才同意娜娜的吧。”

半两一怔，好在喝酒上头，脸色本就红的，随即一拍桌案：“你先不管因为啥，我同意你这事就对了。就算是为了凑人头，那又怎样？你看看现在，哪家不是这样，见一面就领证的，还有花钱结假婚的。我养你这么大，你除了伸手要钱，还给家里做过什么，这又不缺你少你什么，你还意见大了，你不同意也得同意！”

儿子也上头，拍案弹起，瞪着双目：“我就不同意你能咋！老学人家干啥，你眼里除了钱还有什么。要钱我自己挣，我才不像你，靠哄靠骗，我才不想被人家说成是拆二代，得靠卖祖宅一夜暴富！你给我十万启动资金，我很快给你挣一百万回来！”

半两气得手抖，妻子拉着儿子劝说妥协，我也赶忙拍着半两后背让消消气，老太太一只手不停捶着扶手，在轮椅上挣扎着。

见儿子毫不退让，半两气得更甚，一手撑着桌面，浑身颤抖着起身，忽然一屁股坐下，嬉笑着开口：“就凭你？我就算给你十万又怎样，你以为一百万那么容易赚，从天而降吗？跟我谈什么理想，理想能当饭吃？你看看他，活生生摆在你面前的例子，还不是大过年的，连家都没脸回？”

我心想，这咋还扯上我了呢？

“最起码人家是在做自己，而不是为别人而活。”儿子看我一眼，坚定了眼神，“什么都听你的，从小到大都听你的，你根本不管不顾我想什么要什么。现在我是个成年人，我有自己的想法和主见，我再不会对你言听计从，再不做任你摆布的傀儡了。我跟娜娜结婚，一定是因为爱情，绝对不是为了钱！你不愿意给，我自己想办法，以后我的事，你们谁也管不着！”说着一把甩开母亲，破门而出。

半两大概从未想过事情会发展成那副模样，大叫一声："逆子！"结果一口浓痰卡在喉部，扶着桌案咳喘不停。老太太着急地转动轮椅想要追孙儿，因为太着急，一个跟头翻倒在地，"哼哼"地呻吟着。院子传来拉杆箱轱辘滚动的声音。

第二天，半两的姐姐到家里，接走了老太太。林妹妹终于病倒了，年夜饭上吐了血。晚上打不到车，半两开着三轮载去了医院。后来听说查出来是肺癌，晚期，大概不到一年的时间。

院子一下空掉了。门外偶尔传来几声小孩扔出的炮响。我沉迷于游戏无法自拔。忽然好像听得下边人声嘈杂，我摘下耳机，探出阳台观望。半两回来了，身形明显消瘦了，从上往下看去，就小小一点。一众邻里围上来，七嘴八舌地关照女主人的病情，叮嘱半两注意身子。半两被围在人群中，一言不发。众人见势，宽慰几句便离开。正欲回屋，门外一老一小两个男人进来。年前因为拆迁款的事，半两没少跟这两人跑。两人唏嘘了几句后，果然话锋一转说到了拆迁款，劝说半两千万别在这节骨眼上敲了退堂鼓，村里的房价可全指着他们扛着呢。

见半两始终不表态，年轻男人耐不住性子："半两哥，嫂子这边钱不够的话，你只管开口，大家咋不给你凑出个十几二十万，但是你这现在一松口，咱之前就都成白折腾了啊！"

半两抬头，平静地说："村里的房价不是我一个人能左右的，我只管自己家的就行，大家的事也不由我做主。我还有事。"便转身往屋内走去。

年轻男人还要开口，被一旁老人抓住胳膊，劝阻道："行了，你就别再逼他了。他这人好面子，你啥时候见他开口求过人了。快回吧。"

春暖花开，万物复苏。半两的妻子被接回了家。半两新购了一辆轮椅，每天准时推着妻子散步晒太阳，即便阳光逐渐焦灼，妻子身上还裹着厚厚的毛毯。

那天我拍完视频回去，见门外半两妻子一人坐着，进门看见半两和儿子正围坐在院子石凳上。半两左手夹着烟搭在石桌上，手下摁着白纸。

儿子双手交握，淡淡开口："还是早点签了吧，别到时候人家不认了。"

半两抬手吧嗒深吸口烟，边吐烟雾低头抚上合同，手上用力，抓起朝屋内走去。

酷暑如期而至，那段时间，明明骄阳似火，炙烤着沥青，沥青再炙烤着人的脚，空气中却总仿佛弥散着一层薄雾，黏黏的，腻腻的，闷闷的。半两的妻子，终究没熬过那个夏天。

凡触及生死，人们都会变得脆弱和不洒脱。儿子说墓地看好了，过去看下是否满意，半两点头。儿子说三伏天遗体不好保存，丧事办三天，半两点头。儿子说大家都忙着，酒席去酒店办，半两点头。儿子说悼文拟好了，你来念吧，半两盯了儿子好一会儿，终于抱住儿子抽搐了起来。

扩音喇叭里的《葬礼进行曲》，奏到无声处突然的重音潮水一般一飞冲天，直上云霄。半两曾说，总得有所幻想，才能有趣地活下去，不然人就死了。那一刻，我看到了，死去的不只妻子，还有半两破碎的梦。

在我之前，院子里的租户早已走得七七八八，大家都觉得死了人的宅子不吉利。其实我也这么认为，但是不知道什么原因，女友催促的时候，我竟以钱不够租新房为由推托掉。但终究拗不过，赶在头七之前，我握着五百块钱去找半两。

拉开竹帘，一阵焚香的气味扑鼻而来。半两坐在凉椅上，盯着正前方灵堂上妻子的遗像愣神，指缝间香烟燃烧的烟气丝丝缕缕，直直向上，手心里还握着一张卡。见我进去，半两猛然醒过神来，才觉察到香烟已烫上皮肤，慌乱扔进桌边一次性水杯里，迅速将卡揣进口袋。

我循着旁边的凉椅坐下，将五百块钱放到茶几上，尴尬解释："半两哥，我工作有些变动，这边住着不太方便了，这是五百块钱，水电费不知道用了多少，但两百块钱应该是够了，你点一下。"

半两看我，眼窝深陷，眼珠子滴溜一下，但浑浊，随后浅笑，抬手搭到我肩上："你们年轻人在外打拼不容易，再说这个月也没住满，租金就算了，当哥卖你个人情。"我以为我听错了或会错了意，正惊奇，半两将钱塞进我衬衣口袋，问我打算搬到哪，什么时候搬，是否需要帮忙，后又挠挠头，说他还得守着家，也没法出去喝个散伙酒了。

我看着半两本就瘦削的身影，被院里昏黄的照明灯拖出长长的影子，鼻子有那么几下不是很通气。

城中村那种地方，当初若不是生活所迫，我大概一生都不会涉足，如今既已逃离，自是不会再有第二次。你一生中要经历的人和事那么多那么乱，家人朋友也有走失的那一天，何况半两。渐渐地，我的思绪里再没了那道长长的身影。世事却实在顽皮。微博上散布着三爻拆迁的信息，微信群里同事转来有关三爻的调研报告，打开电脑推送广告中显示三爻拆迁补偿办法流出……

我拿了车钥匙出门。三森家具城的席梦思多年前买不起，如今大概还是买不起。村子门牌坊上“先交房　先选房　早拆完　早回迁”岿然不动。村口垃圾台散发着恶臭，快餐店三三两两坐的人慢条斯理地吃着饭，滑着手机。商铺门口小喇叭里循环播放着叫卖的录音，墙上贴满“最后三天”“一折起售”“清仓处理”的黄纸，与大红的“拆”混杂到一起。和半两一起吃过酒的店铺还开着，垃圾台边脸上带疤的女人还在，曾经那熟悉的大红门楼还在，墙上连串的“拆”也在，屋主人不在。我倚着门墙，有人经过，行色匆匆，只看我一眼，神情淡漠，没一会儿手里拎了两个袋子往外走，朝我说一句“这家人已经搬走了”便头也不回地消失了。我望着空空的巷道，呢喃道：是啊，该走了。

最近曲江二期有新盘，我便赶紧跟了过去。买房本是没影的事，孩子却眼看着一岁了。往回走的路上，车内愁云满布，谁也不说话。三环桥下，废墟之上，一辆挖掘机正挥舞着铁臂，司机一脚油门踩到底，钩子攀着一面墙壁，“嗒嗒嗒嗒”的声音，随着浮起的灰尘，挟卷了高压水枪喷出的水雾，在夕阳的照耀下架起了一道彩虹。突然一个身影闯入视线，我的心跳似乎漏了那么一拍。车子呼啸而过，我小心地看着后视镜里那道身影越变越小。

他徒手立在桥边，身子朝前弓着，头发有点长，稀了，花的，车经过时，被风带得有点像风水麦浪。

妻子突然出声：“刚才那人是不是半两？你看到没？”

我“嗯”一声。

妻子若有所思：“我咋感觉他好像不对。”

“哪里不对？”

“说不上来，就是感觉有点……”妻子陷入思索。

后视镜里看不见半两，出现的似乎是“落寞”两个字。我收回视线，平静地说：“有点咋了？人家再咋，几百万手里拿着，咋不比咱强？”

前面的车一阵加速，地上落满的细碎小白花倏地朝车辙中间追去。远处新华保险大楼的灯亮起，大红的底，金光闪闪。背后IFC 大楼更高出一截，前段时间好不容易封了顶，现在正在测试三基色，一截红的，一截绿的，一截蓝的，模样不甚好看。

土地和人

赵亚明

一个悬崖，两个人先后跳下去，一个活着，一个却死了，为什么？

这是简单而又复杂的问题。说它简单是因为事实就是这样啊，还需要细细剖析吗？说它复杂，细细分析，它包括诸多因素，比如心态、身体状况、重力加速度、风速和气候、地面的地质情况，也许还有一些不确定因素。

有一个人却给出了出人意料的答案——他就是张碰牛老人随口讲的一句话。

允许我卖个关子，讲述一下事情的前因后果。

一

刚立秋，天气依然炎热，山上高大的树木，艳丽的花草，散发着淡淡的清香。半山腰上，有一个小山村，住户依坡而居，也就二三十户人家。村内红砖绿瓦，绿树掩映。村东是山沟，沟很阔、很深，曲里拐弯一直向北延伸。沟内绿草茂盛，有一头牛在坡上吃草，走走停停，不时喷一下鼻子，甩甩尾巴。一群羊在山涧里徜徉，牧羊人盯着羊群，冷不丁发出短促的吆喝声。

过了沟，又是一座山，不过那是土山，是可以种庄稼的山。盘着山，是一圈一圈的耕地。地里的大部分庄稼已经收割，村人已开始耕地了。

张碰牛老人，扶着犁拐，跟着黄牛深一脚浅一脚地走，左衣袖空空地摆来晃去，汗珠顺着深深的皱纹左拐右弯，不规则地在脸颊上乱窜。瞥一眼扶木犁的手，像将要抛出种子的松果，粗壮、开裂，满含沧桑。他的中指和食指是僵直的，只有三个手指抓着犁拐。黄牛就更不用说了，已是一头老牛，它体型高大，呼着粗浊的气息，缓慢地，一步一个脚印，在地垄里走着。耕犁下的黄土，波浪般涌起又缓缓伏下，即刻变得蓬松而柔顺。

耕了一会儿，他抬头看看头顶的太阳，喊住牛，慢慢悠悠卸下缰绳和耕犁，在牛的脖子上摸了摸，又在滚圆的肚子上轻轻拍了拍，然后赶着牛下坡。走到沟底，牛紧跑两步，吞嚼地上的绿草。他也不急，停下来，看着牛在那儿吃。牛很听话，吃了一会儿，自觉地回头看了他一眼，走到他跟前，顺着山路往家走。

这时，一辆小轿车正翻山越岭而来。

车内两个人，一个叫张羽亮，是张碰牛的儿子；另一个叫山本正雄，是个日本人。山路弯多，小车慢慢驶着。两个人有一搭没一搭地聊。

张羽亮说："寿阳是东晋时期设县的，东晋知道吧？三国两晋南北朝，两晋时期有西晋东晋，你对中国历史了解不多，知道历史悠久就行了。我们村是寿阳县的一个很美的小山村。"

山本正雄嘴里"啊啊"两声，点点头。

渐渐地，山本正雄脸贴在车窗上。山路旁有一条河，河与山路同行，河拐弯，路也拐弯，直到爬山时，河水才蜿蜒向西而去。四周是山，是丘陵中那种不大不小的山。山上，除了收割的庄稼地，其他地方仍是一片绿色，有高的大树，矮的灌木，还有绿色的小草。车子爬上半山腰，然后猛一拐弯，就到了一个平坦的地方，这就是小阳村了。这个时候，阳光像金子般洒在地上。远处，一所小学里，学生正在操场上玩耍。村内的街巷打扫得干干净净。一条平整的水泥路直通张羽亮家门口。

小轿车走了一段，停下，车门打开，张羽亮和山本正雄下了车。

张羽亮抬手指了指，说："这就是我家。"

山本正雄转头看了看，说："山、村、空气，整体气氛，好美的山村。"

张羽亮看了一眼山本正雄，意思是那还用说吗？接着，指着前面的一座四合院："请！"

山本正雄恭敬地点点头。

一幢古老窑洞和现代砖混结构房组合的院落。院内有正窑和厢房。厢房是红砖新砌的。正窑是老式的建筑：土打的窑洞，前面砌了土坯，前墙用蓝色的大砖砌垒起来，顶上接出一截，是用灰渣打的顶，前檐滴水盖着古式的猫儿瓦。

正窑墙面中间有砖雕的天地爷神龛，龛旁有副对联，因年久风雨侵蚀，字迹变得模糊，依稀可辨认出"天恩深似海，地德重如山"的字样。

院内几只母鸡在觅食。

张羽亮带着山本正雄走进院子。

昨天接了电话，张碰牛早早收工。他把牛牵进院里，饮了水，又把牛拴到门外的木桩上，抱些割回的青草，牛慢悠悠地吃着。他看着牛，摸摸牛的头，在牛的身上挠两下。牛抬头在他的胸前蹭了蹭，长出一口气回应。他又看了看牛，才慢慢地回家。门虚掩着，老伴不知干啥去了。他洗了把脸，倒了一杯茶，然后在一把旧式木椅上坐下。什么样的人要来，儿子没说，他也没多问。过去儿子领来很多人，有的要他写回忆录，有的要采访他。他告诉儿子，人老了不想让人打扰，可是儿子面有难色，说没办法，找他的人，都有没法推托的理由。他抬起右手挥了挥，说："罢了，年龄大了，也没多少日子可活，把满足别人权当晚年的一种享受吧。"说完又"嘿嘿"笑了笑。

他眯着眼睛，哼着歌，黑红色的脸上，显出很享受的样子。门外的脚步声，把他从迷醉中惊醒，回头发现张羽亮领着一个穿着讲究的老人走进门来，老人跟在张羽亮身后，唯唯诺诺，很不自在。

张羽亮说："爸，这是山本正雄，从日本来找他父亲，听说你熟悉抗战时的情况，就找到我。"

那位叫山本正雄的老人，马上挤出笑意，既点头又哈腰，说："您好，听张羽亮说，您原来是这个县独立营的战士，在这一带作战，知道很多。我的父亲当年，还没等生下我，因为战争，就到中国来了，母亲说有封家书，提到过寿阳这个地名，我想父亲一定在这个地方待过的。"

张碰牛打量着山本正雄，眨眨眼，打断他的话："你是日本客人，我们不能慢待，可是我得纠正一下，如果你的父亲真是参军来中国的，那就不是待过，是来侵略，是来杀人的！"

山本正雄脸色微红，尴尬地停顿一下，说："是是是，来侵略的。这段时间，我找了你们的县志，还找了不少抗战历史书籍，看了，很吃惊，那些人在这儿杀那么多人，制造那么多惨案，我作为他们的后人，很愧疚。”

山本正雄深深地鞠躬。

张羽亮看着爸爸的脸色，插话：“他留下来，找了不少资料，查找线索。”说着看了一眼山本正雄说：“你详细讲一下你父亲的情况，或许我爸能想起什么。”

山本正雄点点头。他说：“我对父亲了解不多，只是听母亲说了一些。听母亲说，父亲胆子很小，小的动物都不敢杀的。刚到中国时间不长，接到父亲一封家书，家书中说，他受不了，队长逼着他们练刺杀。”

一队日本鬼子押着被抓来的村民，走入训练场，然后绑在木头柱子上。

面相凶狠的小队长，嘶哑着嗓子喊：“今天继续练刺杀！”

一个矮个子、圆脸、脸上有颗黑痣的年轻士兵，看着被抓来的村民，后退了一步，这个人叫山本武夫，正是山本正雄的父亲。

小队长踹了山本武夫一脚。

小队长又喊：“山本武夫，听命令，向前五步走，端起你的刀，刺向敌人！”

山本武夫端着刺刀，刺向前面的村民，刺刀触体的一瞬间，他闭起了眼睛，结果只刺中“靶子”的衣袖。

小队长恼羞成怒，拿起一支枪，一枪托把山本武夫打倒在地，大声呵斥：“你给帝国丢脸，给你家族丢脸。这叫练胆，没有这个胆就不配当帝国军人，给我起来，继续练！”

山本正雄叹口气，接着说：“父亲信中说，那场面他不敢看，更别说刺了，因此挨了小队长不少揍。可是，过了一年，父亲又来家书，说，他很好，身体壮了，打仗也不怕了，思想上更明白，他是为‘膺惩残暴的中国，建设王道乐土’而战的。母亲说，她读了那封信，感觉父亲变了，变得陌生了。此后，直到战争结束，母亲再也没有收到家书，也没有父亲的任何信息。战后，母亲高兴地对我说，你的父亲终于要回家了，可是父亲一直没有回来。后来师团司令部通知说，父亲在中国失踪了。母亲受不了这样的打击，病倒了。她认为战死或被俘还可理解，没有准确信息的失踪，实是让人难以接受。母亲痛不欲生，终日以泪洗面，唯一的希望就是把我养大。可是她的身体越来越差，母亲去世时，我刚刚八岁……”

日本女人披头散发、骨瘦如柴，躺在病榻上，她从脖子上摘下一个玉坠，塞到山本正雄手里。

日本女人声音弱弱地说：“拿着它找到你的父亲，不管是死是活，活要见到人，死了要见到尸体。”

山本正雄说：“妈妈，我记住了！”

日本女人闭上了眼睛。

山本正雄嘶声喊着：“妈妈！妈妈！”喊累了，他低头看着手里的玉坠，玉坠晶莹剔透，上面刻着一朵漂亮的樱花。

山本正雄泪流满面，停顿了一下，接着说：“看着那朵樱花，感觉上面有一层晶莹的泪，那是樱花泪，是战争的泪！我这次来就是想找找父亲，哪怕知道一点信息也好，完成母亲遗愿。”

山本正雄泪流不止。

张碰牛看了一下山本正雄说："双方交战，你死我活，谁又能记住敌方一个士兵？"

山本正雄说："啊，我这儿有父亲当年的照片。"

山本正雄从随身一个包里，掏出一张发黄的照片，双手送到张碰牛面前。

照片上是一个矮个子年轻人，圆脸，脸色苍白，左脸上有块明显的黑痣。军装过于肥大，穿在身上皱巴巴的。

张碰牛接过照片，盯着看了一阵，手抖了一下，然后叹口气，一言不发。

张羽亮和山本正雄都盯着张碰牛看。屋里的空气凝固了，窗外传来时断时续的蝉鸣。张碰牛又看了看照片，手一松，照片掉在桌上。

张碰牛冷冷地说了一句："这屋子憋气。"接着站起身。这时，山本正雄才看清老人没有左臂，走路时，左衣袖无力地摆动着。老人几步走到门口，撩起竹帘，身子一闪走出门，"啪嗒"一声帘子拍在门框上。

张羽亮和山本正雄面面相觑。

山本正雄含着泪向张羽亮投来希冀的目光，接着大声说："你爸认识我父亲！"

墓地。大大小小的坟墓，占了半个山坡。坟墓旁边的小草，被修剪得整整齐齐，像绿绒地毯。墓地的四周，栽了油松和侧柏。坟墓的边上，修了八角小亭，亭上瓷砖鲜亮。亭内矗立着青石石碑，是新刻的纪念碑。碑的上方，刻着"小阳村惨案纪念碑"。

张碰牛在坟堆旁踱步。张羽亮跑上山坡，看着爸爸。张碰牛这个墓看看，那个墓摸摸，转着摸着，两眼湿润了。转了一圈，他坐了下来。张羽亮挨着爸爸坐下。

张碰牛看了看张羽亮说："给爸练一趟。"

张羽亮听话地站起身，弯腰抱腿，仆步下压，一字劈叉，做了几个热身动作，然后面南而立，做起手式，接着连环弹腿，双飞弹腿，抬臂、冲拳、跃起、回转、连环摆腿……过了十几分钟，张羽亮站立，深呼吸，回到起手式。

张碰牛点点头："还不错，工作再忙，功夫可不能荒废，不能把祖传东西丢了！"

"爸，我都记着哩！"

"好，好，来坐下，跟爸说会儿话。"

张羽亮挨着爸爸坐下。

张碰牛抬头看着那些坟墓说："那个小鬼子，爸是知道的……"

二

一位大嫂带着儿子张碰牛，找到独立营驻地。

大嫂四十多岁，拄根枣木棍子。张碰牛两眼有神，五官周正，身板结实，穿了一件短衫，一条补了补丁的裤子。

这对母子一来，就嚷着要见孙营长。孙营长正从窑洞里出来。一位战士带着这对母子走到孙营长跟前。大嫂给孙营长鞠了一躬，儿子张碰牛也忙跟着母亲给孙营长鞠躬。

孙营长说："大嫂，你有什么事就说吧？"

大嫂说："总算找到你们了！"说着看了看儿子，又接着说，"我们从西洛来，就是要让儿子参军！"

孙营长吃惊地问："你们从西洛来？"

大嫂"嗯"了一声，不解地看着孙营长。

孙营长又问："你们是走着来的？"

大嫂又点了点头。

孙营长又问："你们走了八十多里地？"

大嫂说："是啊，我们走了一天一夜哩！"

孙营长转身对身边的通信员小刘说："小刘，快带大嫂和这位小兄弟休息一下，让厨房给准备点吃的！"

大嫂忙说："不用了，我们刚才在那河边休息了一会儿，我带着菜窝窝，在河边吃了才过来的。啊，我是让儿子参军的！"大嫂又把来意重复了一遍。

孙营长看了看大嫂，拍了拍张碰牛的肩膀，又问："孩子你多大了！"

张碰牛挺直身子，大声说："十五岁了！"

孙营长对大嫂说："大嫂，这孩子还小，让他过两年再来行不？"

大嫂说："国难当头，孩子也是兵，让他拿着枪，为他爸报仇吧！"

"可他还是个孩子。"

张碰牛大声说："我不是孩子，是大人！"

大嫂说："儿说得对，男儿不吃十年闲饭，十岁以上就是大人了！"

张碰牛一挺脖子，大声说："杀鬼子我一点也不会差！"说完，给母亲打个手势，母亲拿过一根准备好的木棍。大嫂拿着木棍却找不到竖木棍的地方，对身旁一位战士说："能找把镢头来吗？”

那位战士说：“大嫂，我们没有镢头，有铁锨。”

“也凑合，拿来！”

那位战士与大嫂把木棍栽进土里。接着，张碰牛摆个架势，沉稳地出拳，身体下蹲，踢腿，脚尖碰到木棍时，木棍发出一声轻响，断了。

孙营长吃了一惊，喊了声“好”。

围观的几个战士鼓起掌来。

大嫂又从身旁拿起一根木条，双手握着木条的两端。张碰牛左腿上步，右腿向上弹踢，木条瞬间断为两截。

孙营长又带头鼓掌。

大嫂看着孙营长：“我知道，部队用得着我儿子！”

孙营长没有说要也没有说不要，带着母子俩回到他办公的窑洞里。通信员小刘给大嫂与张碰牛倒了杯水，让母子两人坐在一条长凳上。

孙营长在她俩的对面坐下来，问：“大嫂，你儿子还小，那是要和鬼子真刀真枪干的，你真舍得让他跟着我们？”

大嫂说：“孙营长，我们为了找咱的部队，走了这么远的路，路上还要过几个鬼子的哨卡，我们都是绕着从山上小路过来的，要没那决心，用得着受这罪？”

孙营长转身又对张碰牛说：“碰牛，部队生活很苦，吃不好，睡不好，你能吃得了这苦？而且我们是兵，要打仗，随时会牺牲的……”

张碰牛又挺直身子：“营长，我就是吃苦长大的，苦我不怕，死也不怕！”

大嫂说：“孙营长，我们在家都想好哩，您就收下我儿吧！”

孙营长说：“谢谢大嫂对部队的支持，谢谢你深明大义送子参军！孩子的功夫好，我们用得着！”听了孙营长这话，大嫂与儿子对视一眼，脸上露出笑容。孙营长接着问：“大嫂刚才说，给他爸报仇，这是怎么回事？”

大嫂眼睛瞬间红了，说：“他爸被鬼子的飞机炸死了，我们村死了十多个人。”

张碰牛又大声说：“做儿子的不给爸报仇，就不配做儿子！”

大嫂扭头看着张碰牛，摸了下他的头。

孙营长让小刘找来三个连长，其中有一个叫鲁二愣的连长，长得五大三粗，一看就是一员猛将。小刘带着大嫂与张碰牛走出窑洞，在院子里等候。过了一会儿，孙营长带着三位连长从屋内出来。大嫂与张碰牛看着走来的四个人。鲁连长紧绷着脸，走到张碰牛跟前，伸出拳头，擂了张碰牛一拳说：“你是我的兵了！”接着笑起来。

当天下午，孙营长安排两个战士把大嫂送回西洛。

当天晚上，部队就有了任务。孙营长在窑洞里与三个连长研究战斗方案。一盏麻油灯，灯光昏暗，小刘只好端在手上，照着桌上的地图。孙营长的手指移动，小刘手里的麻油灯也跟着移动。孙营长指着一个地方，对三个连长说：“鬼子要从这里走。”然后抬起头来，看了下周围几个人，拍了拍桌面，接着说，“那我们就在这里狠狠揍他们！”

旁边一位连长说：“我们独立营的力量还是不足，经过几次反扫荡，减员严重，加上鬼子武器好，这个仗咱得好好琢磨琢磨。”

鲁连长大大咧咧地说：“我同意营长意见！”

孙营长说："当然要打，一是，提振老乡的士气，鬼子几次扫荡，乡亲们损失很大，情绪受了影响；二是，保护乡亲们的劳动果实；三呢，给鬼子沉重打击，扬我独立营军威！"说着一拳砸在桌子上。

孙营长与三个连长商量了一个时辰。

会议结束，三个连长准备离开时，孙营长说："张碰牛没经过军事训练，这次战斗他不用参加了。"

鲁连长一听就反对："那可不行，看得出来，那小子也是个犟驴，和鬼子有杀父之仇，恐怕不听劝，再说那小子身手好，反应快，让他在战场上锻炼一下也是好事！"

孙营长沉吟了一下，看了看另外两个连长，见两人也点了头，才说："那就带上他，保护他的任务就交给你鲁连长了！"

鲁连长说："那小子对我的口味，没问题，我保证完成任务！"

那天后半夜，部队悄悄出发。

重桃坡，是一道约四里长的山坡。一条山石路，顺着山沟，曲里拐弯，蜿蜒而上。路东是山涧，有几处与路平行，有层层梯田。路西是山丘，有几处豁口通到山的西边。

部队到达指定位置，然后一连战士埋伏到路上面的田埂后，二连战士埋伏到西边的山丘后面，鲁连长的三连在东边，钻进收割后的谷子秸秆里。

张碰牛挨着鲁连长趴在地上，两人的衣服被深秋的露水打湿了。

鲁连长悄悄问："咋起了这么个名？"

张碰牛说："母亲生了三个孩子都夭折了，生下我时，爸爸抱着我到牛棚碰了一下牛身，说是辟邪，就叫了。连长，你叫啥名啊？”

鲁连长说：“我叫鲁二愣，咱农村人，没文化，这名字还是爷爷给起的，他说这小子愣头愣脑的，排行老二，就叫二愣吧。”

鲁连长说着又问张碰牛：“你家还有什么人？”

张碰牛说：“家里就母亲了。”

一个战士弓着身子跑上山坡：“报告孙营长，鬼子快到坡下了！”

孙营长手指对面一个山坡对那个战士说：“去那个制高点继续观察，等鬼子到了下面那个弯时，扔个小石块过来！”

那个战士说：“是，营长！”

孙营长看着埋伏的战士，说：“传下去，敌人来了，注意隐蔽，听我命令！”

太阳升起一竿高时，观察敌人的战士，扔下一块小石头给孙营长报信。

过了一会儿，远处出现了鬼子的抢粮队。前面一队是伪军，中间是被抓来的村民，村民们赶着五十多辆木轮大车，后面是一个小队的鬼子，一个鬼子小队长走在前面。

鬼子小队长让队伍停下，拿着望远镜观察了一会儿，然后举手示意继续前进。

孙营长悄悄地传令：“等鬼子进了伏击圈再打，我的枪声为号！”

伪军走过来。五十多辆木轮大车也走了过来。最后，鬼子进入伏击圈。

孙营长大吼一声：“打！”

秸秆中、田埂下和山丘后，响起急促的枪声。鬼子遭遇袭击，一时晕头转向。鬼子和伪军，纷纷中弹倒下。活着的伪军放了几枪慌忙后撤，看到形势不妙，立即举手投降。赶车的村民，在战士们的掩护下吆喝着牲口跑出阵地。一头骡子受惊，拉着车在敌群中冲撞，被鬼子用枪打死。三十多个鬼子利用地形掩护，趴在地上射击。这时，两颗手榴弹在鬼子群中爆炸，鬼子又倒下两具尸体。

鬼子小队长声嘶力竭地喊："射击，射击！"

鬼子步枪机枪齐射，火力很猛。独立营三面围着鬼子打，虽然武器不及鬼子，但是地形有利，不一会儿，鬼子又倒下十几具尸体。鬼子小队长指挥他的残兵，边打边撤，退到后面的一个小水渠里，那里有几块大的山石，鬼子龟缩在一起，凭借山石掩护，边射击边继续后撤。鬼子有一挺歪把子机枪，架在石头上"嗒嗒嗒"响着。

身旁又有两个战士负伤倒下了。张碰牛看着倒下的战士，急红了眼。

鬼子退到一个土堆后，鬼子的机枪手把机枪架在小土堆上射击。张碰牛跃起身，利用地形掩护，左闪右突，向鬼子机枪手冲去。

孙营长看到冲上去的张碰牛，大喊："回来，快回来，这个愣头青，鲁连长接应碰牛！"

鬼子小队长喊："撤，快快地撤！"鬼子边打边撤，逃跑中又有几个鬼子中弹倒下。

张碰牛很快接近鬼子，鬼子发现了他，打来一梭子弹。他迅速隐蔽在一块山石后面。这时，有两个鬼子俯下身子接近张碰牛。

鬼子的火力很猛，鲁连长被压制在距张碰牛不远的地方。

两个鬼子来到张碰牛的身前不远处，迅速站起身。张碰牛眼疾手快，腾身双飞弹腿，分踢两个鬼子，趁两个鬼子分开之际，右腿一记后扫，把后面那个鬼子蹬倒在地，然后转身对着鬼子胸部弯膝狠砸，鬼子顿时晕了过去。另一个鬼子向张碰牛扑来，张碰牛连环飞踹，鬼子踉跄后退，手里的枪掉到地上。这时，张碰牛一个前扑，抢过步枪，抱着枪滚了几滚，躲到山石后面，然后几个飞身后跃，与鲁连长会合。鬼子端枪射击，子弹“啪啪”响，却打在张碰牛的身后。

鬼子哇哇叫着边射击边向张碰牛冲来，被我军子弹猛扫，又反身逃跑。

张碰牛跟着鲁连长利用地形掩护，弓身跑到张营长身旁。孙营长黑着脸擂了张碰牛一拳，说：“你不要命了！”

独立营战士紧紧追赶鬼子残兵。张碰牛拿着抢来的三八式步枪，看着战士们打枪的样子，拉枪栓，子弹上膛，钩动扳机，“啪”的一声枪响，子弹打了出去，他一阵惊喜。接着，他从鬼子尸体上找来子弹，又去追赶逃跑的鬼子。

鬼子的残兵大部分被歼，只剩一个小队长。枪声停下来，战士们喊着：“缴枪不杀！”那个小队长拔出战刀，高高举起，凶狠地冲过来。孙营长端起枪，“啪”的一声枪响，鬼子小队长倒在地上。

鬼子被全歼，战士们迅速打扫战场。

三

战士们在训练。鲁连长手把手教张碰牛怎样瞄准。过了一会儿，鲁连长教张碰牛投弹要领，张碰牛狠狠地投出了一颗训练弹。

战士们在训练场休息。

众战士嘀咕几句，一战士喊起来："欢迎连长唱支歌！"

战士们鼓掌。

鲁连长说："我可唱不好，就唱两句吧。"接着唱起来：

"毛毛谷来金丝丝黄，欢送丈夫上战场，背上砍刀扛上枪，哎哟哟，要把鬼子消灭光。天空布满鱼鳞云，哥哥要参加八路军，妹妹在后方送军粮，哎格哟哟，打败敌人都光荣。"

鲁连长说："有一个战士，不光功夫好，歌也唱得好，大家知道他是谁？"

战士们大声说："张碰牛！"

张碰牛笑着站起身，大声唱起来：

"河儿的水，滚滚流，有了情况埋地雷，地雷埋到大道上，炸死两个日本鬼。天上的雪，地下白，空室清野土里埋，八路部队开过来，鬼子再也吃不开。"

上午训练结束时，鲁连长组织点评。他站在队列对面，讲了上午的训练情况，然后大声说："今天的训练大家表现很好，特别是张碰牛训练认真、刻苦……"

这时，小刘跑过来："报告连长，孙营长找张碰牛！"

孙营长坐在一个矮木头凳子上。

张碰牛在门外喊："报告！"

孙营长说："进来！"

孙营长看了看张碰牛，问："碰牛，最近训练得怎么样啊？"

"报告营长，有进步，能打枪，会投弹了！"

"听鲁连长说，你训练能吃苦，进步很快，今天叫你来，是有一个重要任务。有一份重要情报，地下党的同志要我们派人去接应，考虑你是个孩子，不易引起鬼子的注意，你的功夫也好，这个任务交给你去完成。怎么样，有没有信心？”

“营长，我保证把情报拿回来！”

孙营长说：“一定要小心！”

一座古老的阁。阁体为砖木结构，雕梁画栋，飞檐斗拱。阁分三层，底层有二十四根粗大的木柱，第二层中间雕刻着“朝阳阁”三个大字。字体古朴庄重、遒劲有力。阁下有一城门，供行人出入。

张碰牛穿着村民衣服，挑着一担柴火走到城门口。行人排着队进城，鬼子和伪军挨个盘查。一个伪军在张碰牛身上没搜出什么，一个日本鬼子过来看了他两眼，又用刺刀在柴火上刺了两刀，看没有什么，挥手放他进城。

张碰牛挑着柴担进了城门，然后顺着街道往西走。街道两边有售卖东西的摊子和店铺，不时有鬼子兵、伪军或伪警察从街上走过。

张碰牛走了一会儿，远远看到有一家店铺，走到近处一看门脸，正是孙营长描述的接头地点，叫“德胜布庄”。他走过去，放下柴担用衣襟扇着风，在商铺外观察了一会儿，没有发现什么。又挑着柴担走近商铺，然后放下柴担，过去敲门。门开了，他正要进去，突然愣了一下，铺内有十几个日本鬼子和伪军。

张碰牛退了两步，想转身离开，鬼子和伪军却冲出来，把他围在中间。

一个伪军凶狠地问：“干什么的？”

张碰牛平静地说：“东家要担柴，我给送来。”

一鬼子上下看了两眼，然后狠狠一挥手："抓起来！"

这时，"啪"的一声枪响，对面屋顶闪出一个黑衣人向鬼子开枪。顿时，鬼子和伪军一片混乱，慌忙冲着屋顶开枪。

张碰牛抢过柴担，旋转扁担，柴火扫向敌人，双手一推，柴担飞出，砸到鬼子和伪军头上。张碰牛乘乱打倒前面的敌人，两腿后撩踹向后面的敌人，向旁边的一个小巷跑去。

鬼子和伪军分兵，一部分追赶黑衣人，一部分追赶张碰牛。

张碰牛在前边跑，鬼子在后边叫喊着，打着枪，子弹在他头顶"嗖嗖"地飞。他跑过两条小巷，纵身跃上巷边的屋顶，鬼子发现了他，他又跳下屋顶，拐进另一条巷子。这时，那个黑衣人出现在他面前，急促地说："快跟我走！"张碰牛看到来人，正是刚才向鬼子射击的黑衣人，他跟着黑衣人跑到街边一拐角处。

黑衣人急促地问："是他二小子吗？"

张碰牛忙答："不是，我是他弟弟。"

黑衣人握着张碰牛的手急急地说："现在情况紧急，听我说，情报站被鬼子发现，其他同志牺牲了，通知你们也来不及，我只好在情报站外等着接应你。现在你拿着情报，在明早前交给独立营，你现在快出城，估计鬼子要关城门搜捕了！"

张碰牛说："咱俩一起走！"

黑衣人说："不行，鬼子发现了我，画了我的像，我出不了城了，我去把鬼子引开，你顺原路返回！"说着推了一把张碰牛，让他躲起来，自己向前跑走。

鬼子搜索过来，黑衣人向鬼子打了一枪，向城内跑去。一队鬼子呼喊着去追黑衣人。张碰牛待鬼子过去，反身跑向巷口。

黑衣人开枪还击，突然被子弹打中，他一手捂着伤口，一手拿枪还击。黑衣人胸部又中两枪，倒在血泊中。

鬼子跑到黑衣人身旁，一个鬼子手伸到黑衣人的鼻子上，然后站起身："报告少佐，八路的情报员死了！"

鬼子少佐狠狠地说："关闭城门，捉拿那个小孩！"

"哈伊！"

鬼子少佐挥挥手，一队鬼子跑走了。鬼子和伪军如临大敌，在大街小巷搜查。城门口摆摊做买卖的，匆忙收拾摊点，街上的行人也慌乱地跑起来。

张碰牛飞速跑向城门口，守城的鬼子和伪军发现了他，向他开枪。张碰牛左臂中弹，鲜血洇红了袖管，他忍着剧痛继续在混乱的人群中穿行。后面几个鬼子和伪军追来，前面一个鬼子跑来拦截他。他回头看了一眼，扭头冲向前面的鬼子。离鬼子一丈左右时，跃起身，飞身踢向鬼子，鬼子被踢倒在地。两个伪军手忙脚乱正关城门，张碰牛蹬脚，膝盖侧击，打倒一个伪军，城门刚刚关了一半，他腾身飞跃而出。

身后传来激烈的枪声。

城门口的鬼子和伪军看到门口飞出一个人，愣了一下，后慌忙举枪射击。张碰牛奋力纵跃，跑得飞快。

这时，城门旁闪出一个中年人，向城门口的鬼子甩出一颗手榴弹，鬼子和伪军看到"哧哧"喷烟的手榴弹，顿时惊叫着乱作一团。手榴弹爆炸，几个鬼子和伪军倒下。鬼子和伪军慌忙掉转枪口，向跑走的中年人射击。

张碰牛紧跑几步，跳下一条臭水沟，顺沟奔跑。鬼子和伪军在后面追赶，向沟内打枪。张碰牛钻入附近铁路桥下，借着桥墩掩护，向东跑。鬼子和伪军在后面追赶，忽然不见了张碰牛的踪影。

这时，空中飞来一块石头，砸到一个鬼子头上，远处闪出刚才那个中年人，向西跑去。

鬼子小队长喊："在那边，快追！"

鬼子向西追去了。

张碰牛从一棵大树的树身后钻出，继续向东跑。张碰牛忍着伤痛钻进山林，但没跑多远，就倒下了。他喘了口气，扶着树身慢慢站起来，身子晃了晃，险些再次跌倒。他喘息着，左臂渗着鲜血，右手摸摸腰间，情报还在，舔舔干裂的嘴唇，踉踉跄跄走起来。可是没走几步，由于伤痛和劳累就晕过去了。

四

前方树林里闪出一个人，正是刚才城门口两次救张碰牛的中年人，是个哑巴，他跑到张碰牛身边，看了看，背起张碰牛，向山上跑去。

连绵的群山，莽莽苍苍。哑巴背着张碰牛，艰难地爬山。哑巴喘息着，汗水从头上滚落。前面是一处险峻的山路，哑巴跪着慢慢地爬，膝盖磨出了血。走过这段山路，哑巴长吁一口气，接着又背着他钻入荆棘丛中。从荆棘丛出来时，哑巴的手上、脸上有几处划伤，有的伤口还在流血。前面山坡上，出现一个小山村，二十几户人家。村子周边沟壑纵横，山高林密。

哑巴背着张碰牛，到了村南，来到一个破旧的木门前。哑巴敲门，女儿小翠开了门，哑巴把张碰牛背进窑洞，放到土炕上。小翠立即拿出止血草药，给他止血、清洗和包扎伤口。

包扎好伤，张碰牛醒了。

张碰牛睁开眼睛问：“我在哪儿？”

小翠说：“你在我家！”

张碰牛慢慢站起身要走。

哑巴比画。

小翠解释说：“你放心，我们是堡垒户，咱的同志常到这儿来。你身上有伤，是我爸背你回来的。你这个样子走不了多远，就扛不住了。再说现在鬼子正在城外和山下搜查，出去也很危险的。我爸让你休息一下，天黑再走。”小翠想想又说，“现在出不去，晚上再走，准误不了事！”

张碰牛想想，就躺在炕上。

小翠看着张碰牛，饶有兴趣地问：“你叫啥名字？”

张碰牛说：“碰牛。”

小翠忙说：“我叫小翠。”

小翠忽闪了一下眼，想起什么，说：“你快歇着，我做饭去。”

小翠走出里屋。张碰牛由于受伤加上过度疲劳，一闭眼就睡着了。哑巴在大门外劈柴，眼睛却盯着四周。

太阳的光辉斜照进窑洞。窑洞的东墙边有一盘青石小磨。小翠摇转着小磨，磨了榆皮面，过筛子筛好。接着把榆皮面与玉米面和起来。她又从里屋抱出一个木头做的，看起来很笨重的饸饹床。她跑出屋去拿了柴火，回屋开始烧水，不一会儿锅就开了。她把饸饹床架在锅上，搓了一块面，放在饸饹床的圆孔里，然后吃力地压着饸饹床的木杆，压出细细的面条。面熟了，小翠捞到碗里，端进里屋。

小翠推醒张碰牛：“碰牛哥，吃饭了！”

张碰牛龇牙咧嘴慢慢坐起来，接过饭狼吞虎咽吃起来。

小翠哧哧笑起来。

小翠问："碰牛哥，好吃吗？"

张碰牛点头"嗯"了一声。

小翠说："我学了一首站岗放哨歌，我唱给你听：'我们参加自卫队，加紧去放哨，盘查行路人，早晚间，风雨天，一刻也不放松。组织侦察网，户口调查清，提防那汉奸，泄露我军情。封锁消息，抗日戒严，保卫我村民。'"

唱完又问："啥时咱村就成根据地了？"

张碰牛说："快了。"

"光说快了、快了，快了是啥时候？"

"快了就是快了，孙营长说的。"

"孙营长的话，恁管用？"

"当然管用，孙营长是谁呀，那是杀敌英雄！"

"爸告我，他在城门口看到你，你很勇敢，你也是英雄！"

张碰牛说："你爸也在城门口？"

小翠说："我爸也是接到任务，说有一个交通员经过，让他接应一下，要不没事到那儿干啥。"

张碰牛问："手榴弹和石头是他扔的，鬼子是他引开的？"

小翠想了一下，估摸着说："那还有谁，我爸不光会投弹，还会打枪呢。听爸说你的功夫很好，一脚就把鬼子踹倒了。"

张碰牛说："那是谭腿，想学有空教你。"

小翠兴奋地说："说话算数？"小翠想到了什么，嘴角挂着笑，不时还显出害羞的模样。

张碰牛看着小翠清秀可爱的样子，心里暖暖的。哑巴进里屋比画，不让小翠影响张碰牛休息，拉着小翠出去了。张碰牛体力消耗大，身上又有伤，吃了饭，又躺下了。

一队鬼子发现地上的血迹，搜索着向小阳村靠近。带队的是一个小队长和那个脸上有黑痣的山本武夫。

鬼子小队长问："前面是什么村？"

山本武夫说："前面是小阳村，村子不大，只有二十多户人家！"

鬼子小队长拿过望远镜看了一会儿，下令："把小阳村围起来，挨家挨户搜！"

村边的狗看到来了生人，突然跑出来狂叫着扑向鬼子。鬼子端枪射击，两只狗倒在地上。一个村人出门，突然看到日本鬼子，慌忙逃跑，但是没跑几步就被鬼子的子弹打死了。鬼子嘶吼着，杀气腾腾地闯进村来。

门口的小翠跑回家，焦急地说："村口出现了鬼子，现在已经包围了村子，马上就搜查过来了。"

哑巴拉起张碰牛，紧张地比画。

小翠推着张碰牛："任务要紧，碰牛哥快走！"

外面有皮靴的踢踏声、吆喝声和枪声传来。

张碰牛说："快，咱们一起走！"

小翠说："来不及了，任务要紧，你快走！"

小翠和哑巴把张碰牛推出门。张碰牛来不及多讲，蹿出院子，跑向大门。山本武夫看到跑出门的张碰牛，端着刺刀追来。

张碰牛跑得很快，奔跑中，迅速观察，发现东边西边和屋顶上都有鬼子，门前三十米外是悬崖，随即向悬崖边跑去。山本武夫快速追来。悬崖边到崖底有二十多米深，张碰牛望了一眼，毫不犹豫纵身跳下。

一时间，呼喊声响起，窑顶上、院子外枪声大作。

张碰牛在草丛中两个翻滚，站起身来。左臂伤口崩裂，鲜血流淌，右手手指骨折，钻心地疼。他咬着牙顺着山沟跑起来。

子弹打在地上噗噗响。

张碰牛跑得很快，可是没提防一脚踏进树坑，摔倒在地，左臂的骨头传出断裂的声响，他的脸上被灌木的枯枝划破几道口子。他咬着牙，艰难地爬起身，继续奔跑。

哑巴和小翠跑回里屋，从木柜底下拿出一支步枪和一颗手榴弹。两人对望一眼，急急地跑出门。哑巴向准备下崖追赶张碰牛的鬼子打了一枪。小翠奔跑着向鬼子扔出了手榴弹，“轰”的一声，手榴弹爆炸，接着传来一个鬼子的惨叫声。十几个鬼子反身向哑巴和小翠追来。哑巴和小翠跑向山后的北梁。鬼子在后面紧紧追赶。哑巴向鬼子开枪，一个鬼子倒下。

山本武夫瞄准，开枪，哑巴中弹倒下。

小翠扶着倒下的哑巴，喊：“爸！”

山本武夫再次瞄准开枪，小翠中弹。

鬼子小队长气急败坏：“人的杀掉，房子通通烧掉！”

鬼子见人就杀，见房就烧，村内成了屠场和废墟。

张碰牛跑出二里多地，内心纠结，脚步慢下来。他摸了摸腰间，情报还在，深深地回头望了一眼群山。他的左臂血流不止，浑身疼痛难忍，头一阵又一阵眩晕。

脑子里响起小翠的声音：“碰牛哥，情报要紧，你快走！”

张碰牛转身，继续踉踉跄跄奔跑。

天完全黑下来，张碰牛趴在草丛里，看到左边的山上有鬼子在休息。他悄悄地钻进树丛，慢慢地绕过去，拖着沉重的脚步，拐进一条更窄的山沟。又走了一个时辰，前面跑来两个战士。他再也走不动，一骨碌倒在了地上。

两个战士扶起张碰牛。

一战士说："是碰牛！"

张碰牛强睁开眼睛："快快，哑巴、小翠，小阳村的乡亲，快！"说着，就晕过去了。

五

一个残破的大院，院内有几幢土坯屋。部队拾掇了几间，作为临时医院。张碰牛躺在病床上，慢慢睁开眼睛。看到张碰牛醒来，医生和护士惊喜地围拢过来。张护士给他量体温、测血压。

王医生问："同志，感觉怎么样？"

人群中钻出鲁连长："小祖宗，你可醒了！"接着又说，"孙营长和战友们来过几次，你都昏迷着，孙营长让我在这儿盯着，好好照顾你。知道你爱听歌，让我唱歌，我都唱得嗓子哑了！"

张碰牛喃喃地问："小阳村怎样了，哑巴大叔一家没事吧？"

鲁连长迟疑了一下说："鬼子去追你了，村人没事。"

鲁连长告诉他："根据你的情报，前天晚上，咱部队在南乡的西庄湾打了一列火车，打死打伤六十多个鬼子，活捉八个日本军官，其中还有一个大官呢，有军需品一百多件，文件还有一大摞。"

张碰牛听了咧了咧嘴："真的？"

鲁连长说："那还有假？现在歌都编出来了，你听：西庄湾儿打火车，打的就是急行车，票车过来不让它走，呀儿呀，捉住一群日本猴。”

张碰牛眯缝着眼听，眼前出现战场画面：我军埋伏在铁路两旁、炸毁铁轨，在车厢内外与鬼子枪战、拼刺刀，鬼子被俘，战士们抬着战利品，得胜归来……

张碰牛躺在病床上，想着想着，露出笑意。过了几天，一个不好的消息，让张碰牛猝不及防。

医生护士都站在地上。张碰牛咬着牙一声不吭。孙营长风风火火带着鲁连长走来。

孙营长嚷着：“这么个毛病都治不了，你们当什么医生，每天说的救死扶伤，就是这么个救法，就是让战士截肢？”

王院长拉着孙营长到了病房门口。

王院长低声说：“我们尽力了，没办法，如果不截肢，恐怕命都保不住。”

孙营长红着眼说：“可他还是个孩子！”说完这句话，又问，“真没别的法子了？”王院长点点头。孙营长抬起手臂，用衣袖擦擦眼，走到张碰牛身边，拍了拍他的肩说：“医生说了……少一条手臂，咱照样打小鬼子！”

张碰牛焦急地说：“没手臂，拿啥打！”

孙营长急红了脸，说：“你这浑小子，命没了你拿什么给小阳村老乡报仇，拿什么给哑巴、小翠报仇！”

张碰牛一怔，焦急地问：“小阳村咋了，哑巴叔和小翠咋了？”

旁边的鲁连长看瞒不住了，就红着眼睛告诉他：“那天我们赶到小阳村时，鬼子已经走了，村里尸体遍地。鬼子屠了村，全村没活着的人了，哑巴和小翠为了引开鬼子，也被杀害了。”

张碰牛的右手狠狠地砸在床上，又砸到自己身上。张护士跑过来，急伸手抓住张碰牛的手。张碰牛停了手，脸色变得煞白，咬着嘴唇。

孙营长摸着张碰牛的头："碰牛，我知道你心里难过，难过就哭出来吧。"

孙营长一句话没说完，一声尖锐的长号，把同室的伤员和医护人员吓了一跳。孙营长默默地看着他。

张碰牛说："都怨我，我连累了乡亲们，连累了哑巴叔和小翠，都怨我呀！"

孙营长说："这桩血案是小鬼子制造的，我们要为他们报仇！"

张碰牛急红了脸："怎么报仇，手臂没了，拿不了枪，拼不了刺刀！"

"可以拿手枪，可以用你的腿上功夫，再说了，我们大伙儿也要为他们报仇！"

张碰牛截住孙营长的话，咬着牙说："我要亲手给他们报仇！"

张护士抬手擦自己的眼睛。

蛙声阵阵，月光照进病房。张碰牛翻来覆去睡不着，脑子里想着小阳村的惨状。小翠说："碰牛哥，啥时咱村就成根据地了？"小翠说："光说快了、快了，快了是啥时候？"自己说："快了就是快了，孙营长说的。"张碰牛平躺在床上，两眼盯着房顶。后来自言自语地说："没有了左手，我还有右手，右手拿枪，照样打鬼子！"

清晨，一缕阳光照进病房。张护士将张碰牛右手的绷带慢慢拆除。张碰牛右手的食指和中指微微动了一下，却不能弯曲。

张碰牛焦急地问："手指怎么了，王医生，我的手指怎么动不了？”

王医生叹口气：“你跳崖时，两指粉碎性骨折，手指功能恐怕很难恢复。”

张碰牛坐在病床上，咬着牙，眼里急得冒火。他想了很多天右手打枪，结果这个心愿也成了泡影。沉重的打击，让张碰牛十分难过。伤口还没痊愈，张碰牛就走出病房，到院里练功了。

院里长满绿色的小草，院子中间有个小土堆，还有几个装了土的麻袋，是供警卫排战士训练用的。张碰牛呼吸着清新的空气，腿搁在麻袋上，慢慢地压腿、踢腿。

张护士急忙跑过来说：“张碰牛同志你的伤没好，不能剧烈运动！”

张碰牛不说话，继续踢腿。

张护士又说：“张碰牛同志，不能这么练！”

张碰牛又开始压腿。

张护士看张碰牛不搭理自己，气呼呼转身，甩了一句话：“你这人真是个怪人！”可是走了几步，又反身回来，硬是拽着张碰牛坐到麻袋上。

张护士说：“你就是想锻炼也得休息一下再练吧，要不还没打完鬼子，你先把自己练倒了。”

张碰牛怔了一下，长呼一口气，两眼茫然地望着远处的群山。这时，鲁连长走进医院大门，看到张碰牛就走过来。

张护士看到鲁连长走过来，站起身说：“鲁连长，你们谈，我进去忙了，啊，你可得劝劝张碰牛同志，伤还没好，就狠着劲练功，不把身体当回事！”

张碰牛没说话，看着鲁连长。

鲁连长看着走远的张护士，笑笑："这个姑娘多好，人长得精神，对你也这么关心。"

张碰牛低着头没吭声。

鲁连长说："我看张护士也年龄不大。"

张碰牛还是没说话。

鲁连长又说："跟你小子说话真没劲，说件正事，你可要听医生的，有你练功的时候，不要着急。"

张碰牛说了句："不急能打鬼子？"

鲁连长脖子上青筋暴起，说："啊，我还以为你哑了呢，你记住不是你一个人打鬼子，我们都在打！"

"那不一样，我说过，要亲手打的！"

"那也得有个好的身体！"

张碰牛想了想说："我的身体，自己知道，你放心吧！"接着想了想，看了一眼鲁连长说，"鲁连长，我想求你一件事。"

鲁连长问："啥事？"

张碰牛说："打听一下那个矮个子、圆脸、脸上有痣的小鬼子，现在他在哪儿？"

鲁连长一怔，问："你，你不会去找那个小鬼子吧，告诉你军人要服从命令听指挥！"

张碰牛说："我不会乱来的，你放心。"

六

从马坊方向出现一队日本鬼子。

一个鬼子跑来报告："报告，附近发现一所八路临时医院。"

鬼子小队长拿过地图，看了看：“守卫的部队有多少？”

“有一个警卫排！”

鬼子小队长，挥一下手：“让这所医院消失！”

鬼子兵端着枪，弓身跑到医院附近，埋伏在一道土埂后。鬼子小队长打个手势。两个鬼子向门外哨兵的位置潜行。鬼子从后面偷袭，杀死门外的哨兵，向后面的鬼子挥挥手。鬼子小队接近医院。

院内的哨兵发现，向鬼子开枪。

鬼子向哨兵开枪，冲进医院大门。

听到枪声，医院警卫排战士紧急奔出，利用地上的土堆和几条装满土的麻袋作掩护阻击鬼子。

王院长大喊：“医生和护士，迅速转移伤员！”

医生和护士有的扶着、抬着伤员，跑出病房，向后山转移。张护士跑进张碰牛病房，与张碰牛撞个满怀。

张护士焦急地说：“张碰牛，快转移！”

张碰牛大喊：“我要打鬼子，你们走！”说着跑出门。

一个轻伤员说：“我也要参战，阻击鬼子，让重伤员走！”说着，紧跟着张碰牛跑出门。

张碰牛冒着弹雨，趴在警卫排李排长身旁：“李排长，快派人向独立营报告，让他们增援。”

李排长说：“已派人去了，你是伤员，你快走，这儿有我们！”

张碰牛说：“我还能投弹！”

张碰牛拿起一颗手榴弹投向鬼子，爆炸声中，有两个鬼子倒下。这时，鬼子在东边的小屋顶上架了一挺歪把子机枪，居高临下射击，压得警卫排战士抬不起头。警卫排三个战士先后中弹倒下。张碰牛看着鬼子的机枪急红了眼，拿了一颗手榴弹往腰上一别，就跑出去了。

李排长冲张碰牛急喊："危险，快回来！"

张碰牛借着地形掩护，绕了个大圈，然后向鬼子架设机枪的屋子靠近。这时，听到身后有"沙沙"的极轻微的脚步声，他猛地回头，发现是张护士。

张碰牛一把拽过张护士，压低声音急促地说："你来干什么？"

"帮你！"

"很危险，快回去！"

张护士说："我熟悉地形，你跟我来！"

张护士拉着张碰牛穿了两道门，又过了一道矮墙，到了一座屋子后面。屋后是光溜溜的墙壁，墙壁外两尺不到就是悬崖，鬼子就是看了屋子这地形，才敢把机枪架在屋顶上。两人蹲在悬崖边。张碰牛看到地上有根木椽，忙跑过去一手抱起木椽，慢慢地移到墙根。然后，张护士扶稳木椽，张碰牛顺着木椽快速上爬，接近屋顶时，双脚在木椽上用力一蹬，跃上屋顶。

屋顶有两个鬼子，鬼子的机枪手两手紧紧握着枪，嘶声吼着，狠狠地射击，旁边还有一个鬼子在紧张地装子弹。张碰牛刚上屋顶，就被装子弹的鬼子发现了。鬼子喊了句什么，迅速站起身来。张碰牛照着站起身的鬼子，一个腾空踹，鬼子惨叫着摔下屋顶。

鬼子机枪手听到同伴的喊声，一个激灵，慌忙起身。张碰牛踹下鬼子，还没站稳，就被鬼子机枪手从背后一把抱住。鬼子看到是个独臂小孩，想抱着摔下屋顶。可是鬼子没想到，张碰牛猛地蹬踹鬼子右脚，接着右手反转抱住鬼子的头，一弓身把鬼子从背后甩到身前。紧接着，张碰牛上前一步狠狠下踹，鬼子两手一推，顺势翻滚站起身来。张碰牛连环飞踢，鬼子躲过，近身与他扭打在一起。扭打中，张碰牛身上的手榴弹掉落在屋顶上。鬼子抱着他在屋顶翻滚。这时，张碰牛感觉断臂处与手指的伤口裂开了，钻心地疼，身体有点发虚，翻滚两下，就被鬼子压在身下。

张护士爬上屋顶，看到鬼子狠狠掐着张碰牛的脖子，又看到屋顶的手榴弹，迅速拿起，向鬼子的头狠狠砸下，鬼子脑袋破裂，身体一歪，倒在地上。

张碰牛看一眼张护士，翻转身，迅速拿过鬼子的机枪，想扣动扳机，却无奈地发现自己的食指无法弯曲，脸上露出失望的神色。张护士从自己衣服上快速撕下一个条，接成环递给张碰牛。

鬼子看到屋顶机枪被人抢夺，立即向屋顶进攻，张护士尖叫一声，甩出手中的那颗手榴弹。“轰隆”一声爆炸，传来鬼子的惨叫声。

张碰牛拿着张护士的绳环，一头挂住扳机，一头钩在无名指上，无名指拉紧，机枪吼叫起来。他向冲出来的鬼子扫射，屋前的鬼子中弹倒下。鬼子惊慌后撤，伏在另一间屋后。

张护士趴在张碰牛身旁，给他装子弹。鬼子小队长一顿喊叫，然后兵分两部分，一部分向警卫排冲锋，一部分包围屋子，要夺回机枪。

这时，医院外面传来枪声，独立营的战士赶来了。

鬼子小队长气急败坏地一挥手：“撤退！”

战士们打扫战场。医生和护士整理病房。张碰牛躺在病床上，病床旁放着夺来的歪把子机枪。

张护士边为张碰牛包扎崩裂的伤口，边问：“疼吗？”

张碰牛咧咧嘴："你来试试？"

张护士没答张碰牛的话，紧紧咬着嘴唇，细心地给张碰牛包扎，头上渗出汗珠。张碰牛看张护士的认真劲儿，笑出声来。

张护士说："这么疼，你还笑！"

张碰牛说："我高兴！"

张护士看了眼机枪说："机枪可是要上缴的。"

"我知道，我就想再看看，你也看看，这也是你的战利品。"

张护士瞥了眼机枪，说："多亏夺了鬼子这机枪，要不后果不堪设想。"

"鬼子不就仗着武器好耀武扬威吗，歌词里说'没有枪没有炮，敌人给我们造'，我们把小鬼子的武器夺过来，看他能蹦跶几时！"

张护士说："我得谢谢你，我亲手杀了一个鬼子，我爸也死得瞑目了。"

张碰牛看着张护士问："你爸是谁？"

张护士含着泪说："在城里给你情报的那个人。"

张碰牛吃惊地问了一句："穿黑衣服的那个同志？"

张护士咬着唇，眼里蓄满泪水，身体哆嗦着点点头。

张碰牛盯着张护士看，像不认识似的。

张碰牛在院里的草地上，慢慢练功。张护士远远地望着他。

"张碰牛！"鲁连长在医院院子里喊了一声。

张碰牛回头一看是鲁连长，高兴地说："鲁连长，你来了！我是不是能回部队了？"

鲁连长说："孙营长问了医院领导，医院领导说这次保卫医院战斗，你的伤口再次裂开，还需要恢复，等伤好了才能回部队。”

张碰牛说：“我的伤不碍事，打鬼子没问题！”

鲁连长说：“刚才我也问了医生。医生也说不行！”停了一下，接着说，“我们有仗要打，这几天要走了，孙营长要我来告你一声，你安心养伤。”

张碰牛默默地站着。

鲁连长看一眼面无表情的张碰牛说：“噢，有个消息，小阳村是制高点，又在县城周边，屠村后，鬼子在山上修了据点，盖了炮楼，住了十多个鬼子和部分伪军。前段时间我到小阳村据点侦察，发现炮楼内有个脸上有黑痣的鬼子。”

“消息准确？”张碰牛瞪大眼睛。

鲁连长拍了拍张碰牛说：“你的心情我理解，等部队回来，我们打过去，把那炮楼端了，给小阳村的乡亲们报仇，你可别乱来。”

张碰牛望着鲁连长走出医院大门，又转头看了看自己空着的左衣袖，又看了一下自己右手两根僵硬的手指，双眉皱在一起，不由得自言自语地说：“我不能拿枪了，部队要我干什么，我废人一个，废人一个呀！”

独立营外出执行任务了。晚上，张碰牛睡不着，他的眼前，又出现了山本武夫，那个鬼子杀气腾腾地端着刺刀朝他冲来。张碰牛从病床上爬起来，走出病房。月光下，张碰牛咬着牙高抬腿，狠狠踢出，右臂挥出左挡右打，身体快速地上下翻飞。张碰牛练了一阵，累得气喘吁吁。他紧紧咬着嘴唇，嘴唇渗出了血。他擦一下头上的汗，继续练习。

一个月后独立营还是没有回来。

有一天，张碰牛看着查房的张护士，问：“张护士，能给我找张纸吗？”

张护士看着他反问了一句：“你要纸干什么？”

张碰牛低着头说：“我想学学写字。”

不一会儿，张护士就给张碰牛找来发黄的毛头纸，还拿来一截铅笔，然后反身出去了。张碰牛坐下来，在纸条上抖索地写字。

纸条上歪歪斜斜地写着：“孙营长，我不能等了，再说我成了废人，不能参战。我走了，我记着你的话，我永远是杀鬼子的兵！”

张碰牛把纸条放在床上，走到病房门口，又回头看了一眼，然后悄悄走出病房。张护士走进病房，发现张碰牛不在，转身看到张碰牛写的信，跺跺脚，有泪流出。

七

山梁上，残阳如血。

张碰牛趴在灌木丛中，观察对面小阳村据点。

哑巴家的前面是悬崖，悬崖的东西两面挂了铁丝网。铁丝网内，挖了堑壕。村西有一条进村的道路，路被堑壕阻断，装了吊桥，吊桥两边各有岗亭，有伪军把守。在村子背后的山头上，有一座高大的炮楼，炮楼上有鬼子的岗哨在晃动。村民的窑洞里，住了部分鬼子和伪军。有的窑洞顶上，修筑了战斗工事。张碰牛观察了一会儿，然后慢慢后退。

张碰牛在山上悄悄地寻找，终于发现了一个天然的石洞。石洞很隐蔽，洞口被一丛酸溜溜树遮挡，就是到了跟前，不细看也看不出来。石洞入口很小，仅容一人爬着进去。到了石洞里面，却是愈来愈阔，可以站立行走。顺着石洞拐个弯，行走大约一百米，就到了另一出口。他探出头往外看，发现这个出口在靠近山沟的悬崖边，出口周围长满蒿草，旁边生长着一丛野生榆树，树枝伸展到洞口内。张碰牛拽着树枝往下看，是壁立的悬崖，悬崖有二十多米高。下面山坡较缓，顺着缓坡再走二百多米，就到了小阳村出山的沙石小路上。

张碰牛回身钻出石洞，在山坡上选了块光滑的大石头，一手紧紧夹着，挪到洞口旁，盖在洞口上。看了看，又将石块挪开，找了块尖状石头，快速挖开四周的泥土，然后把大石嵌进土里。

张碰牛找些干草铺在较干燥的地方。他用两块石头垒了个简易灶台。他发现洞内拐弯处的石缝间，有泉水渗出，于是，找了个破旧的瓦罐，放在石缝下面接水。安置好这一切，他就躺在干草上睡着了。

晚上，张碰牛又趴在灌木丛中观察。

炮楼里走出山本武夫。他走到哨兵跟前，哨兵立正。

山本武夫大声说：“打起精神，睁大眼睛！”

“哈伊！”鬼子哨兵应了一声。

山本武夫走向窑洞上面的岗哨。一个伪军拄着枪在打盹，听到脚步声，慌忙睁开眼睛。山本武夫一巴掌甩在哨兵脸上。

伪军哨兵立正，“嗨”了一声。

跑来一个伪军为哨兵求情：“太君，他今天执行任务很累，您就原谅他这一回。”

山本武夫狠狠地说：“下次发现，枪毙！”

山本武夫返回炮楼。

那个伪军训斥刚才打盹的哨兵：“你不要命了，还敢打盹！”

哨兵摸着脸说："玩了两夜牌，累了。"

月亮出来，灌木丛洒下黑黑的阴影。张碰牛趴到灌木丛旁。天黑看不清鬼子的脸，但是看那身形，像极了那个脸上有黑痣的鬼子。他瞪着眼睛，紧咬嘴唇，慢慢退回山洞内，后又钻出山洞，向山下跑去。

后半夜，张碰牛拿回几件村民的衣服、野菜团和打猎的用具。他把拿回的东西放在洞口，拿起打猎的野猪夹子，跑上山梁，找到过去村民打猎的陷阱，重新布置，又找了几处摆放野猪夹子的地方，摆好夹子。

张碰牛钻回石洞。在悬崖出口处，他借着月光，把一根粗竹子用力弯回，两头拴了粗粗的牛皮绳，制成一张弓。再用一把杀猪刀，削木棍，由于用力过猛，刀碰到石壁上。他停下来，听听外面动静，然后紧咬双唇，小心翼翼地削。他拿过弓子，搭上削好的木箭，用力拉了两下，放到地上。接着，脱下军装，换上村民的衣服。

又一个夜晚，繁星点点。张碰牛弓身跑上山梁。把木头弓子绑在树身上，从背上的箭袋内抽出一支木箭，右手搭好箭，接着用力拉开木弓，"嗖"的一声，木箭射向鬼子炮楼。

炮楼里的鬼子发现声响，也不知是怎么回事，慌忙向着山梁射击。过了一会儿，据点里的鬼子和伪军出来搜山。看着鬼子搜来，张碰牛忙退回石洞内。过了一会儿，传来鬼子和伪军的惊呼声。有两个伪军被兽夹夹伤。有一个鬼子掉到陷阱里。

山本武夫气呼呼地说："八嘎！给我仔细搜！"

鬼子和伪军，搜了半夜，什么也没有搜到，骂骂咧咧，抬着伤员回据点了。

山本武夫坐在一张古旧的木椅上，说："袭击炮楼的敌人人数不多，没有武器，只会挖陷阱、放夹子，不像是游击队。"

一个鬼子说："会不会是附近村民？"

山本武夫说："那么，他到这里什么的目的？"

那个鬼子说："他对我们没有杀伤力，要骚扰我们，要我们睡不好觉。"

山本武夫咬牙切齿地说："可恶，可恶！"然后，山本武夫招手让几个鬼子过来，悄悄地布置任务。

张碰牛悄悄钻出石洞。猫着腰，带着木弓，弓着身子慢慢走上山梁，边走边观察。走了一段，发现山草中传来细微的声响，他爬下来，仔细观察。

张碰牛等了一会儿，对面的草丛又稍微动了一下，他拿起一块石头，用力向草丛扔去，然后轻轻地往左边移动。

山本武夫发现有动静，示意其他人不要动，然后站起身，猫着腰，小心地向张碰牛刚才埋伏的位置摸过来，他走到张碰牛刚刚埋伏过的地方，扭头细细地看着四周。

张碰牛趴在草丛后，看清了山本武夫，立刻血气上涌，红了眼睛，他拿起一块石头，只等山本武夫过来，就狠狠砸出。可是山本武夫站到离他还有四五步远的地方，左转右转看了看，然后转身往回走。他心里一急，奋力将石块向山本武夫掷出，石块砸到山本武夫身上。山本武夫挨了一石头，急速转身，跟奔过来的张碰牛碰个照面。张碰牛双腿连环，狠狠踹向鬼子。山本武夫躲过第一脚，没躲过第二脚，一下被踢倒在地上。

这时，草丛中倏地站起四个鬼子，端着枪跑过来。张碰牛倒地一滚，飞也似的跑走。鬼子向张碰牛射击。

山本武夫爬起身喊："不要开枪，捉活的，我要活扒他的皮！"

后面的鬼子哇哇叫，追赶张碰牛。张碰牛带着鬼子三转两转，然后迅速钻进石洞。

山本武夫恶狠狠地说："他没有跑远，还在这片草丛里，给我继续搜！"

鬼子端着枪，慢慢地搜，可是搜了半夜也没找到张碰牛。

山本武夫嘶声叫着："给我放火烧，把他烧出来！"

山上很快燃起了大火，火焰不断蔓延，很快吞噬了整个山梁。

张碰牛耳朵贴在石头上，听着上面的鬼子的动静。很快传来噼噼啪啪着火的声响，他知道鬼子放火了，迅速跑到石洞中间。有浓烟钻进洞来，渐渐地洞内烟气弥漫，温度迅速升高。他跑向山崖边的出口，可是刚刚喘口气，出口附近的草丛也燃起了大火，火焰扑进洞来。他退回山洞中间，趴在地上，两眼熏出了泪，感觉呼吸十分困难，洞内温度奇高，身子快要被烤干了，他咬着牙，牙齿发出咯咯响声。过了一个时辰，浓烟渐渐散去，洞内温度降下来，他翻转身躺着，大口喘气。他爬起身，走向悬崖边上的洞口。他发现洞口的野草全部被烧光，那株小榆树烧得只剩下一个黑黑的树桩。

张碰牛把自己的军服扯成布条，结成一条绳，走到崖边洞口，把布条拴在洞口的榆树桩上。想了想，又把布条解下来，从洞内找了两块大石头，垒到洞口上。

八

天气阴沉沉的。一队鬼子和伪军，从小阳村下来，顺着小路到山下抢粮食。山本武夫走在鬼子队伍前面。张碰牛搬开石头，从洞口顺着绳子爬下，悄悄地跟在鬼子抢粮队的后面。

鬼子在山路上走着。张碰牛在密林中越塄过坎，快速穿行。他看到远去的山顶倒下一棵树，过了会儿他才明白，是消息树倒了，村里的抗日组织向乡亲们发消息了，他悬着的心也放下了一半。

过了一会儿，鬼子兵到了村里。山本武夫挥挥手，鬼子三三两两分头搜索。在村边的地埂下，张碰牛透过蒿草丛观察鬼子。靠近山坡树林，有一座破旧的四合院。山本武夫和另一个麻脸的鬼子踢开四合院的木门，端着枪，小心翼翼地走了进去。张碰牛跃起身迅速靠近小院，转身站到门口，慢慢探出头，观察院里鬼子的动静。

麻脸的鬼子走进西厢房，山本武夫走进正房。张碰牛立即靠近大门近处的西厢房，出其不意，跃进屋内，紧接着双腿踢出，麻脸小鬼子被踢倒在地，他不让鬼子有喘息的机会，高抬腿猛踩鬼子的脑袋，鬼子受到重击，晕了过去。接着他向四周看了看，见地上有一截烧炕的木柴，忙抓起木柴狠狠砸向鬼子。麻脸鬼子死了，他拿过鬼子的枪和子弹带迅速背在身上，又从鬼子身上摘下三颗手榴弹，两颗插到自己腰间，一颗拎在手里，拧开后盖，走到门口。

山本武夫听到动静，急转身冲出正房。看到山本武夫冲出来，张碰牛立即向院子扔出一颗手榴弹。山本武夫看到哧哧冒着青烟的手榴弹，腾身向门外扑出，在爆炸前的一瞬间，倒地躲避，逃过一劫。

张碰牛急追出门。山本武夫爬起身，看到追出来的张碰牛，举枪射击，远处又有两个鬼子和三个伪军向这边跑来。

张碰牛转身快速奔跑。

听到手榴弹爆炸声，其他鬼子和伪军顾不上抢来的东西，迅速向这边围拢过来，有几个鬼子，看到奔跑的张碰牛，急忙开枪射击。

张碰牛跑进树林里。鬼子和伪军边开枪边追进树林里。张碰牛熟悉山地，奔跑如飞。鬼子追了一阵，看追不上张碰牛，只好悻悻地返回。

张碰牛点燃一个灯盏，石洞亮起来，他的脸上闪着兴奋的光。他拿过缴获的步枪，摸了摸，右手举枪，枪身抖动不止。他放下枪，找来根绳子，用牙齿和右手结个圆环，挂在前胸，枪身伸进圆环吊在自己胸前，然后右手操枪，可是无法准确瞄准。接着趴下身，把枪架在石头上瞄准。他试着用无名指扣动扳机，感觉十分别扭。他站起身，从衣服上撕下一个布条，把布条拴在扳机上，绳环的一头套在无名指上，他试了一下，感觉还是不太满意。不知不觉，晨光洒进石洞。

又一个夜晚来临时，张碰牛又爬出山洞。他爬一段，小心地四下观察一阵，地上的草木灰让他变成了一个黑人。他躺在地上，拿出弓箭，把木弓拴在烧焦的树桩上，搭上木箭，对着据点射了一箭。

炮楼和据点的枪又响起来。张碰牛翻滚着退到摆放好枪的土埂旁，看准岗楼枪响的位置，打了一枪，但没有打准，鬼子的枪继续响着。张碰牛身体侧滚，躲避子弹。然后，慢慢地后退，沮丧地爬回石洞。

一个伪军说："这个人年龄不大，只有一条手臂，行走如飞，能飞檐走壁，行踪不定。"

山本武夫脸色铁青，在地上来回走了两步，气呼呼地说："设陷阱，骚扰我们是他，夺我枪支、杀我军人是他！要让这个可恶的人付出生命的代价！"接着，对伪军说："你的出去，有情况及时向皇军报告！"

伪军点头哈腰，"嗨"了一声。

山本武夫咬牙切齿地说："我要让这个独臂人消失，消失！"

天再次黑下来时，张碰牛睁开了眼睛，手指轻轻敲着洞底，想了好一会儿。他起身喝了口水，啃了半个变硬的野菜团，拿起枪，背在身上，又拿起一颗手榴弹别在腰上，爬出了石洞。

这次，他没有直接上山梁，而是绕到山底走了个大圈，从山的另一侧悄悄爬上山。果然，他看到在一个低洼地的十多个树桩后面，埋伏着鬼子和伪军。距离远，月光下看不大清楚，他观察了一阵，有三四个鬼子和七八个伪军。

张碰牛环视了一下周围的地形，然后悄悄拿出一颗手榴弹，拧开盖，用力扔向鬼子，然后身体翻滚，跳到一边的壕沟里，顺沟跑到另一侧。鬼子看到突然飞来的手榴弹，尖叫一声，纷纷后滚，有一个鬼子动作慢了点，被炸得血肉模糊。鬼子和伪军，抖掉身上的泥土，爬起身，迅速端枪瞄准，却不见半个人影。

山本武夫说："他来了，给我仔细搜！"

鬼子和伪军，从张碰牛面前走过。后面一个鬼子，走到张碰牛埋伏的一侧，张碰牛跳起身，从背后伸右臂抱住鬼子的头，然后用力把鬼子拖下壕沟。鬼子两腿蹬地，带动石块滚落。听到声响，鬼子和伪军反身跑过来。张碰牛情急之下，把鬼子压在地上，右臂用力拧鬼子的脑袋，咔嚓一声，鬼子不动了。然后，他跳出壕沟，跑向对面的山沟。

鬼子边喊边向张碰牛射击。

九

又一个夜晚，张碰牛再次慢慢地爬上山梁时，却发现不大对劲。据点里有哭声和摔东西的声音。他射木箭，炮楼和据点一点反应也没有。过了一会儿，哭声更高，不时传来摔砸东西的声音。

一个鬼子在砸东西，几个鬼子在大声哭泣，山本武夫默默拿起一瓶酒，狂饮起来。一张破桌上放着一台收音机，收音机正播放着日本天皇裕仁的投降书。

一个苍凉低沉略带沙哑的声音在炮楼里回荡："朕深鉴于大势及帝国之现状，欲采取非常之措施，收拾时局，兹告尔等臣民，朕已饬令帝国政府通告美、英、中、苏四国，愿接受其联合公告……

鬼子还在哭泣、摔东西。伪军们耷拉着头坐在地上，面如土色。

张碰牛趴在地上，自言自语："鬼子发什么神经，疯了？"他瞪着眼睛，仔细观察。

他发现炮楼内踉踉跄跄跑出一个鬼子，月色下看不太清楚，看个头，像是那个脸上有黑痣的鬼子。那个鬼子拿着酒瓶，边哭边喝，走路左右摇摆，走到哑巴叔家门口，抬高酒瓶喝了两口，然后把酒瓶狠狠扔掉，两眼迷离向悬崖走去。在悬崖边上，鬼子站了一会儿，接着又迈步向前，一脚踏空，从悬崖上摔了下去。

张碰牛越看越奇，脸上露出笑容。他翻转身，望着天上的月亮。过了一会儿他又趴在草丛中继续观察。

天空出现一点亮色。据点里的鬼子和伪军出来了，他们像是打了败仗的残兵败将，拖着一些东西无精打采地往县城方向撤退。

张碰牛看着要撤退的鬼子，瞪大眼睛站起身，自言自语了一句："鬼子要逃！"便顺着山梁飞快地跑起来。跑下山梁，埋伏在一片荆棘丛中，望着前面山沟。

鬼子和伪军顺着山沟慢腾腾走来。鬼子走近了，张碰牛扔出了一颗手榴弹，接着打出一发子弹。鬼子遭到突如其来的袭击，立即趴在草丛里，向张碰牛射击。张碰牛身体急滚，转到另一边的草丛中，向鬼子又打了一枪。

鬼子观察一阵，看到只有张碰牛一个人时，一个鬼子说了几句话，只留下两个鬼子阻击，其他的鬼子和伪军继续后撤。阻击他的鬼子也是边打边退，他在后面一边躲避敌人的子弹，一边紧紧追赶。经过刚才自己那颗手榴弹爆炸的地方，看到躺着三具尸体，一个是日本鬼子，还有两个伪军。

张碰牛从鬼子身上摘下两颗手榴弹，别在腰上，然后继续追赶鬼子。阻击张碰牛的鬼子突然停下，趴在山石后面向张碰牛射击。张碰牛趴在草丛中，躲避鬼子的子弹，不时打出一枪。

忽然，左侧草丛里有窸窸窣窣的声音，张碰牛下意识滚到一块大石后面，身子刚刚离开，就有子弹打过来。张碰牛冲着那片草丛甩出一颗手榴弹，随着手榴弹爆炸，一个鬼子号了一声，倒地不动了。

这时，右侧传来枪声，张碰牛扭头一看，是鲁连长趴在地上向鬼子射击。

阻击的鬼子看对方来了援兵，回头跑走。

张碰牛趴在地上瞄准射击，跑着的鬼子一头栽倒。前面的鬼子看到两个打阻击的鬼子被打死，恼怒地返回，并分兵三路向张碰牛与鲁连长包抄过来。鲁连长拉起张碰牛，钻入旁边山沟。鬼子看着跑走的两人，无心恋战，又反身往县城方向走。

张碰牛和鲁连长跑了一阵，又悄悄从另一个方向爬上山梁，看到鬼子和伪军没有追来。

张碰牛说："鬼子要逃，快追！"

鲁连长拉住张碰牛："不用追了，日本鬼子投降了！"

张碰牛没听清："咋了？"

鲁连长说："日本鬼子投降了，我们胜利了！"

张碰牛说："投降了，鬼子投降了？"停顿了一会儿，"鬼子杀了我们那么多人就完事了，说一个投降就完了？"

鲁连长说："孙营长说，要审判他们，要把他们送上绞刑架。"接着说，"可找到你了，我估摸你来了小阳村，可是战斗紧张，不能出来找你，昨天晚上我才出来的。孙营长说，找到你，把你这家伙捆回去。鬼子这两天，那惨相，可解气哩，昨天城里就传唱着一首歌，我唱给你听：寿阳城、三道门，日本人放哨城楼上蹲，白天哭来黑夜哭，回不了他日本国。胡麻开花撇堰兰，日本鬼子作了难，吃不上、睡不安，一心想往他国内返。"

张碰牛听着歌声，眼里泪珠打转。

鲁连长接着告诉张碰牛："你可成名人了，没几天时间，附近的老乡就说，山里出了打鬼子的英雄，能飞檐走壁，来无影、去无踪，每天晚上都扰得鬼子睡不了觉，一脚能踢死一个鬼子兵。孙营长听了说：'肯定是那小子！'"

张碰牛拉着鲁连长到了小阳村，跑到哑巴家门口。屋前长着茂密的蒿草，有摔碎的酒瓶。崖边有东西掉下摩擦的痕迹。张碰牛站到崖边望向崖下，果然有一具鬼子尸体，倒在地上。

鲁连长也看到了下面的尸体，问："怎么回事？"

张碰牛不答，拉着鲁连长下崖。张碰牛和鲁连长绕到东边一侧，从一条羊肠小路上，边跑边滑，跑到崖下，走到鬼子尸体旁。鬼子的尸体四肢扭曲，嘴边有一摊变稠的血迹。

鲁连长说："鬼子兵败，连尸体都不管了。"接着问，"为啥鬼子会掉下来？"

张碰牛说："鬼知道是咋回事，怕是和鬼子投降有关。"

张碰牛右手拽住鬼子的手，把尸体翻过来。出现在眼前的正是矮个子、圆脸、脸上有黑痣的山本武夫的尸体。

张碰牛咬着牙，盯着尸体看。鲁连长看了看说："是你找的那个鬼子？"

张碰牛看着尸体说："老天有眼，杀人的没好下场！"然后快速跑上山坡，对着山坡上的坟墓跪下来，大声说："乡亲们，哑巴叔、小翠，鬼子投降了，屠村的鬼子头也死了！"

十

微风吹来，树枝摇晃起来。张碰牛咳嗽起来，张羽亮忙为爸爸拍背。

张羽亮擦了擦眼说："爸，咱回去吧。"

"那个日本人走了？"

"走了。"

张碰牛站起身，叹口气说："他也是受害人。"

这时，一个老年女人走上山坡。

张羽亮说："妈，你干啥去哩？"

张羽亮的母亲虽然老了，但还可看出，正是当年的张护士。张护士说："妈到菜地拔草去了，回家看你爸不在，我就寻思是到这儿来了，儿子你啥时回来的？"

张羽亮说："妈，我也是刚回来。"

一家人相跟着往家里走。

张碰牛在院里练功，冲拳、踢腿，动如猛虎，稳如山岳。练了一会儿，站立，深呼吸，徐徐吐气，收功。

张护士笑着："不减当年！"

张碰牛笑笑说："尽拍马屁，老了就是老了，腿脚不灵便了！"回身拿起放在窗台上的手机。

张碰牛拨通儿子的号码，说："羽亮，让那个山本正雄来吧，让他知道一下真相，长长记性。"

张护士笑眯眯看着张碰牛。

车在公路上疾驰，张羽亮和山本正雄在车内交谈。

张羽亮说：“我爸说，他确实认识你父亲的，他们在战场上多次交手……”

小车停在门口，张羽亮和山本正雄下了车。听到车响，张碰牛和张护士走出门。

山本正雄鞠躬致歉，对张碰牛说：“对不起，您受苦了！”

张碰牛点了下头，没有说话，他站在绿茵茵的草地上，像矗立的山岩，西风吹拂着黑色短衫。他挥挥手，让山本正雄跟着，向山上走去。

张羽亮指着张护士说：“这是我妈。”

山本正雄躬身说：“您好。”

张护士点点头。

四人在山坡上看着众多的坟墓。张碰牛面无表情。

张羽亮看了山本正雄一眼，说：“这就是小阳村惨死村民的坟墓。”

山本正雄深深地弯下腰。

张碰牛带着三人走上一条羊肠小道，那条道七拐八弯，下沟上崖，到了对面山坡上，那里正对着小阳村惨死村民的坟墓，但地势低很多。

在一处矮崖下，有个小小的坟堆，坟堆上长满了蒿草。张碰牛带着三人走到坟堆旁，惊飞了一只草丛中的山雀。

张碰牛指着坟堆说：“这就是你父亲的坟墓。”

山本正雄哆嗦着，盯着坟堆看，两腿一软坐在地上。

张碰牛看着坟墓，眼里又出现了当年的画面。

十一

天气炎热，强烈的太阳光洒在地上。山本武夫的尸体暴晒在烈日下，显得很怪异。

鲁连长狠狠地说：“狼吃狗咬管他哩！”

张碰牛咬咬牙说：“让他曝尸三日！”

两人相跟着走上悬崖。

张碰牛和鲁连长打扫战场，把鬼子和伪军的枪支弹药收集起来，然后回到山洞里，收拾东西。

张碰牛试探着问：“我这样子还能当孙营长的兵？”

鲁连长说：“孙营长说，你是一个好兵，你不是写给他的信上说，你还是个兵嘛。”

张碰牛低着头，嘟囔了一句：“我回去，能干啥？”

鲁连长说：“鬼子投降了，战争结束了，回去干啥都行，孙营长会考虑的。”

张碰牛走出山洞，与鲁连长相跟着往山下走。张碰牛走了几步，想到了什么，又走了几步迟疑着站住了，回头望向小阳村。

鲁连长又问：“还有啥事？”

张碰牛说：“要不回去把那些鬼子伪军埋了吧。”

鲁连长看了张碰牛一眼，也没问什么，跟着他往回走。二人的脚步发出嚓嚓嚓的声响。回到哑巴家窑洞内，张碰牛默默站住了。屋里一片狼藉，有鬼子或是伪军住过的痕迹，地上的山草乱七八糟堆积，饭盒、饭碗，还有便壶什么的胡乱扔在地上。他里屋外屋看了看，然后找了一把扫帚，打扫起来。

鲁连长看张碰牛收拾屋子，不解地说："不在这儿住，你收拾个啥？"

张碰牛硬邦邦回了一句："这是我家！"

"你家？"

张碰牛不再吭声。

鲁连长看张碰牛心情不好，没再问什么，帮着收拾起来。收拾完屋子，张碰牛又屋里屋外地看了看，才到放柴草的棚子里找了一把生锈的铁锨和一把镢头，然后两人走出门。

太阳火辣辣地照。张碰牛和鲁连长扛着工具走到山崖下。

鲁连长问："埋哪儿？"

张碰牛说："离村远点，别让鬼子污染了风水！"

鲁连长和张碰牛用铁锨和镢头的木把，插到鬼子尸体下面，然后张碰牛用右臂抬了两个把子，鲁连长两手各握一根把子，抬着尸体，走上山梁，走了很长一段山路。

张碰牛说："就在这儿，让他给小阳村乡亲叩头认罪吧！"

俩人默默地开始挖土，张碰牛单手用镢头刨，鲁连长用铁锨挖。后来张碰牛用手把土包到衣服里，一手提出坑外。两人挖了半个时辰，挖出一个半人深的坑，把尸体扔进去，再把周围的土回填到坑里，又埋了个小小土堆。

张碰牛和鲁连长返回追击鬼子的地方，把鬼子和伪军的尸体就近掩埋。

十二

张碰牛看看面无表情的山本正雄。山本正雄从坟墓边站起身来，看着张羽亮，好像有什么话想说。

张羽亮说：“有什么话你就说吧，只要合理，我们会满足你的。”

山本正雄说：“我心里不踏实，想证实一下。”

张羽亮望向爸爸，张碰牛点了点头。

烈日下，山本正雄冲着坟墓念念有词，然后张羽亮和山本正雄各拿一把铁锨，把坟墓慢慢挖开。山本正雄看着地下的尸骨，两手一根一根地拨拉，所有尸骨拨拉了一遍，什么也没有发现。山本正雄脸上弥漫着失望的情绪，他再次蹲下，仔细地寻找。忽然，在尸骨胸部的位置，发现有东西闪了一下，山本正雄伸手拂去周围的沙土，捡起一个刻着樱花图案的玉坠。

山本正雄带着哭腔大声说：“找到了，是父亲的东西！”然后，山本正雄从自己的包里，拿出母亲给他的玉坠，两个玉坠一模一样。

山本正雄抚着胸口，坐下来，默默念叨了什么。接着，山本正雄把玉坠装到包里，拿过铁锨把坟墓重新埋起来。做完这一切，山本正雄转身向山对面的坟墓跪下叩头。

张碰牛带着三人走上山梁。一片草丛间，有一座倒塌的炮楼，周围散落着砌垒炮楼的蓝色砖块和坚硬的水泥块。炮楼的部分墙壁还在，墙壁的顶上和破裂的狭缝间，生出绿绿的小草。

张碰牛说：“这是当年那个大炮楼的遗迹！”指着下面窑洞，又说，“这些窑洞，也住着日军和伪军，有的窑顶上还有战斗工事。”

山本正雄看看炮楼，再看看下面的窑洞。

张碰牛带着三人，径直走向屋前悬崖。站在崖边，望向二十多米深的崖底，然后带着三人走向下崖的小路，拐了几个弯，四个人站在崖底。崖底绿草如茵，有不知名的花儿开放，草丛里有蝴蝶飞出。不远处拴着一头肥壮的黄牛，正在悠闲地吃草。远处传来羊的叫声。学校下课的铃声响起，学生叽叽喳喳的喧闹声传来。

然后，张碰牛带着三人走回院内。

山本正雄情绪明显好了很多，他走到天地爷神龛前，仔细地欣赏，接着说："好，好！"

张羽亮说："这是清代建筑，看看修得多好，两边对联那字写得多好！"

山本正雄伸手摸了摸。

张碰牛、张羽亮和山本正雄坐在院里一个石桌前。张护士端来茶水。

张碰牛问张羽亮："儿子，累不累？"

张羽亮说："爸，不累！"

张碰牛说："那给爸练一趟，给日本客人助助兴。"

张护士拿着一根木棍栽到院里。张羽亮开始练功，身随拳走，两腿连环踢出，练到紧要处，大吼一声，一脚把木棍踢成两截。

山本正雄吃惊地睁大眼，生硬地喊了声"好"。

张羽亮和山本正雄走出大门。

张护士看了看张碰牛说："儿子挺累的，你让他练什么！"

张碰牛说："让日本人知道，当年我就是靠这功夫打鬼子的。"

十三

汽车驶在回城的路上。

山本正雄说："感谢你们帮我找到了父亲的坟墓，也知道了父亲的事情。我就要回去了，有两个问题想问一下，一是你爸为什么住到了小阳村？二是我有个疑问，也许这个疑问不太合理，可我还是想说出来，就是为什么你爸跳下去只受了伤，我父亲摔下去却死了？"

张羽亮说："我爸怎么到小阳村的，鲁连长叔叔跟我说过的。解放战争中，独立营改编为太行二分区四十二团第三营，孙营长升为四十二团团长，鲁连长叔叔也升为三营营长，我爸是四十二团参谋。中华人民共和国成立后，因身体原因，部队建议他转业到地方政府工作。"

张羽亮想起了一个事情。

孙团长曾让张碰牛到县政府工作，孙团长说："如果没意见，这两天就来报到。"

张碰牛说："我已经考虑好了，我要回家去，和母亲团聚，种地过日子。"

孙团长说："你傻呀，放着那么好的差事不干，非要回家种地去！"

"我已写了申请，请上级批准！"

鲁营长在一旁说："我说张碰牛，这事咱们还得考虑考虑，先不要申请，好不好？"

张碰牛又说："我考虑过了，不用再考虑！"

过了两天，孙团长来送张碰牛。一见面孙团长就大声说："啊，你说要回家，也给你批了，那你就回家吧，可是要回那个已经没有人的小阳村……"

张碰牛打断孙团长的话："不许你说小阳村没人了，我是谁，我就是小阳村的人，我要回小阳村的家，我妈也同意！"

孙团长说："我不同意！"

鲁营长也说："我也不同意！"

孙团长拍了拍张碰牛的肩："你和小阳村有特殊的感情，这我知道，可是那个地方，交通不便，房子几年没人住也残破不堪，生产和生活条件都很差，我不能让一个在战场上出生入死的功臣，到那个地方去！"

鲁营长说："就你们一家人，你去了怎么生活！"

张碰牛梗着脖子："将来会有很多人！"

孙团长不再吭声，只好伸手把张碰牛的背包，整理了一下。

孙团长和鲁营长把张碰牛送出军营。

等张碰牛走出一段路，孙团长回头对鲁营长说："那个犟牛，已经生是小阳村的人，死是小阳村的鬼了！"

鲁营长擦了擦泪，抬头望着张碰牛远去。

张碰牛扶着母亲走进哑巴叔家，把身上的包袱放在落满灰尘的炕上。

张碰牛说："妈，这就是咱的家！"

张碰牛的母亲在屋里看了看说："好、好，孩子，这就是咱的家，妈妈喜欢这个家！"

张碰牛说："妈，你跟着儿子受苦了！"

张碰牛的母亲说："孩子你说什么呢，我为这个好儿子高兴还来不及呢。"

张碰牛和母亲修缮窑洞。他担来土，挑来水，在院里和好泥，然后站到木头架子上。母亲用铁锨把和好的泥递给他，他用泥抹子把泥抹在窑顶上。

张碰牛和母亲又去开荒。

有一天阳光明媚，两人一人一把镢头刨地。张碰牛单臂举着镢头，刨在黄土上，发出"噌噌"声响。

休息了，张碰牛挨着母亲坐在地埂上。

张碰牛说："妈，我给你唱首歌吧。"接着就唱起来，"山上的荆条开了花，小阳村就是我的家，妈妈喊、儿女跑，牛羊遍地，五谷丰收，漫天红霞……"

两人站起身、拍拍土，准备继续干活，发现远处山路上走来一个人。来人渐渐走近，是张护士，身上背着行军的被子。张护士看到张碰牛和他的母亲，冲他俩招招手。

张碰牛的母亲问："孩子，她是谁呀？"

张碰牛顾不上回答母亲的话，跑到张护士身边，一手接过张护士的背包。

张碰牛问："张护士，你怎么来了？"

张护士笑笑，擦擦头上的汗，说："你能来，我怎么不能来？"

张碰牛的母亲走过来，握住张护士的手说："孩子，辛苦你了！"

张护士看了张碰牛一眼，张碰牛忙介绍说："这是我母亲！"张护士紧紧握着碰牛母亲的手，有泪流出。张碰牛的母亲，拉着张护士坐在地埂上。

张护士对张碰牛说：“为了找你，我跑了很多地方，最后总算找到了孙团长。我把调动申请交上去，上级很快就批了，批准我到这儿的医院工作。”

张碰牛说：“这儿很苦。”

张护士瞪了张碰牛一眼：“你先听我说完好不好？我申请的理由是什么，你知道吗？”

“你想啥，我能知道？”

“我说，我的丈夫在这儿工作，这就是我的理由！”

张护士说着话，又流下泪来。

张碰牛的母亲，一把把张护士搂到怀里说：“孩子，叫你受苦了！”

张护士说：“妈，我高兴！”

张碰牛在一旁，搓着手，站起来，又坐下：“胡闹，这儿可苦哩，你能吃这苦？”

张护士眼一瞪：“张碰牛，你别小看人，你能吃苦，我也能！”

山本正雄静静地听了后，说：“谢谢，你给我讲这些！”

张羽亮说：“至于后一个问题，就没法回答了。”

山本正雄说：“谢谢，再次谢谢你们！”

十四

假日，张羽亮带着全家，从城里回村看望老人。一家五口坐在桌上吃饭。

张羽亮边吃饭，边笑着：“那个日本人提了一个古怪的问题，为什么你爸跳崖只受了伤，能够活下来，而我父亲摔下去却死了？”

听了张羽亮的话，一家人笑起来。

张碰牛笑着说：“你没告诉他，这山崖与我爸有感情哩！”停顿了一下，想了想正色说：“记住一句话，生和死是自己决定的，或许摔下山崖之前，他已经是死人了！”

这话像禅语，一家人都是一愣一愣的，但是好像全家人又都理解这话的意思。

村民收工了。有的牵着牛，有赶着羊，有的扛着干活的农具，说说笑笑回家来。

张碰牛站起身，望着窗外。过了一会儿，转身对着家人说：“我给你们唱一首歌吧。”

孙子拍拍手说：“好，听爷爷唱歌，爷爷快唱吧！”

张碰牛唱起来：“延安有个毛主席，延安有个党中央，领导人民出苦海，领导翻了身。小日本不自量，在咱太行闹饥荒，丢了枪炮丢了命，活该遭透殃。麦穗儿黄来谷穗长，蒸下干粮白又香，拿在手里吃一口，想起了八路军和共产党。”

故事讲到这儿，想必各位都已知道，张碰牛回答了山本正雄的疑问，他的话涉及感情、偶然与必然。

现在，再看一下张碰牛一家吧，他们走出窑洞，沐浴在阳光下，身后有望不尽的山山岭岭，上面有绿树、绿草、坚硬的石头和层层褐黄色的耕地。这片土地上有蒸腾的热气在闪烁。

借肉记

苏景文

已经进入冬闲的日子，离过年不远了。

村里相对富裕人家的阳台晒衣杆上，开始挂起一块一块腊肉，如劈开的松油柴块一样的形状和颜色，过几天，又挂出一串一串的腊肠，或者一些腊鸭、腊鱼、腊猪内杂，沉甸甸的，把粗粗的晒衣杆都压弯了不少。这些腊味被燥燥的冬阳晒，被燥燥的腊风吹，很快就在表面泛起油光，非常诱人。经过路过的乡亲族亲，仰头看到这些腊味，相互间议论纷纷，啧啧赞叹，羡慕不已。

家还没有年料啊，母亲一边用铁夹夹黑炭放在火盆上，一边用眼剜着父亲说，你看个个做干部的，哪个像你，嘛都没有，连年料也没有。母亲有眼疾，眼睛不能受风，一经风吹，就流出眼泪，好像在哭一样。母亲说完放下铁夹，撩起衣角擦眼，似乎有炭灰飞到眼里了。

父亲默默的，不说话，在卷他的喇叭烟丝，卷好，塞进嘴里，摸出那个泛黄的汽油打火机，啪嗒啪嗒一阵才打着，移到嘴边，点着烟卷。父亲深吸进一口烟，从鼻子里喷出来，似乎很享受。然后右手探过夹在两个木沙发中间的茶几上，端起小小的瓷杯，浅浅地啜了一口。那个父亲专用的茶杯，成褐色的了，全是茶渍，和他的右手食指和中指一样，由于长年累月的卷烟、吸烟，已经明显被烟油熏成黄亮的了。

见父亲不说话，母亲有些恼火，她是急性子，而父亲偏偏是慢性子，母亲又叨叨开了：看他好像没有这么一回事一样。老头子，过年的料头嘛办呀！过年有人有客也请人家吃青菜白饭呀！

父亲喝一会儿茶，抽完一支烟，又卷另一支烟，这支烟没点着，想了一想，把烟夹在耳朵上，站起身出门了。母亲知道，凡父亲站起来耳朵夹烟，必定是在想办法，家里出现所有的困难，父亲都是夹一支烟一声不响地出去找人解决的。如二哥结婚时办酒席没钱呀、三哥上中学没有学费呀，父亲也是不说话，耳朵夹着烟卷，出去找他的老上级、老战友、老同事、老部下、老熟人，一句话：设法借钱，总能解决掉的。

镇政府规定逢日历三六九为圩日，今天刚好是三号，父亲赴圩去了。逢圩日，各村的男人女人都会去赴圩，买卖各种各样的生活用品或农活用品，一条圩街市场都热热闹闹地挤满了人。逢圩日办事找人最好不过了。镇政府“衙门”也是在圩日才是全天开启的，其他时间基本上就是半开半合，难觅工作人员踪影。

父亲从圩上回来的第二天下午，搬下车板，套上车轮，叫上我跟着。我乖乖地跟在后面，没问去哪，反正父亲叫我去哪我就去哪，总不会把我卖了吧！总之跟着父亲出去，只有好事没坏事，经常出去还会有好吃的呢。我跟父亲去赴圩就去打过几次众伙，我都会在小伙伴面前炫耀。父亲和几个叔叔一起买了不少好吃的，猪肉呀，或者牛肉呀，蒜葱呀，有时还买得到野猪肉、黄猄肉，到圩上的众伙店煮食，交些柴火油盐费给店家，结账时吃饭人平均分摊费用，我们这里叫：打众伙。这是乡下客家地区质朴的 AA 制。

我跟在父亲屁股后面，以为又有打众伙一类的好事了，或者说去做客，做客也好呀，有猪肉吃，还有黄酒喝，多美的事，好过在家天天吃青菜或者吃番薯，还要被母亲逼去劳动，喂猪喂鸡上山砍柴，那多辛苦。

这是一条泥沙公路，已经很久没有道班来维护了，到处坑坑洼洼的。父亲推着板车走在路上，轮子都会一跳一颤的，不舒服。还好不是雨天，如果是雨天，那就更加麻烦了，到处是水洼，鞋底都会粘上厚厚的一层泥巴。

路上遇到的人，都会叫：老书记。父亲小时候参加过游击队，跑步速度非凡，自然就成了一名游击队通信员，专门负责传达游击队之间的作战命令、转移命令等，但有一次传达了转移命令给另外一支游击队后，跑回原来的游击队驻地一看，已经空无一人了。父亲哭着喊着找遍大山小岭，也不见了游击队的踪影，只能回家，后来成了土改干部，到过很多地方，再后来改选时没选上，回家耕田去了，但在乡亲们的心目中，父亲还是书记。

到了一个木材检查站，检查站的工作人员认识父亲，叫父亲进去喝茶。父亲停下，把板车放好在路边，不客气地走进去坐下，一起喝茶吸烟，聊天。

父亲喝了一段时间的茶，看看天色，说要走了，和检查站的叔叔们道别，叫上我，推着板车继续走。检查站的叔叔以为父亲要过检查站，忙要把栏杆踩翘起来。父亲摆摆手说，不过，推着板车带着我往右边的一条岔路走去。

右边的山沟沟是一个叫中坑的自然村，村内有黄、刘、朱几个姓氏。这个村的学校只有一、二、三年级，四年级和五年级的都到我们这个村内读书了。同学们常常说他们那里有矿，到星期六星期天或节假日跟着大人们去捡碎矿，累积了很多就拿去卖，赚点油盐零花钱。

果然，进入中坑村的道路，路上的乱石渐渐多了，这是因为采矿的人倒淤泥乱石漏下来的，自然，父亲推车也就费劲了，而且还有很多斜坡。父亲叫上我一起推车，好省点力，虽然我个子小，力气不大，但就像母亲常常叨叨的那样：母鸡也能撑力呀，何况一个人。

过了矿区乱石路，路开始小了，只能通过拖拉机了，其实这些路也就是开拖拉机的人修出来的，原来的路更小，只能通过板车。路上很明显有拖拉机轮子碾过的胎痕，有些深有些浅，有些很明显是轮胎打滑的痕迹。

走了一段路，前面有豁然开朗的感觉。中坑入口前看，好像很窄，等进到里面，却是有一个很宽很大的“坑”。这是我们那里山区的特点，各个自然村大多以“坑”命名，如我家在“潭坑”，其他自然村还有叫“高坑”“梅坑”“黄坑”等的。

已经看得到中坑的屋场了。最终我还是忍不住了，问父亲：去哪个屋场呀？父亲没理我，停下车，说：有水牛打菜园，我去赶赶。到了冬天，大家的稻子等都收割完了，到处是空地，不用担心家里的耕牛毁了人家的稻子了，于是大部分人家就“放野牛”了，早上把牛赶出栏，由它自己去找食，有些牛很乖，只吃水沟水坝田坎边的枯草，但有些牛看到菜园里有青菜，就头一低，用牛角顶倒篱笆，跳进去啃食。父亲看到有水牛又打菜园了，本能地要过去驱赶。父亲“混混混”地呼喝着牛，牛正吃得过瘾，头都不抬一下，父亲怒了，捡起地上一根拇指粗的鞭子，抽过去，鞭子夹着风声打在牛屁股上，啪一声，鞭子断了，但水牛好像没感觉一样，毫不理会，继续吃菜。父亲转身张望了一下，看到一根竹枝，父亲捡起来，折去一些枝丫，对着牛屁股狠狠地抽，牛终于吃疼了，跳起来就跑。牛有个特点，你用粗鞭子打它，它皮粗肉厚得毫无感觉，如果你用细软的鞭子如竹枝抽它，它反而怕痛的，撒腿就跑。就像我调皮捣蛋犯事时母亲打我一样，一手抓住我的衣领，让我逃脱不了，一手用竹枝鞭子拼命抽，嘴里还叨叨：让你调皮捣蛋让你调皮捣蛋，日日飞天打石，日日飞天打石，牛都教会来耕田，猴都教会来赚钱，你是教不精话不变……鞭子抽落在我脚上，疼得我脚一直往上跳，跳了左脚抽右脚，右脚疼了跳起来，落下了左脚，左脚挨抽了跳右脚，蹦蹦跳跳的，这是疼痛的舞蹈。竹枝细细的，非常“吃肉”，给抽上，痛入心扉，但又不伤筋骨，这是竹枝鞭子的妙处，还轻易不往外传呢。父亲把牛赶得远远的，然后把篱笆扶起来固稳，再过来和我推车。

看到一个屋场大门了。这个屋场坐落在矮岭下，矮岭的山脚略微显弧形，有把屋场拥抱护住的感觉，这种形状被风水先生称赞为风水宝地。屋场后面的山上有很多高大的枫树，这些树被人称为风水树，是不能砍伐的。枫树又高又直，树干很高的位置也都没有枝丫，树叶已经落光，看得见枝丫间有不少鸟窝，还有巨大的蚂蚁窝。这类风水树，平时一定会有老鹰之类的大鸟歇息。我想，能爬得上这些风水树的人一定很了不起。

我问父亲，是不是去这个屋场？父亲说：不是，这类是朱屋，我们要去黄屋。

朱屋大门坪上有人在收竹垫席晒的蒸米粉，见了父亲，打招呼说：老书记去哪里呀？父亲回应说：去黄屋呀。

不久又经过一个屋场的大门，大门前坪，不少小孩在打闹，在玩老鹰抓小鸡的游戏，也有在跳飞机的。我看看父亲，应该是这个屋场了。父亲没出声，继续推着板车沿着路走。

远远看见一个屋场，屋场成一排一排状，共有三排，第二排比第一排略高，第三排又比第二排略高，所以远远望去，能看得见三排屋脊，中间有大厅串联起三排房屋，有些像不出头的长横的压扁了的“非”字。屋脊是灰黑色的，屋瓦也是灰黑色的，瓦上间隔不远就有一个烟囱，有些是圆的，有些是方的，有些已经在冒烟了，灰白色的烟袅袅升起，想必这家已经在烧火烧水准备晚上的洗澡水了。但有些烟囱在冒黑烟，想必或者是和我差不多大年纪的人在烧火，烧不着，熏得眼泪直流。屋背后也是矮岭，矮岭上也有很多风水树，但这些不是枫树，而是一些松树和板栗树，这些树都是常绿乔木，在腊风天，也还是郁郁葱葱的，即使颜色有些沉暗不是那么鲜嫩了。我在想，现在腊风一吹，板栗的刺包就会裂开，再风一吹，树枝摇晃，板栗就会啪啪往下掉，嘀，捡板栗正当时呀，不知道有没有人去风水树那里捡？

来到大门前，大门台阶是花岗岩砌的，门槛约有四十厘米高。父亲把车板拆下来，扛了进去，又双手提着车轮的铁轴跨了进去，也许门槛太高了，父亲的脚没抬够，被绊了，踉跄一下，差点跌倒。进到大厅，再套上车板，然后把车子推到大厅的一个角落停放。大厅是一个族姓公用的地方，平时祭祖、红白喜事、队里开会商议大事，都是在这里进行，也是老人们休闲的地方，老人们都喜欢在这个中厅烧一堆火，围在一起烤火，谈天说地，讲他们年轻时怎么怎么样，现在的年轻人又怎么怎么样。本来下厅、中厅和上厅共有两扇板障（类似照壁）隔开，一进大门看不到下厅和中厅，必须由板障侧边进入，才是下厅和中厅，中厅上又有板障把上厅隔开，看不到上厅，只能由板障侧边进上厅，据说这些板障的作用是为了风水不外泄。现在的族姓风水意识渐渐淡薄，为了图个方便，把这些板障都拆除了。

中厅正有几个老头在烤火，见到父亲，有人站起来说：老书记找谁呀？父亲说：各位老者在烤火呀，我找黄书记，黄书记在家吗？老者说：可能上山了，他家山上有香菇厂。说是“厂”，其实是山寮。父亲带着我穿过中厅，走过中厅和上厅间的侧门，进了一条屋檐街。屋檐街中间正有一个妇人在低头舀潲喂猪，那头猪有两百多斤吧。猪脖子有几个小圆点黑毛，其他全是白色的。妇人听到父亲和我的脚步声，抬起头眯着眼打量。妇人见了父亲，忙说：老书记来了，快请屋里坐，喝茶。父亲拉着躲在他背后的我说：叫婶娘。我居然没出声，很害羞的样子。婶娘笑着说：老书记你第几个儿子？父亲说：第四个，没礼貌一点见识都没有的。

我跟在父亲的背后进了婶娘家的厅堂。厅堂有些暗，我眼睛适应了一下。厅堂正中是一扇板障，板障上贴着伟大领袖毛主席闪金光的大幅画像，画像右下角挂着一个相框，相框里大多是一些一寸两寸大小的黑白相片，相片上有戴军帽穿军装的后生，也有戴红领巾的学生哥哥，有穿花格子的确良衬衫的少女姐姐，也有穿四个兜其中一个兜插一支钢笔貌似干部模样的叔叔，这个叔叔应该和戴解放军帽穿军装的后生是同一人。还有几张比较大的，抛开毕业照不说，其中有一张显然是全家福，除了上面相片上这些人外还有刚才见过的婶娘和一个满脸皱纹的老太太。板障前地下，放着一张八仙桌，可能时间久远了，也许是民国时期的物品，八仙桌的边角有些雕花，深褐色，古色古香的。八仙桌上罩着一个圆圆的新竹摩篮。摩篮，客家地区用来罩桌上菜碗防苍蝇的竹篾制品，竹制品通风，饭菜不易馊，把摩篮反过来，垫上一块布，又可以盛很多东西，过年过节做糯米糍粑等都用得上。左边墙脚摆着一对木沙发，沙发都没上油漆，两沙发中间夹着一个小茶几，小茶几上摆着一个小茶壶和一个碟子，碟子上倒扣着几个小瓷杯，沙发对面是一个柜子，柜子油成黄褐色了，显得陈旧。

婶娘一边叫父亲沙发上坐，一边忙打开茶壶盖，端过去柜子那边放茶叶，并打开暖水瓶“嘬嘬”倒水，然后转过身来走到沙发边倒茶给父亲，父亲忙扶住茶壶，客气地说好好自己来自己来。客气间，不小心把茶水洒出很多，落到茶几上，也溅到了父亲的衣服上。婶娘放下茶壶，找抹布来抹，一边抹茶几，一边说，不好意思，湿了老支书的衣服。父亲说：没事没事，一点点。

婶娘说：老支书你喝茶，我去烧水。说完就出了厅堂门过隔壁灶间烧水去了。

父亲一个人坐在沙发上喝茶。不久，一个瘦高瘦高的男人大踏步跨进厅堂，还挎着刀篓，见到父亲，立即伸出手，同时说：哦，老书记，老书记，久等了。父亲马上站起来，握住瘦高男人的手说：黄书记，黄书记，没等多久呀。黄书记说：我刚从山上香菇厂下来，今年香菇还算可以。黄书记把刀篓递给父亲看，刀篓里装满香菇，很多是有裂纹的白花菇。有裂纹的白花菇最值钱了，当时好像已经卖到十多元了吧。白裂纹花菇只有在连续白霜天才有，霜风连续吹，把香菇吹裂了，就成了白花菇，不过有一得必有一失，白霜天温度低，湿度低。香菇生长非常缓慢，产量很低，没有产量，虽然价钱高了，事实上也是亏了农户。不如南风天，温度高，湿度高，香菇嗖嗖地往外冒，嗖嗖地长大，满圆木树段都是圆圆的香菇蕾，看着心里都美滋滋的，想放声唱歌。

不久，黄书记的儿子也下山来了，他和黄书记长得非常相像，长方脸瘦高个，见到父亲后亲切地过来握手问好。

正聊天间，进来一个姐姐，姐姐好高啊，穿着橙红色大翻领毛料外套。这种外套在当时乡下已经是非常时髦了；和婶娘一样，姐姐的脸是柔和的蛋形，鼻梁很高，眼睛很大，长长的头发垂在肩上。我当时年龄虽小，却被这个姐姐吸引，后来渐渐长大，在中学时期出来社会上，也梦见过无数次这个姐姐。姐姐后面跟着个高个后生，他推着一部崭新的凤凰牌单车进来，这单车一定是结婚时的嫁妆。俗话评说当时三大品牌的自行车，这样说：凤凰轻，永久重，五羊螺丝松。当时最好的自行车品牌就算凤凰了。这个后生虽然不是很帅，但是有一种潇洒的风度。我认识这个后生，他是我们学校钟校长的大儿子，现在也在教书，好像还是民办，还没转正吧。

黄书记对父亲说：这是我女儿女婿。钟老师过来和父亲握手，叫老书记好。

不一会儿，又进来两个三十多岁的男人，黄书记介绍说这是婶娘的亲弟弟，指着身材略矮的说这是大弟弟，指着身材略高的说那是小弟弟。婶娘大弟弟尾巴上也跟了一个小孩子，有八九岁吧，问问岁数，比我大两个月，个头虽然比我高比我大，但木头木脑的，让我看不起他。我都读四年级了，我问他读几年级了，他说二年级，留级了；我问他考几分，他嗫嚅了半天，才说四十多分，这让我更看不起他，留级的都是差生，不及格的。我骄傲

地说：我考试一般都有九十分以上。我说完就看他的反应，等待他崇拜的眼光，可他居然没感觉，目光根本就没看我，好像一点都不羡慕，很让我无趣。这时厅堂坐满了人，婶娘在灶里铲了一火盆红炭，端过来给大家烤火，一屋子热气腾腾的。

婶娘说，水烧好了，两锅呢。黄书记拿出准备好的长尖刀，白白的尖刀，如镜子照到黄书记长长的脸，有些变形，有些可怖。黄书记用手指试了试，觉得很利，说可以了动手杀吧。又拿出两根粗麻绳，递给父亲说：老书记，你负责卷绑住腿和嘴。父亲接过绳子。黄书记安排好各人的工作，于是大家一起抄刀搬凳拿绳杀气腾腾地拥出厅堂。

屋檐街上，那头大肥猪吃饱了潲，正在美美地睡着，还不知道大祸临头了，猪就是猪啊。黄书记过去拍醒大肥猪。大肥猪站了起来，黄书记大内弟一下子抓住猪尾巴，用劲提起来。大肥猪后脚离地了，用不到劲，“喂——喂——”嚎叫，黄书记和小内弟一人抓住肥猪的一只耳朵，黄书记儿子和女婿一人抬肥猪的一只后腿根，不能抬猪蹄，抬猪蹄很容易被猪发力蹬到，受伤。大家一起用力，把大肥猪抬到一张板凳上，横放着，大肥猪还是在嚎叫，拼命挣扎，后腿在飞舞，拼命往后蹬，声音凄厉悲惨。父亲过去，先用一根麻绳结结实实地捆住猪两腿，两腿捆在一起了，用不到力了，不用怕蹬到人；父亲再用绳子卷住猪嘴，猪张不开嘴，叫声小了。黄书记早叫婶娘准备了一个木盆，木盆里装了一些盐水，放在猪头下面，又叫大家稳住，左手扯着肥猪的耳朵，右手举起尖刀，对准猪脖子插入，瞬间没入刀柄，黄书记鼓捣一下，把尖刀拉了出来，白白的尖刀只有刀尖沾了点红；猪鲜血喷涌而出，哗哗掉落下面的木盆里。血流到差不多完了，黄书记叫女婿和儿子把猪后腿提高些，让猪血流多点。猪后腿提高了，果然猪血又流出一些。黄书记放开猪，放好尖刀，忙把猪血盆端高啵啵倒在一个木桶里，加了些水，又提高木桶平肩，啵啵地倒在另一个木桶里，黄书记这样倒的目的是要猪血打均匀，凝结成块。很快猪血上面泛泡了，凝结成了一个整体。

不少小孩子听到猪的嚎叫，都跑过来看热闹，叽叽喳喳地谈论着，眼里闪烁着亮光，他们眼里似乎看到了一团一团的红烧肉，是那么香那么诱人，却没看到一个生命被宰杀，被消灭。

大家合力把猪抬下来，放到街中间的一个长长的木盆上。我们把这种专门用来杀猪去毛用的长木盆称为“腰盆”。肥猪最后挣扎了几下，全身肌肉颤动，很快就不动了。

这时，太阳就要下山了，余晖把整个小山村浸染得粉红粉红的，美丽无比，各家的鸡鸭都在归笼，每人脸上都好像有了光辉，年轻了好多一般。

大家忙着到灶间倒开水淋猪，黄书记说，开水不要直接淋在猪上，要加点冷水，要不烫熟了猪皮，不好去毛。大家遵照黄书记的话做了，舀开水淋了一阵肥猪。黄书记用手试试拔猪毛，果然很容易就拔脱了，说，翻过来，淋另外一边。大家七手八脚地把猪翻过来，淋另外一边。大家忙而不乱地拿刀各自刮猪毛，有的刮猪头，有的刮猪尾，有的刮猪身，唰唰唰，很快刮完刮干净一边，大家合力把猪翻过来刮另外一边，很快就刮得干干净净。

大家合力把光溜溜的肥猪抬到一块门板上，冲热水洗干净猪身。

冲洗干净后，黄书记吩咐把猪转过来四脚朝天，叫一两个人扶住猪脚，四脚略微张开，好让黄书记为猪开膛。黄书记熟练地做着这一切，显然已经是做过不少次了。黄书记熟练地取下肥猪的上下杂，猪肠猪肚放一个箩里，猪肺猪心等放另外一个箩里。两个内弟熟练地给猪大肠灌水，来回抖动，稀释大肠内的猪粪，这样方便把猪粪倒出来。两个内弟抬起箩，到屋场边的小溪里清洗去。

黄书记用一把大刀开始砍斩，斩到猪头时猪头骨太硬了，黄书记口里嗨嗨声配合着挥刀有力，把肥猪斩成两半，叫上女婿儿子，一起抬到一间屋子里放着。我看见黄书记左脸上粘着一小粒猪肉，也许是在砍斩猪肉时溅到的，一直都粘着，看着黄书记进进出出忙碌的身影，我几次想开口告诉他，但又忍住了没出声。

天色渐渐暗下来，开始煮夜（晚饭）了，这是父亲的强项。父亲在族亲婚嫁办酒席时都是“扶锅”的，和大厨没什么两样。婶娘的两个弟弟打下手，一边快速地哆哆切白萝卜一边嘴里没停地恭维父亲，说父亲走过的桥比他们走过的路还多了，吃过的盐比他们吃过的饭还多了。我则坐在灶风口加柴添火。

黄书记儿子从他房间里捧来一部收音机，放在厅堂的柜子上，打开电源，杂音喳喳叽叽的，转了那个圆圆的按钮好一阵，才听到收音机里一个厚重洪亮的声音说，这里是中央人民广播电台，下面是小喇叭节目。接着一个非常清脆透亮稚气的小女孩的声音，“小喇叭开始广播了”，紧跟播送一曲小喇叭独奏……非常好听，大家凝神定气地听得津津有味。

开饭啰，八仙桌上坐着黄书记、父亲、婶娘、婶娘两个弟弟，还有女儿女婿，黄书记儿子，刚好八人，坐满了，菜摆得满桌，还有黄酒、白酒，男的喝白酒，女的喝黄酒。大家互相敬酒吃菜，闲聊国家大事，说到改革开放，说到分田到户，说到了香菇多少钱一斤，说到了这些年家里稻谷够不够吃，说到前些年猪要上缴不能自己杀，说到了深圳，说到了深圳的经济如何如何地发达，高楼在突突地冒。后来也说到了教育，说到了如何教育好下一代，教育好下一代是重中之重，谁谁考上了某某大学，谁谁考上了复旦大学，全镇都是第一个。我和婶娘的侄子坐在一旁临时加的小桌子上吃饭，尽管只有两三碗菜，但我已经很满足了，总比在家里好很多呀。

饭后，已经九点多了，一弯新月挂在非常洁净的天空，明晃晃的月光笼罩着整个山村。我们不可能回家，黄书记安排我和父亲睡一铺。山村的夜晚非常宁静，偶尔只能听到狗吠，隔壁老人的咳嗽，其他什么都听不到，冬天里连蚯蚓草虫都没了。

第二天公鸡喔喔婉转嘹亮地打鸣，一早起来，又见白白的霜，到处都是，屋檐街有水的地方都结冰了，又硬又滑，很容易摔跤。黄书记把昨天吃剩的菜倒锅里热了，叫上大家吃早饭。早饭后，黄书记和父亲到屋子里分猪肉。嘀咕了半天，黄书记给父亲分了一半，一百多斤，还分了一些粉肠给父亲。

父亲和黄书记把板车抬出大门，把装在蛇皮袋里的猪肉抬出来，放在车板上。父亲突然发现有个轮子的胎没气了，也不知是不是昨晚放在大厅给哪个小孩放完了，有时山村的小孩也很讨厌，太调皮捣蛋了。黄书记忙去找打气筒帮忙加气，黄书记儿子拿了一把过来，却加不到气，原来这把气筒坏了。黄书记又急急忙忙地去隔壁邻居家借，还好邻居家的气筒没坏。加满气，然后告别，迎着初升的太阳，我在后面推，父亲在前面拉，回家啰。

路上，我问父亲：我们家是买黄书记家的猪肉还是借？父亲说：哪里有钱买呀，借。我说：我们家什么时候还呀？父亲说：

等黄书记儿子结婚要用猪肉的时候还。我们那里结婚男方女方都要办酒席，男方要给女方家送几百斤猪肉。我说：黄书记儿子什么时候结婚呀？父亲说：很难说呀。我说：到时我们家没有猪肉怎么办？父亲说：所以我们家也要存猪肉呀，我们家的猪现在才三十多斤，长到一两百斤的话，不要卖了，存起来，等黄书记儿子结婚就可以还了。我说：怎么存起来呀？不馊了臭了？父亲说：借给别人家呀，这样就存在别人家，到时我们家要用就可以取回来呀。原来这样，我似乎明白又好像不太明白。

回到家，母亲看到我们，脸上有了笑意，忙着打开后锅盖倒热水给我们洗脸。我洗完脸跑出去找小伙伴们玩了。父亲洗完脸就忙开了。父亲把肥瘦相间的猪肉切成薄薄的片，撒一些细盐，然后加上白酒，加上一些白糖，还刷一点姜末下去，搅拌均匀。

父亲把猪小肠洗干净，用筷子夹起猪肉通过漏斗往里塞，塞满塞紧大约二十厘米，就用小麻绳打个结，酿完一条，接着酿第二条。父亲看到腊肠上有些气泡，就找来针刺破，放掉腊肠里面的气体，好让腊肠更加凝结。做完这些，已经到中午了，趁着还有太阳，拿出到阳台的晒衣杆上晾晒。路过的乡亲族亲，停下脚步，仰头看着，啧啧赞叹：老书记，你家生活真好呀，这么多腊肠腊肉。说话的人吞着口水，羡慕不已，他却不知，老书记家的肉全是借来的，等着要还的呀。

我家阳台的晒衣杆，被腊肠腊肉的重量压得弯成一条弧线了，如弓，似乎要向老天发射生活沉甸甸的箭镞。

新孔乙己

熊　峰

江海镇处于城乡接合部，与市里有所不同；羊肉馆也别具一格，当街一个 L 形的柜台，贴墙有一个长形却不大的木柜架，里面摆放着各种品牌的酒，黄酒居多。柜台上面还放着一个煮黄酒的器皿（天冷可以温酒），装有龙头，可以随时倒出酒。附近的闲人，在完成老太婆交代的家务事之后，便三三两两地聚上一桌，每每花上百十来块，一碟花生米，一盘白切羊肉，就着黄酒便能有滋有味地吃起来。一顿光景之后，夹着香烟，打个酒嗝，空气中都飘着那独有的酒香味，甭提有多满足。来这里的几乎都是本地人，他们除了退休金，还有不可小视的房屋出租。

我起初来这里打工时，曾在镇上“乐惠”羊肉馆里当伙计，对于一个刚从乡下来的人说，诸多事物都不知晓，掌柜的说我样子木讷，就在店里做些打杂的事。虽不怎么劳累，但总有些单调、无聊和委屈。掌柜的是一个精打细算、非常精明的女人，时常对我没有好语气，叫人如何“活络”。只有孔先生到店，才有心情随众笑几声。

孔先生是名从外地考到这里来的教师，五十来岁，身高一般，鼻梁上架着一副眼镜，镜片每年似乎都要厚一圈，藏青色的裤子洗得有些发亮，脚上三接头皮鞋起了好多皱褶，人造革的公文包鼓鼓囊囊，装的都是些备课资料及学生作业。听人背地里谈论，他曾经在一所很有名气的中学教书，因生性耿直，不会溜须拍马，被贬到这所职业学校，落得这般光景。旁人问起是否有此事，他一概不作答。

据说他除了教书，还要走访入户、信息录入、文明创建、双高双普、校刊专栏、关注 App、做各种调查、造各种档案、填各种资料、迎各种检查……仿佛无所不能、无所不包，人们私下里又把他唤作“老包”。像我这种从外地来打工的人，对孔先生还是有些敬畏的，因为他是有大学问的人。但也有对他轻视的闲人，他们不用工作的收入比老孔要多得多。也有人说什么“老师的工作最好，一天两节课，红包收到手软，家长请客时间排满”。他们照例是要哄笑一番的。

孔先生是戴着眼镜喝酒不点羊肉的唯一的顾客，一小碟花生米、一小碟酱瓜、一碗黄酒。他一般周六会来坐上半个小时。他一到店，所有人都看着他笑。

“老孔，听说你又惹事了！”有人叫道。他不回答，对柜里说：“老规矩，外加一碗酒。”

有人故意高声嚷道：“你一定又体罚学生了！”这下孔先生睁大眼睛说：“你怎么这样凭空污人清白……”

“什么污人清白？我前几天亲眼见你赔张家三千块，因为用戒尺打了一下孩子手掌心。”

涨红了脸的老孔，争辩道：“张家小子不好好学习，反而学着抽烟、赌博，……老师教育学生，用戒尺轻拍掌心，能算体罚吗？”接着便是一些难懂的话：什么“养不教父之过，教不严师之惰”，什么“成才先成人”之类。引得众人都哄笑起来，店内又多了些快活的气氛。

喝过半碗酒之后的孔先生，涨红的脸色渐渐复了原。旁人便又问道："孔先生，你当真以前在 ×× 中学教过书？"老孔看着问他的人，只是不说话。众人接着又起哄道："你怎么到现在连套房都没买？教书这么多年。"（孔先生一直是租房）老孔立刻显出颓唐不安的模样，脸上布了一层灰色，嘴里念着话，这回可全都是"教师也是国家公务员，收入也不算低"之类的话。

在这时候，众人又一次哄笑起来。

老孔就是这般让人快活，可是没有他，也觉得无所谓。反正每年师范学院的毕业生有的是，想做老师的大有人在。连镇子上做直销的一些人都觉得自己要是教书都不比老孔差。

有一天，大约是放寒假的前几天，掌柜的结好客人的账，关上抽屉，忽然说道："这段时间怎不见老孔，我许久没有卖酱瓜了。"我这才觉得的确很久时间没有见孔先生来了。

一客人答："他不会来了……被开除了呢。"

掌柜的说："他又犯事了？"

"他总是那样固执，仍旧去管教学生。这一回，是自己昏了头，王家儿子打架闹事、欺凌女生，他竟然把那孩子在自己的办公室关了一节课，还要写反省，在班上检讨。王家的脸面，岂能受得了这般？"

"后来怎样？"

"先带礼登门道歉，接着停职反省，再就是通报批评。"

"再后来呢？"

"王家仍旧不满意，非要深究，学校无法，只好将他开除了事。"

"开除了怎样呢？"

"怎样？……谁晓得？他不当老师，还能做什么？"

一旁的人接话道："是啊，他那样的人，读书读傻了。王家岂是好惹，从孩子读幼儿园到现在，熟知他家的老师都绕着走，大人骄横跋扈，孩子不学无术，无奈才把孩子送到这职校。"

掌柜的也不再问，众人吃好便各自散了。

冬至到了，北风一天冷过一天。南方的冷与北方的冷不一样，南方是湿冷，冷到骨子里。晌午过后，这个点是没有客人的。我裹紧衣服，靠在墙边伏在桌子上，打着盹。大家渐渐忘了老孔。老孔虽让人快活，但没有他，别人日子也照样过。

直到某天飘着雪花的晌午，一个从外面旅游的人回来，神秘地说道："你们知道吗？老孔去了沿海一所私立学校，年薪几十万，足足是他以前四五倍哩。那里的家长挺客气，还送了他一把戒尺，说什么孩子若不听话只管打。"

话音未落，就有人立马跳将出来，痛心疾首地说："外面人怎能这么顽固不化？孩子要用爱心去感化，没有教不好的学生，只有不会教的老师。用戒尺来管教学生，是老师无能的表现啦。"

众人同声叫好。

"如若敢打骂我家孩子，定叫他吃不了兜着走。孩子要顺其自然，长大后自会懂事，用爱关心的孩子，才能健康地成长。"大家照例又是哄笑一番，又有了以前的快活。

今路过此镇，不由得回想起那时。如今小镇高楼耸立，却不见那些当街店面，只见不远处有几个学生模样的人叼着香烟斗地主。

后 记

2019年以来，中国作家网加大对投稿平台的建设，从“每日推荐”“一周精选”“重点推荐”到“在线改稿会”“本周之星”，我们不断探索创新，通过多种举措鼓励广大文学爱好者，活跃网上纯文学创作，扩大文学生活的新空间，受到读者的欢迎和文学界广泛关注。

这一年中，原创平台收到了大量优秀作品，涌现出一批非常活跃的、有潜力的作者。我们从2019年的作品中选择了散文、诗歌、小说共73篇，辑成了本年度的精选集。随着注册用户的增加，和去年相比，作品的选择余地更大，忍痛割爱的作品也就更多，这是编者不可避免的无奈与遗憾。

在艰难战“疫”的情形之下，选集能顺利出版，离不开中国作家出版集团的支持，离不开作家出版社有限公司以及责任编辑袁艺方女士的积极协调。同时，余良虎、野水、刘云芳、范墩子、卢静、陈丹玲、刘照进等作家也为文集的编选提出了恳切的意见和建议。在此，对大家的支持与帮助表示诚挚的谢意。

由于我们的经验和能力有限，选集难免有不妥之处，欢迎广大读者批评、指正。也期待大家能继续关注、支持中国作家网，和我们一起共建文学家园，共享文学生活。

中国作家网

2020 年 4 月

扫码关注中国作家网投稿频道

扫码关注中国作家网微信公众号

从文学中获得宁静、慰藉、智慧

用文字来纾解痛苦、悲伤，表达思考与希望

图书在版编目（CIP）数据

中国作家网精品文选：灯盏·2019（上下册）/王婉，王杨，李英俊编. -- 北京：作家出版社，2020.6

ISBN 978-7-5212-0948-8

Ⅰ.①灯… Ⅱ.①王… ②王… ③李… Ⅲ.①中国文学-当代文学-作品综合集 Ⅳ.①I217.1

中国版本图书馆 CIP 数据核字（2020）第 077880 号

中国作家网精品文选：灯盏·2019（上下册）

编　　者：王　婉　王　杨　李英俊
插　　图：吕秋梅
责任编辑：袁艺方
装帧设计：薛　怡
出版发行：作家出版社有限公司
社　　址：北京农展馆南里 10 号　　**邮　　编**：100125
电话传真：86-10-65067186（发行中心及邮购部）
　　　　　86-10-65004079（总编室）
E-mail: zuojia@zuojia.net.cn
http: //www.zuojiachubanshe.com
印　　刷：中煤（北京）印务有限公司
成品尺寸：140×203
字　　数：400 千
印　　张：18.75
版　　次：2020 年 7 月第 1 版
印　　次：2020 年 7 月第 1 次印刷
ISBN 978-7-5212-0948-8
定　　价：88.00 元（全两册）